Elisa M. Baker · Herzklopfenchaos - mehr als Freundschaft

Roman

Eine ruinierte Hochzeitstorte, misslungene Backmischungen, die verschwundene Urne eines verblichenen Katers und ein Schwarm aus Kindertagen - da ist Herzklopfenchaos vorprogrammiert!

Chris hatte mit vielem gerechnet - aber seine alte Liebe aus Kindertagen ausgerechnet auf der Hochzeit seiner besten Freundin wiederzutreffen zählte nicht dazu.

Es ist viel Zeit vergangen, seit sie sich im Streit getrennt hatten und nach all den Jahren hat Robin nicht nur noch schönere Unterarme bekommen und ein paar heiße Tattoos dazu, er bringt auch Chris völlig durcheinander, der mit allen Mitteln versucht, seine Gefühle zu unterdrücken.

Nach einer betrunkenen Nacht mit eindeutig zu viel Wodka-Orange und einer Milliarde Schmetterlingen im Bauch sieht Chris nur einen Ausweg, um sich auf Abstand zu Robin zu bringen - doch damit fängt das Chaos erst so richtig an ...

Elisa M. Baker verfasste schon früh eigene Geschichten. Die Autorin lebt und arbeitet in der Nähe von Bamberg an romantischen und spannenden Liebesromanen. Mit »Das Leuchten der Hoffnung« und »Das Funkeln des Glücks« wagte sie sich erstmals in das Genre der Gayromance. Derzeit arbeitet sie an weiteren Romanen.

Elisa M. Baker
Herzklopfenchaos - mehr als Freundschaft

Roman

© 2019 Baker, Elisa M.
Herstellung und Verlag: BoD – Books on Demand, Norderstedt
ISBN: 9783748191391

Copyright by ©2019 Elisa M. Baker
Coverdesign: by ©by Bianca Holzmann Cover Up - Buchcoverdesign
unter Verwendung der Bilder von ©Shutterstock
https://www.cover-up-books.de/

Elisa M. Baker
c/o Papyrus Autoren-Club
R.O.M. Logicware GmbH
Pettenkoferstr. 16-18
10247 Berlin
1. Auflage   Oktober 2019

Facebook: https://www.facebook.com/ElisaM.Baker.de

Elisa M. Baker

Herzklopfenchaos -
mehr als Freundschaft

Roman

.

Für all die Schmetterlinge und die großen und kleinen Dramen.
Für die Liebe.

1

»Fuck.«

»Ja.«

»Oh. Mein. Gott.«

»Ja.«

»Das war keine Absicht. Ich meine ... - Ich dachte ...- Sie wird mich killen.«

»Japp. Wird sie.«

Wir standen vor der verstreuten Masse, die aussah, wie grauer Staub und die alles bedeckte. Die Kaffeetafel. Den teuren, dunkelroten Teppich. Sogar die Blumen in der Vase. Kleine Stücke von dem, was einmal Heggi gewesen war, garnierten die Sahne auf der zweistöckigen Torte. Der Hochzeitstorte. Sie sah jetzt aus, als würde sie schimmeln oder als hätte jemand Zementstaub durch einen Ventilator fliegen lassen. Ich versuchte, nicht zu atmen. Die Luft schwirrte von dem ganzen Staub, der eigentlich keiner war. Sondern Heggi. Irgendwo in all dem Kram lag ein Halsband. Das aus rotem Samt, mit der goldenen Marke dran und dem kleinen Glöckchen. Mir wurde übel.

»Alter. Ich habe keine Ahnung, wie du das geschafft hast. Das Ding war doch versiegelt oder nicht?«

Ich traute mich nicht, meinen besten Freund anzusehen. Wir

standen nur da, unfähig uns zu rühren, während viel zu viel Wodka-Orange durch unsere Adern pumpte. Vielleicht war der Alkohol schuld, dass ich zu würgen begann. Vielleicht auch die Tatsache, dass ich die Asche der toten Lieblingskatze meiner besten Freundin über ihre Hochzeitstorte und die ganze Inneneinrichtung verstreut hatte.

»Alter! Nicht! Was zum... - Chris!!«

Es war nicht, als hätte ich eine Wahl, als ich den Kopf über die Urne beugte. Es war die pure Not und ich hörte zwischen meinen dumpfen Geräuschen und dem schrecklichen Japsen meines besten Freundes dessen hilfloses Stöhnen.

Robin und ich kannten uns seit dem Kindergarten, als ich glücklich jauchzend auf ihn zu gerannt kam und ihm ansatzlos in die Wange biss. Angeblich, weil ich noch nicht küssen konnte und ihn so toll fand, dass ich ihm das körperlich zeigen musste. Vielleicht war eine Umarmung für mein dreijähriges Ich damals zu wenig aussagekräftig. Die Geschichte erzählt meine Mutter jedenfalls bei jeder sich bietenden Gelegenheit allen, die es hören wollen. Oder die nicht schnell genug das Weite suchen. Allerdings ist es nicht so, dass Robin, der jedes Mal schon heulte, wenn er mich nur sah, sich was drauf einbilden konnte. Ich biss nämlich alles und jeden. Die Erzieher. Die Küchenfrau. Den Hausmeister. Das Meerschweinchen, das ein Mädchen an einem Tag mitbrachte, um der Gruppe ihr neues Haustier zu zeigen, und dass mich zuerst in den Finger biss, als ich es streicheln wollte. Ich fand nur gerecht, zurückzubeißen, aber das sahen die Erzieher wohl anders. Ich biss sogar die Katze, die im Garten herumstreunte.

Meine verzweifelten Eltern waren kurz davor, mir einen Maulkorb zu verpassen. Ich selbst kann mich daran nicht mehr erinnern. Nicht einmal daran, dass Robin vor mir flüchtete und ich ihm immer nachrannte, fröhlich jauchzend, auf kurzen Beinchen, und er heulte wie eine Sirene. Oder daran, dass wir uns erst nach einem knappen halben Jahr zusammenrauften, als ich mich eingekriegt hatte und die Beißerei aufhörte. Er war einfach immer da, solange ich denken konnte. Wir hatten schon eine Menge Blödsinn gemacht, aber das hier überstieg sogar den Hanfanbau auf der Dachterrasse seiner Eltern, als wir fünfzehn waren. Es klappte auch nur deshalb nicht, weil wir beide zu faul zum Gießen waren und zu ungeduldig, um uns wirklich hingebungsvoll um die Pflanzen zu kümmern. Oh, und weil seine Eltern überraschend schon nach zwei Wochen aus dem geplanten sechswöchigen Urlaub zurückkamen und wir beide umgehend Hausarrest kriegten. Nicht wegen dem Hanf, das erfuhren sie nie, sondern weil irgendjemand bei der Party im Garten in den Teich gekotzt und damit sämtliche Fische umgelegt hatte. Na ja, und wegen dem ganzen Müll und den dutzenden leeren Flaschen. Und vielleicht auch ein kleines bisschen wegen der Anzeige, weil die Nachbarn es nicht so toll fanden, dass betrunkene und halb nackte Jugendliche über die Gartenmauer in ihr Refugium auswanderten, weil sie einen richtigen Pool hatten und nicht nur den vollgereiherten Goldfischteich. Hey, es war immerhin Sommer und wir hatten seit Tagen über fünfunddreißig Grad. Aber ich schätze, Toleranz gestaltet sich schwierig, wenn kreischende Teenager in Badezeug durch die Blumenbeete walzen und ihre Kippen in den teuren Kübeln der seltenen Rosenzüchtungen ausdrücken.

»Geht's dir besser?« Robin starrte mich an, bleich wie die cremefarbene Wand, an der unglaublich teure und unglaublich hässliche Gemälde hingen. Er sah nicht wirklich gut aus. Eher so, als brauchte er die Urne auch gleich, deren Inhalt jetzt mehr als nur makaber war. Ich schwankte ein bisschen. Er war noch mindestens so besoffen wie ich. Dabei war es erst neun Uhr. Morgens. Und um elf sollten die ersten Gäste kommen, um gemeinsam mit Vanessa und Jan zur Kirche zu fahren, die gerade noch in einem anderen Teil des Hauses vorbereitet wurden. Allerdings hatten Rob und ich auch schon gestern Nacht irgendwann damit angefangen, uns durch die Hausbar zu testen, und landeten schließlich bei den Rezepten für die Drinks, die heute Nachmittag und am Abend gereicht werden sollten. Und da wir neugierig sind...

Vielleicht hätten wir sie nicht alle testen sollen? Aber da waren Cocktails dabei, von denen ich noch nie gehört hatte. Schlussendlich blieb es aber dann doch beim altbewährten Wodka-O. Einfach, weil Robin Orangen so mochte.

Wer hatte gleich noch mal die Idee gehabt, die Urne von Heggi als Football zu missbrauchen und sie sich gegenseitig zuzuwerfen?!

»Chris, das war die dämlichste Idee, die du je hattest.«

Oh. Verdammt. Ich.

»Ja, schon, aber du hättest mich abhalten sollen, find' ich.« Ich hob anklagend die Urne in Robins Richtung, was ihn zurückweichen ließ. »Ey! Mach keinen Scheiß! Wir müssen eine neue Torte besorgen, oder ... jemanden, der das Haus anzündet und es wie einen Unfall aussehen lässt. Wir müssen das irgendwie wieder geradebiegen. Oder wenigstens unsere Spuren verwischen.«

Ich schaute an der Urne vorbei nach unten. Tatsächlich hatte ich meine Fußabdrücke hinterlassen, die gut sichtbar in all dem Chaos waren. »Scheiße. Glaubst du, die Bullen kriegen mich dran, wenn sie meine Schuhe finden? Muss ich sie loswerden? Die waren teuer!« In Gedanken sah ich mich schon mitten in der Nacht die beiden Corpus Delicti an einen Betonklotz gebunden in einen See werfen, damit sie keiner finden würde.

»Du hast Sorgen!«, schnauzte Robin aufgebracht, was mich zusammenzucken ließ. »Wir müssen hier aufräumen! Und zwar sofort!«

In einer vernebelten Ecke meines Hirnes, die nicht in Wodka-Orange getränkt war, wusste ich, dass er recht hatte. Trotzdem rührte ich mich nicht, als Robin an mir vorbei taumelte, und damit begann, die Heggi-Asche vom Boden zu schaufeln. Er benutzte dabei die bloßen Hände. Allein das

Geräusch, wie seine Hände über den Teppich fuhren, ließ mir wieder übel werden. Die Urne war schwer und so stellte ich sie neben mir auf dem Seitenschrank ab, nachdem ich keinen anderen Platz dafür gefunden hatte. »Ich hol' den Staubsauger«, verkündete ich, was Robin nur ein Grunzen entlockte, der gerade versuchte, das Brautpaar auf der Torte sauber zu pusten. Aber es brachte nichts, außer dass es umfiel. Er kniff die Augen zusammen und sah mich an. So als ob es meine Schuld wäre, dass Vanessa und Jan gerade von der Sahne gekippt wären.

»Eh, ja. Ich geh' schon«, nuschelte ich undeutlich. Irgendwo musste es einen Staubsauger in diesem Haus geben. Ich wusste nur nicht, wo. Dass wir das Zimmer mit der Torte gefunden hatten, war eigentlich mehr Zufall gewesen. Zumindest redete ich mir das ein während ich betrunken und voller Scham, mit Asche bestäubt durch die Gänge und Zimmer des Hauses taumelte. Eigentlich war es kein Haus. Es war eher ein Palast, auch wenn Vanessa den Landsitz ihres Verlobten eher als Anwesen bezeichnete. Gelegen auf dem Land, umgeben von hohen Mauern, mit einem Garten voller blühender Büsche, Bäume und Sträucher. Wobei das Wort Garten nicht dem weitläufigen Park inklusive eigenem Wald gerecht wurde, in dem man sich garantiert gut verlaufen konnte.

Heggi hatte vor allem den gigantischen Rhododendron vor dem Haus geliebt, der die Last der rosafarbenen Blüten in Kindskopfgröße kaum tragen konnte. Der alte Kater war biblische einundzwanzig Jahre alt geworden und hatte alles überstanden, was man einer Katze nur so zumuten konnte. Vier Umzüge, einen Autounfall, als der Pizzalieferant ihn einmal übersah und dafür in die Hand gebissen wurde, eine Diät, als Vanessa ihn in einem Anflug von Liebeskummer fast zu Tode gefüttert hatte, ihre zwölf Ex-Freunde, von denen der Kater einen fast umgebracht hätte, weil der Typ eine Katzenhaarallergie hatte, Heggi sich aber standhaft immer auf seinen Schoß setzte und ihn beschmuste bis er so angeschwollen wie eine Wassermelone war und sich eine Allergiespritze setzen musste, Revierkämpfe mit anderen Katern, einem verwirrten Fuchs und unzähligen Kröten, Vögeln und Nagetieren. Die Nachbarshunde im alten Haus, die sich sogar durch den Gartenzaun gebissen hatten, nur um dann von Boss Heggi gestellt zu werden, der sie grün und blau prügelte, und natürlich – Tante Helga.

Ich kniff die Augen zusammen, als ich in der Küche die Schränke aufriss und dabei von ein paar Paketen Papierförmchen für Muffins angegriffen wurde. Irgendjemand hatte sie in den Schrank gestapelt, der voll damit war. So voll, dass sie mir entgegenkamen. Das waren sicherlich ausreichend Förmchen um das ganze Dorf, das etwa zwei Kilometer zu Fuß und Luftlinie weg war, mit Diabetes zu beglücken. Zumindest, wenn man Kristallzucker benutzte, und nicht wie Vanessa irgendwelche pflanzlichen Auszüge, deren Namen ich mir nicht einmal merken konnte, wenn ich nüchtern war. Seit Jans Antrag kochte und backte sie nur noch vegan, weil das angeblich so viel gesünder war und weil sie sich in ihr Brautkleid hungern wollte, um auf den Fotos fantastisch auszusehen. Ich murrte leise und ließ die Förmchen liegen, wo sie waren. Sie aufzuheben kam mir zu anstrengend vor.

Im Kühlschrank stand nur eine Flasche Wein, die ich mir unter den Arm klemmte, nicht einmal mehr Häppchen gab es noch auf den blanken Serviertellern. Jemand musste noch nachts die Überreste geplündert haben. Draußen begann es zu regnen und flüchtig nahm ich mir die Zeit, den Regentropfen nachzusehen, wie sie an der Scheibe hinab rannen. Lautlose Wettrennen. Faszinierend und fesselnd. Ich trank einen Schluck Wein, während ich innerlich meinen Favoriten anfeuerte, der sich jedoch memmenhaft mit einem anderen Tropfen verband und in ihm aufging. Feigling.

»CHRIS!«

Das Brüllen schallte durch das Haus, jagte mir stoßweise Adrenalin durch die betrunkenen Adern und die Weinflasche bekam ein Eigenleben. Sie zappelte plötzlich in meinen Händen und wand sich, um zu entkommen. Ich griff nach ihr, mit plötzlich feuchten, ungeschickten Händen, doch ich konnte sie nicht mehr an der Flucht hindern. Sie tat es dem Wassertropfen an der Scheibe gleich – und zerplatzte auf dem sauteuren, weißen Marmorboden.

»Oh mein Gott!« Die Sauerei war unbeschreiblich. Der Rotwein wirkte auf dem purweißen Stein wie Blut. Er war an die ebenso weißen Küchenschränke gespritzt und die Scherben der Flasche verteilten sich glitzernd überall. Wir mussten definitiv das Haus verwüsten, um einen Einbruch vorzutäuschen. Und am besten klauten wir die Torte und alles andere. Tante Helga konnten wir nicht mehr beschuldigen. Die alte Dame lag leider Gottes schon unter der Erde und sang mit den Engeln, wie meine Mutter sagen würde. Obwohl ich das bezweifelte. Sie klaute den Engeln bestenfalls die Trompeten. Heggi hatte sie ein paar Mal in ihre Reisetasche gestopft und der Klau war nur aufgeflogen, weil sie ein bisschen tüdelig war und der alte Kater nicht gern eingesperrt.

Irgendwann hatte Vanessa schon aus Routine immer erst Tante Helgas Taschen durchsucht, ehe sie wieder abreiste. Meist, um ein bisschen Silberbesteck oder die teuren Porzellansammeltassen vor ihr zu retten. Oder eben den Kater.

»Komme!« Ich schlitterte und glitt aus, als ich versuchte, über die Weinpfütze zu springen. Noch im Fallen griff ich beherzt nach etwas, um mich abzufangen, doch die Tischdecke mit der Blumenvase darauf, die auf dem Frühstückstisch stand, bot mir nicht viel Widerstand. Mir entkam ein Jaulen, als ich mich langlegte und mir die Arme in den Scherben aufschnitt. Jetzt gab es wenigstens echtes Blut an diesem Kriminalschauplatz, aber das tröstete mich nur wenig, weil der Schmerz stechend durch meinen Körper jagte. Zu allem Überfluss hatte ich mir auch noch auf die Zunge gebissen und rollte mich stöhnend zur Seite.

»CHRIS, wo zum Fick- Ach du verdammte Kacke!! Was zum Teufel tust du?!« Robin stand in der Tür, beschmiert mit Sahne und Asche. Sein Gesicht war unnatürlich rot, während er mich anglotzte. Er sah aus, als wisse er nicht, ob er lachen oder weinen sollte.

»Hier ist kein Staubsauger«, verkündete ich nuschelnd, während ich meine blutenden Arme nach ihm ausstreckte.

»Alter. Ich glaube nicht, dass ein Staubsauger uns noch retten kann«, erwiderte Robin dumpf. Er schluckte. Ich konnte sehen, wie sein Adamsapfel hüpfte.

»Hä?«, machte ich wenig feinsinnig, als ich mich an seinen Beinen festklammerte und mich an ihm hochzog. Irgendwie war er beschäftigt damit, sich schwankend am Türrahmen festzuhalten. Sein Atem roch nach Wodka-Orange und dem Gras, das wir geraucht hatten. Ich hatte ewig nicht mehr gekifft. Und er auch nicht. Vielleicht hätten wir uns nicht an Vanessas Notvorrat bedienen sollen, aber sie war schließlich nicht da und selbst schuld, wenn sie ihren Badezimmerschrank nicht abschloss. Eigentlich hatte alles damit angefangen, dass ich eine Aspirin gesucht hatte, weil Robin noch von gestern Abend kotzübel war. Aber wie das Leben so spielt, fand ich hinter den Aspirin eben diese beiden Tüten mit feinstem Gras. Und da ich nicht gerade asketisch veranlagt bin...

»Ich glaub', die Torte ist nicht mehr so ganz... intakt.«

»Ja, na ja, sie ist halt voll mit Heggis Überresten«, erwiderte ich schnaufend. Ich starrte auf meine Finger, von denen kleine Rinnsale Blut liefen, und auf Robins Jeans. Meine Handabdrücke da drauf sahen aus, als hätte ihn ein notgeiler Poltergeist befummelt. »Ups«, machte ich leise, doch Robin wischte meinen Anflug von Scham beiseite.

»Nein, man. Ich glaub', ich... bin ein bisschen reingefallen.«

»Was? In die Torte?« Ich starrte Robin an, der sich hektisch

15

blinzelnd die Augen wischte. Er nickte heftig.

»Oh, Fuck.«

»Was machen wir denn jetzt?!« Robin klang verzweifelt. Erst jetzt registrierte ich die ganzen Sahneflecken auf seinem Hemd. *Dem guten Hemd.* Dem einzigen Hemd, das er überhaupt besaß. Robin war eingefleischter T-Shirt-Jünger. Ich erinnerte mich, dass ich es unbedingt an ihm hatte sehen wollen, nachdem wir schon ein paar Wodka-Orange intus hatten. Es stand ihm und er sah darin einfach sexy aus. Die obersten Knöpfe geöffnet, die Ärmel bis zu den Ellbogen hochgeschoben ...

»Die anderen kommen in weniger als zwei Stunden hier reingeschneit.« Ich traute mich kaum, mich zu rühren. Robins Augen wirkten riesig und ich konnte meine Spiegelung in dem graugesprenkelten Blau sehen. »Da sind ungefähr drei Milliarden Cupcake-Förmchen im Schrank!« Die Eingebung kam mir, während Robin und ich uns anstarrten, vor Panik wie versteinert.

»Okay!« Robins Miene hellte sich auf. Dass ich blutete und den Boden vollsaute, registrierte er wohl nur am Rande. Doch sein Blick geriet ein wenig skeptisch. »Kannst du denn backen?«

»Na klar!«, log ich völlig davon überzeugt, dass das ein Klacks werden würde. »Ich gucke immer diese ganzen Back-Shows im Fernsehen.« Guckte ich wirklich. Ich liebte nichts mehr als auf der Couch zu lümmeln, Pizza oder Eiscreme zu essen und anderen Leuten beim Arbeiten zuzusehen. Allerdings guckte ich eher die Sendungen, die sich mit den weniger talentierten Köchen und Bäckern befassten ... rein der Unterhaltung wegen! Aber das unterschlug ich.

Robin wirkte noch immer skeptisch. »Glaubst du, sie merkt den Unterschied?«

Ich nagte an meiner aufgeplatzten Unterlippe. Wir hatten keine Zeit mehr und das war doch ein genialer Plan. Oder? Natürlich war er das! »Na ja, vielleicht wird es nicht ganz so«, ich tastete nach einem Wort, das ausdrücken würde, wie protzig diese Torte gewesen war, »prächtig, aber ich denke, es ist besser, als den Heggi-Pamps zu servieren?«

Robin nickte skeptisch, nicht überzeugt. »Ich mach dahinten sauber und werf' die Torte weg, und du... tust, was du tun musst.« Er spähte an mir vorbei, auf den Boden und das Innere der Küche, die sicher mehr gekostet hatte, als Robins Auto. »Wisch vielleicht erst mal durch«, schlug er vor, ehe er sich vom Türrahmen löste und in Richtung Tatortzimmer stapfte. »Und mach dir ein Pflaster drauf. Du blutest sonst die Törtchen voll!«

»Du blutest sonst die Törtchen voll!«, äffte ich ihn missgünstig nach. Mir tat alles weh, sogar die Zunge, und beinahe fand ich es ungerecht, dass Robin den leichteren Job kriegen sollte. Andererseits hatte ich Heggi überall verstreut. Unabsichtlich, natürlich. Mein Blick wanderte über das Chaos und der Gestank des Weins prickelte unangenehm in meiner Nase.

»Wieso musste es auch Rotwein sein?«, maulte ich, als ich begann, mit dem Handfeger und der Schaufel alles zusammenzuraffen. Es wurde irgendwie nur schlimmer, aber zumindest knirschte es nicht mehr unter den Schuhen. Das Wischen sparte ich mir, auch wenn der Boden aussah, als hätte sich jemand, der blutete wie ein abgestochenes Schwein, auf den weißen Fliesen gewälzt.

Ich musste backen.

2

Ich leckte mir nervös die Lippen und warf Robin einen verstohlenen Seitenblick zu. Wir waren beide noch nicht richtig nüchtern, aber ich war nüchtern genug, um zu wissen, dass wir verdammt tief in der Scheiße saßen. Ich brauchte Robin allerdings, um mir zu bestätigen, *wie* tief genau das war.

Robin atmete einmal tief durch und rieb sich mit zwei Fingern die Nasenwurzel. »Du hast eine gefühlte Ewigkeit gebraucht. Für *das*?«, wollte er wissen, wobei er anklagend auf die Küche deutete. Wir standen nebeneinander im Türrahmen und ich zog schuldbewusst ein wenig den Kopf ein.

Zugegeben, die ,Torte' sah nicht besonders gut aus. Eigentlich sogar verflixt hässlich, aber es war immerhin irgendwie eine Torte. Auch wenn sie schief stand. Und an einer Seite bröckelte. Und ich den Farbton für den Zuckerguss total verhauen hatte, der irgendwie kotzgrün geworden war statt türkis und weil ich den Zuckerguss mit den Händen aufgetragen hatte, weil er zu fest war, um ihn zu gießen oder zu verstreichen, wie eine weiche Creme, sah das Ganze eher aus, als hätte ein Vierjähriger das Ding gebacken. Oder gemauert.

»Woher hattest du die Streusel?« Robin starrte mich an, wobei er sich in den Türrahmen lehnte und die Augen auf diese Weise zusammenkniff, die mich nervös machte. Ein Muskel an seinem Kiefer zuckte.

»Die waren im Schrank. Und eigentlich«, versuchte ich mich herauszuwinden, »besteht die Torte ja auch aus dreißig Cupcakes.« Ich verkniff mir, zu sagen, dass der Kuchenteig steinhart einerseits war und andererseits so marode wie die Nase der Sphinx. Ich hatte keine Sahne im Kühlschrank gefunden, und so waren die staubtrockenen Dinger lediglich mit Zuckerguss zu kaschieren gewesen, übereinandergestapelt und vermutlich auch zu einer Statue zusammengepappt. Als ich noch etwas zugedröhnter und betrunkener war, kam es mir wie eine gute Idee vor. Die Küche sah aus, als hätte ein verrückter Backterrorist in ihr gewütet. Den Zuckerguss in der Küchenmaschine auf höchster Stufe anzumischen, war nicht meine beste Idee gewesen. Kotzgrüne, inzwischen steinharte Klumpen klebten überall am Fenster und der Decke und verunzierten das teure Bild an der Seite, das ein Stillleben zeigte. Die Äpfel hatten jetzt auch ein bisschen Zuckerguss, die im silbernen Korb lagen. Fast ein bisschen wie die aus dem Märchen mit Schneewittchen.

»Okay. Das ist mies, Chris. Wirklich mies«, stellte Robin nach einem langen Moment des Starrens fest. Er sah auf die Uhr an seinem Handgelenk. »Die sind bald hier. Und ich bezweifle, dass wir die Küche in der Zeit in einen passablen Zustand zurückversetzen und eine neue Hochzeitstorte organisieren können.«

Ich schrumpelte innerlich ein bisschen zusammen bei diesem Tonfall, den er anschlug der irgendwo zwischen genervt, verärgert und amüsiert schwankte. »Und was machen wir jetzt?«, fragte ich, in der Hoffnung, er hätte doch noch einen rettenden Einfall.

Robin schnaubte leise. Seine blauen Augen wollten mich schier erdolchen. Die harte Linie seines Kiefers, an der noch immer ein Muskel zuckte, wirkte dunkler von den beginnenden Stoppeln seines Bartes, den er nicht rasiert hatte. Überhaupt wirkte er dunkel, mit seinen schwarzen, kurzen Haaren, die zerzaust aussahen, und in der schwarzen Hose und dem schmuddeligen, weißen Hemd, das er sich bis zu den Ellenbogen aufgekrempelt hatte. Rechts konnte ich das Tattoo sehen, das von seiner Schulter bis zur Armbeuge verlief. Ich hatte nichts übrig für Tribals, aber seins war hübsch und betonte seine Armmuskeln. Für die hatte ich eine Schwäche. Vor allem für seine bildschönen Unterarme, an denen die Sehnen und Adern zu sehen waren, wenn er sie spannte oder sich aufregte. So wie jetzt.

Ich biss mir auf die Lippen und starrte angestrengt auf seine Schuhe. Sie waren immer noch von einem grauen Schleier überzogen. Aber harmloser anzusehen als seine Unterarme oder seine Lippen.

»Ich schlage vor, wir versuchen es mit der Wahrheit und gestehen, dass wir – angestiftet von dir – uns die Birne zugekifft, danach ihre Alkvorräte gekillt und schließlich ihre Katze über den Tortenraum verteilt haben. Und dann, in einem Moment der Klarheit, haben wir versucht, alles wieder geradezubiegen und dabei glorreich versagt. Ihre Küche ist ruiniert. Ihr Teppich ist ruiniert. Da ist Kotze in der Urne ihres verblichenen Haustieres und ich habe keinen Schimmer, ob sie uns das je wieder verzeiht.« Robin schnaufte leise und rieb sich müde das Gesicht. »Wobei ich mir weniger Sorgen um mich als um dich mache, weil sie deine beste Freundin ist und ich nur Gast.« Er ließ die Hände sinken, um mich anzusehen. »Also ist mein Vorschlag, dass du alles auf mich schiebst.«

Seine Worte saßen und ich fühlte mich gleich dreimal so furchtbar. Er hatte recht. Es war alles meine Schuld und ich hatte es total versaut. Vanessa würde mich umlegen. Zumindest würde sie nie wieder ein Wort mit mir ...

Ich hob den Blick, blinzelnd. »Äh. Was?«

Robin lächelte schräg und seine Hand legte sich schwer auf meine Schulter. Er roch noch schwach nach dem Parfüm, das er benutzte, und darunter nach sich selbst und einer Nacht mit zu viel Alkohol. »Vanessa kennt mich nicht gut und das ist die einzige Lösung, die mir einfällt, damit du ungeschoren davonkommst.«

»Wir könnten immer noch das Haus anzünden und es wie einen Unfall aussehen lassen«, wandte ich ein. Mein Herz pochte wie verrückt und seine Hand strahlte Hitze ab, die sich in meinem ganzen Körper auszubreiten schien.

Robin schüttelte den Kopf. »Nein. Ich nehm's auf meine Kappe. Und dafür schuldest du mir was. Kapiert?«

Ich schluckte. Ich wollte ihm nichts schulden. Ich wollte die Zeit zurückdrehen, damit ich die Finger von Heggis Urne lassen konnte und das alles hier unnötig wäre. Überhaupt hatte ich nur angefangen, Blödsinn zu machen, weil Robin und ich betrunken auf der Couch gelegen hatten, nebeneinander, so dicht, dass es unangenehm angenehm gewesen war. Wir hatten eine ganze Weile geredet, nachdem wir uns den Joint geteilt hatten und irgendwann lagen wir nur noch da und hatten uns angesehen und Robin hatte diesen Ausdruck in den Augen gehabt. Und mein Magen hatte sich angefühlt, als wäre er mit Schmetterlingen gefüllt gewesen. Und ich hatte gespürt, wie sich diese Spannung aufgebaut hatte, die ich nicht ertragen konnte. Dieses Knistern, das einen Kuss ankündigte, und das sich anfühlte wie die Luft vor einem Gewitter. Und dann war ich aufgesprungen, mit zitternden Knien und Schwindel im Kopf, und hatte gerufen: »Lass' uns irgendwas machen«, und dann hatte ich die Urne gesehen. Und gedacht, es wäre irgendwie lustig. So wie Heggis Schnauzbart.

Der alte Perserkater sah ständig total zerzaust aus, hatte gigantische, grüne Augen, die immer total geschockt starrten, und weiße Augenbrauen und einen weißen Schnauzbart in einem dunkelgrauen Pelz. Er sah immer aus wie ein alter Zausel, den man nachts mit Chinaböllern aus dem Bett gefegt hatte und der nicht wusste, was los war. Dabei war der alte Heggi ein echtes Biest von einer Katze. Er pisste jedem, den er nicht mochte, auf die Klamotten oder in die Schuhe. Und er mochte eigentlich niemanden. Scheu war er auch nicht, eigentlich eher angriffslustig. Er kratzte und biss und fing mit Vorliebe Fußknöchel ein, die an der Couch vorbeiliefen, wobei er sich mit allen Vieren und ausgefahrenen Krallen auf das Bein stürzte und nicht wieder losließ, bis man ausreichend blutete. Er war ein echtes Miststück mit Charakter und obwohl er einfach total verrückt war, liebten ihn alle. Mit Kindern war er großartig. Besser als jeder Wachhund. Er ließ sich geduldig als Prinzessin verkleiden, wenn Vanessas Nichten aufkreuzten, saß brav neben der Teeparty und trug sogar Perücken. Er ließ sich von den Knirpsen sogar den Bauch kraulen, wo sich alle anderen nur blutige Kratzer und Bisse abholten.

Als es ihm schließlich im hohen Alter immer schlechter ging, tat Vanessa alles, um es ihm so angenehm wie möglich zu machen. Doch gegen die Zeit hilft nichts und irgendwann verkroch er sich auf dem Dachboden in den alten Kartons voller abgelegter Klamotten von Jan, ihrem Verlobten. Sie fanden ihn nur, weil es Sommer und so heiß war und sich alle fragten, wo der Gestank herkam. Da galt er schon seit Wochen als vermisst.

Zu Lebzeiten hatte Heggi Jan schon nicht leiden können, und mit der Wahl seines Sterbeplatzes hatte er ihm noch mal eins ausgewischt. Jans Lieblingsklamotten, die Vanessa auf den Dachboden verbannt hatte, waren total hinüber.

Robin sah mich prüfend an, noch immer auf meine Antwort wartend. Ich wollte ihm nicht die Schuld aufbürden. Es war immerhin meine und ich sollte der sein, der dafür büßte.

»Robin...«, begann ich, wobei ich versuchte, die Spannung zu ignorieren, die sich wieder zwischen und auszubreiten drohte. Er stand dicht vor mir und ich hätte mich nur vorlehnen müssen, nur ein kleines bisschen, um fortzusetzen, was wir vielleicht hätten tun sollen, statt Vanessas Tag zu ruinieren.

Robin hatte sich vom Türrahmen gelöst und stand mir

gegenüber. Er war nur wenig größer als ich, und die Art, wie er mich ansah und den Kopf etwas schrägte, machte mich verrückt. Ich konnte sehen, wie er auf meine Lippen starrte, sah das Zögern, als er mich wieder direkt anblickte, wie er abzuwägen schien. Nur ein bisschen mehr, nur ein paar Zentimeter... Mein Herz pumpte wie wild und meine Knie wurden weich wie Wachs, als Robin sich zu mir neigte. Er hatte die Brauen zusammengezogen und sein Adamsapfel hüpfte nervös, als er schluckte. Konnten wir das noch auf den Alkohol und das Gras schieben, oder war das, was hier passierte unabhängig von einem netten Rausch? Die Gedanken purzelten durch meinen Kopf wie durchgedrehte Hamster in einem sich viel zu schnell drehenden Rad. Unsere Lippen berührten sich fast. Ich konnte Robins Wärme spüren, als er die Hände neben meinem Kopf im Türrahmen abstützte.

Doch das Geräusch, das vom Eingangsbereich stammen musste, ließ uns zusammenfahren.

Jemand schloss die Haustür auf. Ich konnte auch auf Robins Gesicht den Schrecken sehen und die Spannung war verflogen. Synchron drehten wir unsere Köpfe in Richtung Flur, als wir das Klacken der Absätze hörten. Ich fühlte mich ertappt und mein wild pochendes Herz dröhnte mir in den Ohren, als Robin hastig von mir abrückte und ich mich ebenfalls etwas mehr von ihm zurückzog. Mein Gesicht glühte und mein Mund war auf einen Schlag trocken. Es war ein bisschen so, als wären wir wieder Teenager und wären gerade bei etwas Verbotenem erwischt worden. Am liebsten wäre ich im Boden versunken, doch für eine Flucht war es jetzt viel zu spät.

»Großer Gott!«

Es war nicht Vanessa, sondern Lena, die in den Flur gestöckelt kam und deren Schritte stockten, ebenso wie ihr Atem. Sie trug ein wunderschönes, eng anliegendes Kleid in einem zarten Blau, das ihre sanfte Bräune betonte und ihr blondes Haar floss in kunstvollen Wellen bis auf die nackten

Schultern. Ich fand, für eine Brautjungfer war das Kleid verdammt sexy und so, wie ich Lena kannte, hatte sie hart darum gekämpft, es tragen zu dürfen. Die ursprüngliche Version der Brautjungferngarderobe hatte aus hellblauen Kleidern mit Puffärmeln und hochgeschlossenen Kragen bestanden. Niemand, der seine Brautjungfern mochte, würde sie in etwas derart Scheußliches stopfen. Fairerweise stammte diese altbackene Wahl von Vanessas Mutter und nicht von ihr selbst. Ich glaube, nachdem es einen hysterischen Aufstand der Brautjungfern gab, nahm Vanessa die Wahl der Kleider selbst in die Hand. Gottseidank.

»Was zum Teufel ist hier passiert?!« Ihre grauen Augen musterten uns von oben bis unten, wobei sie sogar unter dem perfekten Make-Up an Farbe verlor. Ihrem Gesicht nach zu urteilen *war es wirklich so schlimm*, wie ich vermutete. Hilfesuchend linste ich zu Robin, der meinen Blick erwiderte, ehe er einen Schritt nach vorn machte.

»Tja, also«, begann er, wobei er auch nicht viel sicherer wirkte als ich, »wir hatten hier einen kleinen Unfall.«

»Unfall?!« Lena schnappte nach Luft, eine Hand drückte sie an ihre Brust. Sie blinzelte hektisch, was immer ein Zeichen dafür war, dass sie begann, sich aufzuregen. Ihr Tonfall geriet erheblich schärfer. »Ein Unfall ist, wenn man einen Fahrradfahrer an einer Straßenecke übersieht und über ihn drüberbügelt! *Das hier*«, schnappte sie fassungslos, »ist einfach nur eine Katastrophe. Ihr seht aus, als hättet ihr gegen einen tollwütigen Einbrecher gekämpft und verloren!« Sie trat näher und warf einen Blick an uns vorbei in die Küche. Ihre Brauen schnellten hoch. »Habt ihr jemanden umgebracht?« Sie schnüffelte geräuschvoll und mit skeptischer Miene. »Und wieso riecht es hier überhaupt nach Kuchen und nach verschüttetem Wein?«

Robin warf mir einen Blick zu, bei dem ich innerlich schrumpfen wollte, und alle meine Rotkäppchenwitze blieben mir sofort im Hals stecken. Ich versuchte mich an einem schiefen Lächeln und hob beschwichtigend eine Hand. »Eh, ja, also wegen dem Kuchen ...», setzte ich an, «eigentlich ist das eine lustige Geschichte ...«, versuchte ich die Situation zu retten, wobei ich übertrieben enthusiastisch klang und Robins scharfen Blick und sein Kopfschütteln überging, »aber ich glaube, sie trifft nicht ganz deinen Humor«, endete ich kleinlaut, als mich doch der Mut verließ dieses Desaster als witzige Anekdote zu verkaufen. Ich klappte den Mund lieber zu, doch Robins drohender Blick verriet mir, dass ich lieber geschwiegen hätte.

»Humor? Gott, Chris!« Lena stöhnte und rieb sich die Schläfe. »Bitte sag mir nicht, dass du irgendwas anderes Dummes gemacht hast, als nur Wein zu verschütten und im Fresswahn Kuchen zu backen.« Lena warf mir einen flehenden Blick zu, doch wir kannten uns gut genug, um beide zu wissen, dass es nicht so einfach war.

Robin straffte sich etwas. »Eigentlich war das Ganze nicht Chris' Schuld, sondern meine. Ich habe die Torte ruiniert und er hat versucht, eine neue zu backen.«

Die Stille, die auf seine Worte hin eintrat, erinnerte mich an die drückende Atmosphäre in einem Mausoleum und ich zog den Kopf etwas mehr ein, während Lena so ziemlich alles aus dem Gesicht fiel.

»Ihr...- was?!«, keuchte sie entsetzt. »Die Hochzeitstorte? Was ist damit passiert?«, verlangte sie zu wissen, als sie bereits mit raschen Schritten auf den Raum zustrebte, in dem das Unheil seinen Lauf genommen hatte. Ihre Bewegungen wirkten abgehakt und steif. Jeder Schritt ihrer Absätze glich einem Peitschenknall. Ich rannte neben Robin her, der versuchte, sie aufzuhalten, doch Lena war erstaunlich schnell. Vermutlich, weil sie nüchtern war. Und verdammt wütend.

»Nicht in den...!«, warnte ich, doch da riss sie bereits die Tür auf.

Die Torte war weg und wo sie gestanden hatte, lag eine

saubere, aber etwas knittrige Tischdecke. Es roch nach Reinigungsmittel. Die chemische Zitrone übertünchte alles und kribbelte in meiner Nase. Ich spähte verstohlen an Lena vorbei, die fassungslos ein paar Schritte in den Raum stöckelte und sich schließlich zu uns umdrehte. Heggis Urne war verschwunden und dieser Umstand ließ mich zu Robin blicken. Angesichts dessen, dass er gekifft hatte wie ein Weltmeister und ihm mehr Alkohol als Blut durch die Adern fließen musste und ich wusste, dass er eigentlich nicht viel vertrug, hielt er sich wirklich tapfer.

»Wo ist sie? Was habt ihr beiden Vollpfosten angestellt?« Lena umklammerte ihre Handtasche. Pink, mit einer unechten Rosenblüte besetzt und mit mehr Strasssteinen bestückt als noch als geschmackvoll gelten konnte. Sie arbeitete in einem Beautysalon und war verantwortlich für das Make-Up der Braut und der Brautjungfern. Kennengelernt hatte ich sie auf einer lahmen Party in einem neu eröffneten Club vor einigen Jahren. Ich stand an der Bar, wo ich gerade einen angesagten Drink ergattert hatte, der schmeckte wie geschmolzene Gummibärchen und sie hatte gerade einem schmierigen Verehrer eine saftige Schelle verpasst, dessen Griffel zu aufdringlich wurden. Ihr Armband blieb mitten in der Ohrfeige irgendwo hängen und die Perlen daran spritzten in alle Richtungen davon wie winzige Projektile. Ich erinnere mich, dass irgendjemand schrie, weil er eine ins Auge kriegte und in die Notaufnahme musste. Einige landeten in meinem Drink. Lena war mit ein paar Freundinnen da, die sie davon abhalten mussten, dem Grapscher in seine Kronjuwelen zu treten und schließlich kamen wir aufgrund der Absurdität ins Gespräch. Es war seltsam, weil sie schon ziemlich angetrunken war und wir irgendwann in einer Ecke landeten und knutschten. Aber der betrunkene Kuss dauerte nur für die Länge eines Songs an und wir stellten beide gleichzeitig fest, dass ein weiterer nicht nötig war. Es war locker, keine große Sache. Damals trug ich die Haare noch lang und dazu eine Menge Kajal. Als Lena aufging, dass ich ein Typ war, fand unsere sehr kurze Romanze ein abruptes Ende. Zu dieser Zeit hielt sie sich für lesbisch und probierte eine Menge Neues aus, doch ich glaube, die Phase hielt nicht lange an und war einem miesen Ex geschuldet, der sie nicht gut behandelt hatte. Es war mehr Trotz als tatsächliches Interesse.

Ich stand noch nie auf Frauen und war einfach neugierig gewesen, wie es sich anfühlen würde. Zugegebenermaßen war ich betrunken genug für das einmalige Experiment und hatte keinen Bedarf daran, es zu wiederholen. Es war nett gewesen, aber weit entfernt von *umwerfend*, auch wenn das weniger an ihren Kussfähigkeiten als ihrem Geschlecht lag. Und an ihrem süßen Parfüm. Sie roch wie eine chemische Früchtefabrik.

»Ich bin in die Torte gefallen. Es war keine Absicht. Chris wollte mir nur ein bisschen das Haus zeigen. Ich war betrunken und dicht und hab' das Gleichgewicht verloren als ich mir die Dekoration näher ansehen wollte.« Robin klang so nüchtern und sachlich, während er das sagte, dass ich ihn nur bewundern anstarren konnte. Ich fühlte mich räudig, denn eigentlich war es ganz und gar nicht so gewesen und ich fürchtete, dass Lena die Lüge sofort durchschauen würde.

Das tat sie nämlich immer. Sie war ein menschlicher Lügendetektor. Schlimmer noch als jeder CSI-Ermittler im Fernsehen. Ihr Talent dafür, die Wahrheit rauszufinden, war eine echte Superkraft. Wäre sie eine Superheldin, wäre ihre Geheimwaffe eine riesige Lupe und sie würde mit den Laserstrahlen der Wahrheit aus ihren Augen schießen, um die Geheimnisse aus den Leuten herauszubrennen.

»Chris!« Lenas Bellen riss mich aus meinen Überlegungen und ich fuhr zusammen, verwirrt und blinzelnd, weil ich gar nicht mitbekommen hatte, dass sie mich etwas gefragt hatte.

»Jawohl! Anwesend!«, antwortete ich wie im Reflex. In der Schule früher passierte mir das andauernd, weswegen ich mehrere Einträge ins Klassenbuch kassiert hatte und meine Klassenlehrerin einmal meine Mutter in die Schule zitierte, um über meine geistige Abwesenheit zu reden. Vermutlich ist meine Unfähigkeit, mich in wichtigen Situationen konzentrieren zu können, mit schuld daran, wieso ich als Pizzabote und in einem Supermarkt als Regaleinräumer arbeite.

Lena starrte mich mit einem echten Todesblick an und ich versuchte vergeblich, diesem standzuhalten. Sie sah aus wie ein Racheengel, wie sie da stand, die Hände in die Hüften gestützt, mit diesem Gesichtsausdruck, den nur wütende beste Freundinnen und Mütter zustande bringen, wenn man wirklich richtig Mist gebaut hatte. »Ich sagte: Ist es wahr, was Robin da blubbert oder ist das nur erfundene, gequirlte Scheiße? Und woher hattet ihr beiden Vollpfosten überhaupt den Schlüssel zu diesem Zimmer?!«

»Alles wahr!«, nuschelte ich, wobei ich vermied, irgendwen anzusehen. Mir war übel vor Schuld. Ich sollte die Wahrheit sagen. Besser jetzt. Sofort. »Der Schlüssel lag auf der Türzarge, wie immer«, erklärte ich noch, ehe ich ansetzte: »Hör mal, Lena, ich-«

»Du brauchst diesen hirnlosen Vollidioten nicht in Schutz nehmen!« Lenas Stimme schnitt durch die Luft und ihre Handgeste unterstrich die Endgültigkeit ihrer Worte. »Er hat Vanessas Hochzeit versaut! Und schlimmer noch, die ganze Feier wird total den Bach runtergehen und ich kriege keine Chance bei Vincent!«, knurrte sie angefressen.

»Eh. Vincent?«, hakte ich vorsichtig nach, während Robin neben mir den Kopf hängen ließ. Ich selbst brauchte nicht so tun, als drückte auch mich die Schuld nieder. Meine Haltung knickte von ganz alleine ein. Vincent war in meiner Erinnerung dieser Kerl, von dem Lena schon seit ungefähr einem Jahr ununterbrochen redete, und der wohl irgendwie mit Jan, Vanessas Verlobtem, verwandt war. Aber wie genau hatte ich vergessen. Das war meine Superkraft. Nur, dass ich kein Held war. Allerdings fiel mir jetzt wieder ein, dass Lena in ihn verschossen war und darauf gehofft hatte, ihn auf der Feier rumzukriegen. Ihre Spione berichteten, dass er ganz scharf auf Brautjungfern war. Ob das gute Voraussetzungen für eine gemeinsame Zukunft waren, sei dahingestellt. Aber mir ging in diesem Moment auf, dass ich nicht nur Vanessa ihren großen Tag vergeigt hatte, sondern auch Lenas Liebesleben einen Riegel vorgeschoben hatte.

»Chris hat haufenweise Muffins gebacken. Oder Törtchen.« Robin warf mir einen bedeutsamen Blick zu. »Vielleicht könnte das den Tag wenigstens ein bisschen retten?«

»Nein, kann es nicht, Rob. Gott, ihr Männer seid einfach zu bescheuert!« Lena machte eine Geste, als wollte sie sich das Gesicht reiben, erinnerte sich dann jedoch daran, dass sie geschminkt war und ließ mit einem genervten Geräusch die Geste ins Leere gehen. »Ihr seid tot, kapiert? Eine Hochzeit ohne Torte geht nicht!«

»Es isst doch sowieso keiner was davon!«, protestierte ich schwach. Sogar in meinen Ohren klang die Ausrede erbärmlich. Auch, wenn es die Wahrheit war. Vanessas Freundinnen hatten sich schon letzten Sommer durch ein Diätprogramm gequält, um in ihre Kleider zu passen, und Lena fastete mindestens einen Tag die Woche, und das seit drei Monaten. Dass sich heute irgendwer mit Kuchen vollstopfen würde, war ausgeschlossen. Abgesehen von den Herren der Schöpfung. Aber die zählten ja auch gar nicht. Lena sagte nichts, aber sie starrte mich erfolgreich nieder.

»Eure Klamotten sind im Arsch. Die Torte ist im Arsch. Die Küche ist im Arsch und deine beknackten Muffins sind garantiert auch für'n Arsch«, beschied Lena mit bebenden Nasenflügeln. »Du kannst doch nicht mal backen!«, warf sie mir keifend an den Kopf, einen perfekt manikürten Finger anklagend in meine Richtung gehoben.

Und es stimmte.

»Na ja, da war eine Backmischung und den Rest habe ich improvisiert«, gab ich kleinlaut zu. »Vielleicht sind sie nur ein bisschen ... hart.«

Lena machte eines ihrer typischen Lenageräusche. Ein abfälliges Schnauf-Grunzen, für das ihre Mutter sie stets tadelte, weil sie der Meinung war, das sei unweiblich. War es auch, auf jeden Fall. »Großer Gott. Ihr beide seid wirklich das Letzte.« Sie tigerte auf den Stöckelschuhen hin und her, während Robin und ich Schulter an Schulter dastanden und ihre bösen Blicke über uns ergehen ließen.

»Und was machen wir jet-«

»Schnauze!«, unterbrach sie meine Frage. Sie stampfte mit dem Fuß auf wie ein aufgebrachter Stier und ich klappte den Mund artig zu. »Ich denke nach, kapiert?!«

Robin neben mir seufzte leise. »Und wenn wir eine neue Torte besorgen?«, schlug er vor. »Irgendeine große, prächtige?«

Lena öffnete dem Mund, um ihn anzukeifen, doch es schien, dass ihr ein Gedanke durch den Kopf schoss. Sie klappte ihn wieder zu und schürzte die perfekt geschminkten Lippen. »Also gut. Hier ist der Plan«, begann sie, wobei ich wagte, hoffnungsvoll den Blick zu heben. »Ich lenke Vanessa und die anderen davon ab, dieses Zimmer zu betreten. Vanessa hat die Torte nämlich noch nicht gesehen. Es war Jans Auftrag, sie zu besorgen. Darum war das Zimmer ja auch abgeschlossen.« Sie starrte mich bei dem letzten Satz giftig an und ich sparte mir eine Verteidigung und dass Jans Schlüsselversteck jetzt nicht besonders kreativ gewesen war.

Robin und ich warfen uns Blicke zu. Ob das nun verriet, dass Vanessa ihrem Verlobten wirklich blind vertraute, oder es einfach nur eine glückliche Fügung des Schicksals war, würde sich noch zeigen.

»Ihr werdet euch also auf der Stelle umziehen, so schnell wie möglich nüchtern werden und jeden beschissenen Konditor in dieser Stadt auf Knien anflehen, bis heute Nachmittag eine neue

Torte zu liefern«, erklärte sie mit erhobenen Händen, »und«, fuhr sie in scharfem Tonfall fort, als ich schon glücklich zustimmen wollte, »ihr bezahlt sie aus eigener Tasche!« Ihr Blick durchbohrte mich dabei und ich erwischte mich, wie ich schon den Mund zu einem Protest aufmachen wollte, um zu rufen, wie unfair das war! Immerhin wusste Lena, dass ich ständig blank war. Bankrott zu sein und leere Taschen zu haben gehörte zu mir wie meine furchtbaren Haare, die sich nicht stylen ließen. Es war ein Teil von mir, seit ich das Kunststudium abbrechen musste. Also; Dauerpleite zu sein, die Haare hatte ich schon immer.

Andererseits: wie viel konnte so ein bisschen Kuchen schon kosten? Es war ja nur Mehl, Zucker und ein paar Eier. Oder so ähnlich.

»Ja, sicher. Geht klar.« Mein Lächeln musste wohl grenzdebil wirken, denn Lenas perfekt geschminktes Gesicht nahm einen skeptischen Ausdruck an, bei dem sie eine Augenbraue so weit hochzog, dass sie beinahe ihren Haaransatz berührte.

»Dann macht, dass ihr raus kommt. Und wagt es nicht, ohne Torte wieder hier aufzuschlagen, klar?!« Sie zückte ihr Handy, das irgendwie in der winzigen Tasche platzgefunden hatte, um irgendwen anzurufen.

Glasklar. Ich schnappte mir Robins Arm und taumelte mit ihm im Schlepptau in Richtung Ausgang, wobei ich fast über den Vorleger im Flur segelte. Auf seine Protestlaute gab ich nichts, denn wir hatten einfach keine Zeit, um wählerisch zu sein.

Hinter uns fiel die Tür zu, doch ich hörte noch die Gesprächsfetzen, die Lena eilig in ihr Telefon sprach. Etwas von einem Notfall, von einem Reinigungsteam und einer neuen Lieferung Alkohol. Viel davon. Man konnte über sie sagen, was man wollte, aber sie war ein richtiges Organisationstalent – und sie rettete uns vermutlich gerade den Arsch.

»Also dann, kaufen wir ein bisschen Kuchen«, meinte ich

grinsend zu Robin, als wir an seinem Auto angekommen waren. Ich fühlte mich eigentlich nicht nüchtern genug, um irgendetwas zu tun, außer zu atmen, doch aus der Nummer kam ich jetzt nicht mehr raus.

Mir war, als säße Heggis Geist irgendwo unter den ausladenden Rhododendren und würde uns unter den gigantischen pinken Blüten hervor missbilligend beobachten. Der alte Kater war garantiert schadenfroh, dass ich jetzt in diesem Schlamassel steckte. Selbstverschuldet. Und das nur, weil ich hatte vermeiden wollen, Robin zu küssen. Oder er mich. Oder wir uns. Und dann wäre es vom Küssen bestimmt in die nächste Phase übergegangen und dann ...-

»Chris!«

Robins Stimme riss mich aus meinen wirren Überlegungen und ich hielt mich am Seitenspiegel seines Autos fest, unsicher auf den wackeligen Beinen. Bestimmt küsste er umwerfend und ich hatte es versaut, nur, weil ich Angst hatte. Mein Herz klopfte wie verrückt. »Ja?« Ich linste über das Auto hinweg zu ihm, aber er war nicht mehr dort, wo er eben noch stand. Ich beugte mich irritiert runter, als die Scheibe des Fensters mit einem enervierenden Surren hinabfuhr und blinzelte trunken in den Wagen.

Wann hatte er sich denn schon reingesetzt? Und seit wann lief der Motor schon? Ich zupfte beschämt an meiner Hose herum und öffnete umständlich die Tür. Robin sah ziemlich fertig aus und war immer noch verflucht heiß. Das war auch unfair. Unter allen Sachen, die mir so passierten, vielleicht das Unfairste. Immerhin sah ich morgens in der Regel aus, als hätte ich nachts in die Steckdose gelangt und mich hobbymäßig dreimal überfahren lassen. Von einem Laster.

Ich hatte Augenringe, Kissenfalten im Gesicht, und meine Haare, die sich zu wilden Locken drehten, wenn ich sie nicht bändigte, standen in alle Richtungen ab. Ich hielt sie daher meist sehr kurz, aber in letzter Zeit hatte ich es einfach nicht zum Friseur geschafft, weshalb sie wieder ungefähr fingerlang waren.

Robin dagegen hatte keines meiner Probleme. Seine Haare waren kurz genug, um gar keine Aufmerksamkeit zu brauchen, und seine kantigen Züge sahen, sogar wenn er müde war, sexy aus. Er hatte einen Bartschatten, weil er sich nicht rasiert hatte, und allein das gab seinem markanten Gesicht noch diesen Hauch mehr Verwegenheit. Ich konnte die kratzenden Stoppeln beinahe unter meinen Fingern spüren, während ich ihn anstarrte und erst nach gefühlten Minuten bemerkte ich, dass er zurück starrte. Mein Gesicht wurde heiß, als es dunkelrot anlief und ich so tat, als würde ich Fussel von dem Kopfstück seines Sitzes klauben.

Robin räusperte sich. »Geht`s dir gut?« Er wartete die Antwort jedoch nicht ab, sondern parkte den Wagen rückwärts aus, wobei mein Magen sich zusammenzog und ein unangenehmes Gefühl durch meine Eingeweide schickte. Instinktiv krallte ich mich am Türgriff fest. »Wir sollten uns umziehen«, fuhr er ungerührt fort, als er den Wagen vom Grundstück steuerte und mir sein Handy reichte. »Hier.«

Ich nahm es perplex. Was wollte er jetzt? Meine Nummer? Mein entsprechend dämlicher Blick traf seinen, und in seinen blauen Augen funkelte Belustigung.

»Wenn du nicht gerade alle Konditoren privat kennst und weißt, wo sie ihre Läden haben, solltest du sie auf der Karte suchen, damit wir uns nicht verfahren und Zeit sparen.«

»Oh«, machte ich ertappt. »Klar«, fügte ich nuschelnd an und kam mir saublöd dabei vor. Ich brauchte eine kleine Weile, um die Karte aufzurufen und den Suchbegriff einzugeben. Es war eine überschaubare Anzahl, geschuldet der Umgebung, die man bestenfalls als *ländlich* definieren würde. Es gab eine Stadt in der Nähe, ansonsten nur versprengte Dörfer. Offenbar war der Bedarf an Hochzeitstorten nicht besonders überragend. Das wiederum, so schloss ich daraus, war gut für uns, denn, so nahm ich an, dann musste ja nicht viel los sein, in den Geschäften, und wir kriegten eine Torte.

»Der nächste ist fast um die Ecke.« Ich schenkte Robin ein selbstzufriedenes Lächeln und gab die Adresse in das Navigationssystem ein. Lena würde Augen machen, wenn wir in einer halben Stunde wieder da wären. Das war ja einfach!

»Ach, Chris?« Robin folgte den Anweisungen der Stimme aus dem Telefon, die ihn blechern nach *links, rechts,* oder *in einhundert Metern wenden* durch die unbekannten Straßen führte.

Sobald ich den Kopf hob, um aus dem Fenster zu sehen, und all die grünen Wiesen und Felder und vereinzelten Häuser an mir vorbeirauschten, wurde mir übel. Ich starrte lieber angestrengt auf meine Hände im Schoß. »Ja?«, fragte ich, ohne aufzusehen. Ich versuchte, mich auf das Muster der Fußmatte zu konzentrieren, die irgendwann mal kreischend grün gewesen sein musste. Es war eines von diesen abgefahrenen, psychedelischen Mustern, die man auch sah, wenn man zu viel geschmissen hatte. Oder in den Büchern, die manchmal bei Zahnärzten oder Augenärzten im Wartezimmer herumlagen. Die, in denen Muster abgebildet waren, die keinen Sinn ergaben, und die man sich dicht vor das Gesicht halten und dann langsam Abstand dazu gewinnen musste, damit man die Gesichter, Tiere oder Zahlen erkannte. Mein letzter Rausch war allerdings schon lange her. Ebenso wie ein überfälliger Zahnarztbesuch, wie ich unangenehm berührt feststellte. Ich drückte mich um alles, was unangenehm war mit allen möglichen Taktiken und dann endete es immer damit, dass ich mich lediglich in einen selbsterzeugten Schlamassel bugsierte.

»Wir sollten uns umziehen. Wir sehen beide aus, als wären wir aus einer Anstalt ausgebüxt.« Robin warf mir ein Lächeln zu und mein Herz hüpfte mitsamt dem Auto über eine Unebenheit in der Straße, über die wir flogen wie ein Karnickel im Frühling über einen Baumstamm.

Mich umziehen? Womöglich noch vor *ihm*? Ich lächelte nur und nickte. Mehr traute ich mich nicht, während ich Mühe hatte, das Flattern meines Magens zu identifizieren. Mir war schwindelig und ich hielt das Gesicht aus dem Wagenfenster, durch das frische Luft in das Gefährt strömte. So wie ein Hund. Nur ohne das Sabbern und die fliegenden Ohren.

Meine Gedanken waren noch immer wirr und ich begann, über Karma nachzudenken. Wenn ich als Kind schon hätte küssen können, statt nur bissig meine Zuneigung bekunden zu können, wäre aus mir und Robin dann schon damals ein Paar geworden? Oder maß ich dem Ganzen zu viel Bedeutung bei? Vielleicht interpretierte ich ja auch nur, weil ich hoffte, es wäre so?

Meine Verwirrung hielt an, während Robin schweigend fuhr und ich ihm verstohlene Blicke zuwarf. Wir waren zusammen aufgewachsen, hatten jeden Mist gebaut, den man sich nur denken konnte, und uns immer gegenseitig aus der Patsche geholfen. Irgendwann hatte er angefangen, mit Mädchen auszugehen und ich, rasend vor Eifersucht und total verletzt davon, hatte mich wochenlang geweigert, auch nur mit ihm zu reden. Mit immer anderen Ausreden. Ich täuschte Krankheiten und Unfälle vor und ging extra mit anderen Bekannten aus, um ihm zu zeigen, wie egal er mir war und dass ich auch ohne ihn Spaß haben konnte. Aber es war nicht das Gleiche und niemand konnte ihn ersetzen.

Wir hielten und mein Magen tat einen nervösen Hüpfer. Der Feldweg war schmal, links von uns gab es nur einen dichten Wald und rechts nichts als wogende Felder, auf denen Getreide wuchs. Dazwischen fanden sich kleine Tupfer roten Mohns. Mein Blick flog zu Robin, der bereits ausstieg und um das Auto herumging. Ich hörte, wie er den Kofferraum öffnete. »Gut, dass ich mein Zeug im Auto gelassen habe«, hörte ich ihn sagen. Tatsächlich hatte er seit der vierten Klasse, als man ihm seine Lieblings-Actionfigur aus seiner Reisetasche im

Ferienlager klaute, eine Phobie davor, sein Gepäck achtlos herumliegen zu lassen. Wir kriegten nie heraus, wer ihn bestohlen hatte und noch heute trauert er diesem Sammlerstück nach, das jetzt einige hundert Mäuse wert ist. Im Originalzustand, noch verpackt, sogar tausende.

»Ja, das ist toll«, pflichtete ich ihm bei. Ich zwang mich, auszusteigen und um das Auto herumzugehen, wo Robin bereits in der Tasche nach passabler Kleidung suchte. Sein Hemd war völlig ruiniert. Im Licht des Tages, das nach dem kurzen Regenschauer so viel freundlicher wirkte, war der Schaden noch schlimmer.

Ich leckte mir die Lippen und wartete stumm, während Robin in seinen Klamotten wühlte. T-Shirts, vornehmlich, aber auch Jeans. Schließlich legte er mir ein burgunderfarbenes Shirt heraus, das einen keltischen Knoten auf der Brust hatte, und ein paar seiner dunklen Hosen. Ich starrte darauf, als wäre das Ganze nichts zum Anziehen, sondern nukleare Sprengköpfe. Mein Blick flog zu Robin, der sich gerade das schmutzige Hemd über den Kopf zog. Ungeniert, als wäre nichts dabei, während in mir mein verklemmtes Selbst die Hände über dem Kopf zusammenschlug. Sein Tribal sah im milden Sonnenlicht noch besser aus. Der weiche Schimmer seiner Haut schlug mich in den Bann, der jeden Muskel und jede Bewegung betonte. Mein Blick verfing sich an dem Piercing, das durch seinen linken Nippel ging. Ein silberner Stab. Er war nicht der muskulöse Typ Marke Bodybuilder, aber er hatte einen verdammt schönen Körper. Meine Augen wanderten tiefer, ohne dass ich mich dagegen wehren konnte, verfolgten die dunkle Spur aus Haaren, die sich vom flachen Nabel bis in den Hosenbund zogen.

»Starren ist aber unhöflich.« Robin klang amüsiert, drehte sich dann jedoch etwas seitlicher, um sich ein weißes T-Shirt überzustreifen. Er schlüpfte aus den Schuhen, um sich die Hose auszuziehen, und ich drehte mich schlagartig weg. Mein Herz pumpte wie verrückt und ich fühlte mich dämlich. Immerhin hatten wir uns früher oft voreinander umgezogen. Dreimal die Woche, Sportunterricht, immer nebeneinander. Jedenfalls, bis ich in der achten Klasse sitzen blieb und in eine andere wechseln musste.

Damals hatte er aber auch noch nicht *so* ausgesehen. Er hatte keine Tattoos und keine Piercings gehabt und ich hatte noch keine Schwäche für schöne Unterarme.

Trotzdem fühlte ich mich wie in der Zeit zurückversetzt. Ich hasste es früher schon, mich vor anderen auszuziehen. Auch wenn man versucht, es schnell zu tun, fühlt man sich doch immer abgecheckt von den anderen. Und man guckt natürlich auch, was die Konkurrenz so drunter trägt, wie fit die anderen sind. Ich war immer der Sportmuffel, der nicht eingesehen hat, zwölf Runden in der Halle zu laufen und Liegestütze zu machen. Und so sehe ich auch aus. Ich bin zwar nicht dick, aber dafür schlaksig, ohne nennenswerte Muskeln. Meine Mutter findet, ich bin zu dünn, aber das finden vermutlich alle Mütter mit italienischen Wurzeln bei ihren Söhnen.

Ich bin das, was man einen *Waschlappen* nennen würde. Schlank, weich, unbedrohlich. Ich habe weder breite Schultern noch eine begnadete Statur. Ich sehe mit langen Haaren eher aus wie ein flaches Mädchen denn wie ein Typ von siebenundzwanzig. An mir ist nichts bemerkenswert. Und das sehen auch andere. Mir fehlt offenbar dieses Gen, das mich zielstrebig, ehrgeizig und männlich-markant macht, und das mich antreibt, mich ins Fitnessstudio zu schleppen, um meinen Körper in Form zu bringen. Mit anderen Worten: ich bin faul. Ich warte sogar darauf, dass mir immer noch ein richtiger Bart wächst, statt dieses spärliche Gefussel, das ab und an meine Oberlippe und die Wangen bedeckt. Oder wenigstens in der richtigen Farbe. Ich bin mit dunkelbraunen Locken geschlagen, kriege aber einen astreinen, knallroten Bart, den ich immer rasiere, weil das komplett bescheuert aussieht, wenn ich es nicht tue. Das einzig Bemerkenswerte an mir ist mein Stoffwechsel. Ich kann essen, was ich will, und nehme praktisch kein Gramm zu. Allerdings bin ich dafür auch ziemlich blass, was komisch ist, weil meine Eltern es nicht sind. Ich sehe aus wie ein sprichwörtliches Kellerkind und die bleiche Haut ist nicht das, was man eine ‚edle Blässe' nennen würde, sondern eher als kränkelnd zu definieren.

Mir all meiner Makel mehr als bewusst, drehte ich Robin den Rücken zu und versuchte, mich auf den wogenden Weizen im Wind zu konzentrieren, als ich meine besudelten Klamotten auszog. Hier draußen fühlte ich mich gleich doppelt nackt. Was, wenn jemand kam? Was machte das denn für einen Eindruck auf die Leute? Zwei Typen, die sich am Waldrand auszogen. Aus einem Kofferraum heraus. Die mussten doch denken, dass wir irgendeinen kranken Fetisch hatten. Der Gedanke trug nicht dazu bei, dass mir wohler war. Hinter mir raschelte Robins Jeans, als er sie sich von den Beinen streifte und mein Mund war schlagartig trocken. Die sommerliche Luft, die nach dem wachsenden Getreide duftete und nach dem Grün des Waldes, trug auch Robins Parfüm mit sich. Ich bekam Gänsehaut davon, dass ich nackt in der Sonne stand und streifte mir hastig das Shirt über. Es war eindeutig zu groß und hing schlaff an mir herab wie ein Segel bei Flaute. Umso besser, weil es mir fast bis zu den Oberschenkeln reichte und ich so wenigstens fast sicher war, dass mein Hintern nicht Ziel von Robins Blicken werden konnte, als ich meine Hose auszog. Nur auf Socken und immer noch nicht ganz nüchtern, warf ich das Ding in den Kofferraum, um nach der sauberen Hose zu greifen. Sie war schwarz und aus weichem Stoff. Hoffentlich hielt die ohne Gürtel, aber ich bezweifelte es. Robin war immerhin jemand, der seine Klamotten auch ausfüllen konnte – mit schönen, sehnigen Muskeln, einem Waschbrettbauch, tollen Bei-

»Was machen Sie denn da?!« Die empörte Stimme einer Frau

riss mich aus meinen Gedanken und ich fuhr zu ihr herum, um einer älteren Dame gegenüber zu stehen, die nicht weit von uns weg auf dem Weg verharrte, einen hechelnden Hund an der Leine, der aussah, als hätten ein Mops und ein Pudel eine leidenschaftliche Affäre gehabt. Ihr Blick verurteilte uns über den Rand ihrer Brille hinweg. Robin und ich warfen uns einen beschämten Blick zu, er immerhin schon ganz umgezogen, ich dankbar für das lange Hemd, das wenigstens meine Unterwäsche bedeckte, mir jedoch der geringelten Socken nur allzu bewusst. Sie hatten nicht nur nicht zueinander passende Farben, sondern auch noch unterschiedliche Motive. Ich hatte nicht damit gerechnet, dass ich mich vor meinem besten Freund aus Kindertagen würde ausziehen müssen und daher der Garderobe meiner Füße keinerlei Bedeutung beigemessen. Doch ich spürte, wie die alte Dame auf meine Socken starrte und krümmte die Zehen, als könnte ich sie so aus ihrem Sichtfeld rücken.

»Äh, wir...«, begann ich unschlüssig, wobei mein Augenmerk zwischen der Frau, die sicherlich um sie Sechzig war und Robin hin und her sprang. Gleichzeitig versuchte ich, weder ihm meinen Arsch noch ihr meine Unterhose zu zeigen und hielt das saubere Beinkleid, das Robin mir geliehen hatte, vor meinen Körper wie einen ziemlich dürftigen Schutz.

»Ich wüsste nicht, was Sie das angeht.« Robin klang resolut und stellte sich ritterlich vor meine peinliche Erscheinung. Das weiße T-Shirt betonte seine Armmuskeln und seinen hübschen Rücken und ich erwischte mich, wie ich unverhohlen auf seinen Hintern starrte. Die abgewetzte Jeans saß wirklich eng und überließ nur wenig der Fantasie. Ich machte, dass ich in meine eigene Hose stieg, bemüht, dabei nicht auszusehen wie ein Perverser der einen Fetisch dafür hatte sich nackt auf Feldwegen alten Damen und ihren Hunden anzubiedern. Oder schlimmer noch: Kindheitsfreunden aus dem sprichwörtlichen Sandkasten. Meine Wangen glühten, obwohl der Gedanke, es auf einem Feldweg mitten im Nirgendwo zu machen, durchaus seinen Reiz hatte. Ungesehen kniff ich mich in das Handgelenk, kaum dass ich den Hosenknopf geschlossen hatte. Daran zu denken war jetzt wirklich nicht der richtige Zeitpunkt. Und außerdem war Robin nicht der Richtige dafür. Das heißt: er war es bestimmt schon, aber –

»Das ist unerhört!«, giftete die alte Dame zischend. Der Wollmops an der Leine wimmerte und rieb seinen Hintern über das grüne Gras am Wegesrand. Ihn schien das alles nicht zu tangieren. Aber wenn's juckte, dann konnte ich ihm seine Ignoranz verzeihen. Die alte Frau beachtete ihn gar nicht. »Ich werde die Polizei verständigen, hören Sie? Für solchen Schweinkram ist in unserer schönen kleinen Stadt kein Platz!«

Robin und ich guckten gleichermaßen dumm aus der Wäsche. Allerdings fing er sich als erster wieder, während ich noch versuchte, eine schlagfertige Antwort zu formulieren.

»Wissen Sie, was wirklich unerhört ist?«, gab Robin zurück, der mittlerweile eine Hand in die Hüfte gestützt hatte und mit der anderen eine Geste machte, die ich nicht sehen konnte. »Dass alte Schachteln wie Sie es nicht für nötig befinden, die Kacke Ihrer Töle aufzusammeln. Durch Hundekot werden jährlich dutzende Tonnen an Getreide und anderen Feldfrüchten verunreinigt! Vielleicht sollten *wir* also tatsächlich die Polizei rufen und sichergehen, dass Sie als Hundehaufenliegenlasserin angekreidet werden, mh? Mal sehen, wie Ihrer schönen Kleinstadt *das* gefällt.«

Ich spähte an Robin vorbei auf die alte Dame, die ihren Mund zu einem tonlosen *Oh* formte und mit zitterndem Zeigefinger auf uns deutete. Sie lief dunkelrot an, während der Wollmops einen Haufen zu machen versuchte. Vielleicht hatte er Verstopfung oder so, aber es sah wirklich arg gequält aus. Robin zog an mir vorbei und knallte den Deckel des Kofferraums zu, gerade als ich noch in meine Schuhe schlüpfte. »Wir gehen«, lautete der geknurrte Befehl an mich, während die alte Dame uns offensichtlich verwünschte, unterstrichen von hektischen Gesten.

Ich machte, dass ich ins Auto stieg, während Robin den Wagen schon anließ und seelenruhig davonfuhr, ohne darauf zu achten, was für Fingerzeichen uns nachgeworfen wurden. Mein Herz schlug wie verrückt und eine diebische Freude tanzte in meiner Brust. Verstohlen linste ich zu Robin, der so gelassen wirkte, als hätte es diesen Zwischenfall nie gegeben. »Das war irgendwie cool.«

Sonnenlicht tanzte auf dem Armaturenbrett und auf Robins Profil, ehe er mir einen Blick unter hochgezogenen Brauen zuwarf. »Wirklich? Ich fand es eher nervtötend, aber wenn ich umdrehen soll, damit wir ihr einen richtigen Grund zum Aufregen geben, sag's nur.«

Die Karre holperte über einen unebenen Huckel im Feldweg und mein Magen beschloss, irgendwo unter uns mit zu stolpern. Es war dieses Gefühl, als würde man fallen, so wie in der Achterbahn. Grundsätzlich hasste ich es, weil ich Achterbahnen nicht leiden konnte. Mir wurde immer übel in den Dingern. Aber jetzt, in diesem Auto, mit Robin, flirrte dieses Ziehen durch meinen Magen. Ich drehte die Worte in meinem Kopf hin und her wie Puzzleteile, die nicht zu dem Bild passen wollten, das ich zu legen versuchte. Meine Neugier wollte fragen, wie er das meinte, aber meine Angst klebte mir den Mund zu. Bestimmt hatte er es gar nicht so gemeint, wie es geklungen hatte. Und was sollten wir auch machen? Zurückfahren, um es auf der Motorhaube zu machen? Du lieber Himmel. Plötzlich war ich verdammt froh, dass Robins Shirt mir viel zu groß war. Es verdeckte meine Gedanken, die sich viel südlicher meiner Stirn zusammenballten.

»Nah. Passt schon«, krächzte ich unnötigerweise. Mein Blick starrte durch das Fensterglas und ging durch die schöne Landschaft hindurch, ohne sie wirklich zu sehen. Stattdessen dachte ich an Robins nackten Oberkörper und wie weich seine

Haut aussah, und hasste mich dafür.

Die Einladung zu Vanessas und Jans Hochzeit hatte uns wieder hier zusammentreffen lassen. Wir hatten uns ein paar Jahre nicht gesehen und trotzdem war kein Tag vergangen, an dem ich nicht irgendwie an ihn denken musste.

Es tat weh, und der plötzliche Schmerz, über das, was ich noch immer fühlte, ließ mich den Griff in der Beifahrertür umklammern. Es hieß, dass Zeit alle Wunden heilte, doch das stimmte nicht. Es gab immer Narben und auch, wenn man sie nicht sehen konnte, taten sie manchmal noch weh.

Es war dumm gewesen, damals. Und es war auch heute noch dumm, das war mir klar, aber ich kam nun einmal nicht dagegen an. Und eigentlich erwarteten immer alle, dass man mit steigendem Alter erwachsener und reifer wurde. Und bestimmt traf das auf Robin zu, da war ich sicher, doch auf mich selbst? Ich war immer noch der Rotzlöffel von damals, der nur Flausen im Kopf hatte.

Vanessa und Jan heirateten und würden vielleicht sogar Kinder kriegen und ein richtiges Leben haben, während ich noch immer herauszufinden versuchte, was dieses Wort für mich überhaupt bedeuten sollte. Ich war mit siebenundzwanzig lange kein Kind mehr, aber ich fühlte mich trotz allem auch noch nicht richtig erwachsen. Meine bisherigen festen Beziehungen konnte ich an einer Hand abzählen und die längste hatte vielleicht sechs Monate gehalten. »*Es liegt nicht an dir. Ich bin nur noch nicht bereit für etwas Festes*«, hatte er gesagt. Wir hatten beide gewusst, dass er log und schon eine Weile einen anderen vögelte. Ich hatte zufällig sein Handy durchstöbert, das er liegenlassen hatte und seine Nachrichten gelesen. Man schickt keinem *Kumpel aus dem Gym* Bilder von seinem Schwanz im Tausch gegen welche von dessen bestem Stück. Mit Schleife drumrum. Ich meine: Hallo?? Er war offensichtlich bereit für etwas Festes. Etwas Festes, das an einem anderen dranhing.

Das Glas der Fensterscheibe fühlt sich kühl an meiner Schläfe an. Es war nicht die erste Abfuhr dieser Art, aber sie tat genau so weh wie alle davor. Ich war nun einmal kein guter Fang, niemand, den man stolz seinen Freunden präsentierte und sicher niemand, über dessen Beruf man prahlerisch berichtete. Ich war der Pizzalieferant, der als Aushilfe im Supermarkt jobbte und der ein vergeigtes Kunststudium vorweisen konnte. Andere in meinem Alter sind Anwälte oder Steuerberater oder Augenarzt. Ich hatte mal etwas mit einem Augenarzt, der drauf stand, angepinkelt zu werden. Unter der Dusche zwar, aber trotzdem. Wir hatten uns bei ihm getroffen und er hatte mir einen Drink nach dem nächsten serviert, perfide geplant und wohlwissend, dass ich irgendwann müssen würde. Es war sofort vorbei, als er mich darum bat und ich konnte eine Woche lang kein Wasserrauschen hören, ohne dabei gleichzeitig meinen Fluchtreflex zu unterdrücken.

Robin bog ab und ich stellte blinzelnd fest, dass wir vor dem ersten Geschäft hielten. Die plötzliche Stille, als der Motor abgestellt wurde, kam mir belastend und unendlich laut vor. Plötzlich war mir das Innere des Wagens zu eng und obwohl wir nicht mehr fuhren, fühlte sich mein Magen unsicher und meine Beine wackelig an. Es war, als wäre ich wieder sechzehn und zum ersten Mal nach Wochen wieder mit Robin alleine, nachdem er die Funkstille nicht mehr ertragen konnte.

Er war damals über die Mauer geklettert, die unser Haus umgab, und hatte sich durch die Hintertür ins Haus geschlichen. Direkt in die zweite Etage, direkt in mein Zimmer. Mitten in der Nacht an einem Samstag. Es war filmreif gewesen, nur dass es nicht geregnet hatte. Und es wäre nicht einmal nötig gewesen, denn er lungerte sowieso meist bei uns herum und meine Eltern betrachteten ihn als Teil der Familie. Ich könnte nicht sagen, wie viele Nachmittage wir gemeinsam mit Videospielen zugebracht haben, oder Filme guckten, für die wir noch deutlich zu jung waren. Einmal brachte er sogar einen

Porno mit, den er einem älteren Typen von unserer Schule abgekauft hatte. Aber wir guckten ihn dann doch nicht an. Wir trauten uns beide nicht und kamen überein, dass es wohl auch ziemlich komisch wäre, das zusammen anzusehen. Er ließ ihn bei mir und ich versteckte ihn zwischen meinen Socken. Es dauerte allerdings nicht lange, bis meine Mutter das Versteck beim Wäscheeinsortieren fand und ich mir eine Standpauke über Moral und sexuelle Aufklärung anhören durfte. Robin lachte sich scheckig, als ich ihm davon berichtete, sauer und voller Scham, weil meine Eltern mich für einen Perversen hielten.

Ich mied den Blick zu ihm und öffnete die Beifahrertür des Wagens, unschlüssig, wie ich meine aufgewühlten Emotionen verbergen sollte, daher drehte ich ihm den Rücken zu, während ich vorgab, mir das Geschäft von außen akribisch anzusehen. Es war ein hübscher Laden, sehr klein, mit handgemalten Pappschilderchen, auf denen die Angebote zu lesen standen.

Wir hatten uns gestritten. Nicht dieses blöde Rumgezicke, wenn man nicht einer Meinung darüber ist, wie die beste Strategie in dem neuen Videospiel lautet, sondern so richtig, mit Herumgebrülle und Türen-zu-Gewerfe und dramatischem Nicht-mehr-Ansehen wenn der andere vorbeigeht. Ich war zu der Zeit sitzen geblieben und musste die Klasse wiederholen, weil ich einfach grottig in Mathe war und nicht mitkam.

Und Robin, der sich nie wirklich bemühen musste, um in Tests gut abzuschneiden, zog einfach davon und hatte plötzlich neue Freunde. Dann eine Freundin. Und dann war ich plötzlich alleine mit Mitschülern, die ich weder kannte, noch mochte und fühlte mich absurderweise im Stich gelassen. Ich kochte vor Eifersucht auf dieses Mädchen, das Robins Hand nahm, wenn sie zusammen irgendwo standen. Ich hasste es, dass sie ihn küsste und dass sie von ihm umarmt wurde. Es machte mich fertig. Ich kannte ihn so viel länger und fühlte mich betrogen. Als hätte es das, was wir hatten, auf einmal gar nicht mehr gegeben. Als hätte er mich vergessen. Einfach so.

An einem Nachmittag ging ich zu ihm. Direkt zu seinem Haus, ohne die ganzen Kisten überhaupt wahrzunehmen, die vor der Tür standen. Ich war so wütend, dass ich gar nichts anderes im Kopf hatte als den Gedanken, meine Frustration und meine angestaute Wut an Robin auszulassen. Ich weiß nicht mehr, was ich alles zu ihm sagte, aber sobald die Tür aufging und er mir gegenüberstand, brüllte ich ihn an, kotzte alles aus, was ich zu sagen hatte. Ich weiß noch, dass er ein dunkelrotes Shirt trug, das ihm zu groß war, und dass ich mich hinein krallte. Ich wollte ihm wehtun, wie er mir wehgetan hatte, doch am Ende heulte ich nur. Anfangs versuchte er es noch mit Vernunft, aber schließlich brüllten wir beide uns nur an. Es war schlimm. Schlimm, was ich zu ihm gesagt hatte, und noch schlimmer, wie verletzt er aussah, als ich wegrannte. Wir redeten eine ganze Weile nicht miteinander.

Erst wieder, als er an diesem Abend in meinem Zimmer stand wie ein Geist, blasser als sonst, und mit hängenden Schultern. Ich glaube, es war zwei Tage später.

»Robin!« Aus dem Schlaf gerissen, zog ich mir die Bettdecke bis zum Kinn, unsicher, was ich zu erwarten hatte. Mir ging alles und gar nichts durch den Kopf, wie ich ihn dort stehen sah. So fremd und vertraut zugleich. In den Tagen, an denen wir nicht gesprochen hatten, hatte ich mich tausendmal verflucht für das, was ich alles zu ihm gesagt hatte. Ich hatte ihn übel beschimpft und nun hockte ich beschämt unter der Decke, während er den Mut gefunden hatte, zu mir zu kommen. Obwohl ich derjenige gewesen war, der es verbockt hatte.

»Ich wollte mich nur verabschieden.« Robin rührte sich nicht und nur die Straßenbeleuchtung von draußen warf diffuses Licht durch das Fenster des Zimmers. Zu wenig, um seine Züge wirklich sehen zu können, doch seine Stimme klang matt und traurig.

»Verabschieden?« Ich ruckte hoch und mein Herz schlug

nicht nur durch den Schreck schneller. Eine furchtbare Ahnung ballte sich in meinem Magen zu einem eisigen Klumpen zusammen und schlagartig war mein Kopf wie leer gefegt.

»Ich ziehe weg, Chris. Wir fahren. Meine Mum hat die letzten Sachen eben ins Auto gepackt.«

Wir starrten uns an, wortlos, während ich, völlig erschüttert, noch zu begreifen versuchte, was er da sagte.

»Aber du kannst nicht gehen!«, protestierte ich. »Du hast doch eine Freundin! Du bist eben erst in die neue Klasse gekommen!« Ich sprang aus dem Bett, obwohl ich meinen Lieblingspyjama trug. Den mit Superheldenmotiven und für den ich laut meiner Mutter längst zu alt war. Und den ich Robin noch nie sehen hatte lassen, weil ich Angst davor hatte, er könnte der gleichen Meinung sein. Aber ich fand den *Daredevil* eben cool. Cooler als Superman.

Robin rührte sich noch immer nicht, aber ich konnte sehen, wie er innerlich auf Abstand ging. »Wir fahren«, bekräftigte er tonlos. »Ich wollte nur nicht gehen, ohne Auf Wiedersehen zu sagen.«

»Am Arsch!«, keuchte ich entsetzt. Ich wollte ihn packen und festhalten, wollte ihm sagen, wie leid mir das alles tat – alles, was ich gesagt hatte, und dass ich es auch nie wieder tun würde. Ich fühlte mich elend und schuldig und krank und die nackte Angst, meinen besten Freund zu verlieren, ließ mich auf ihn zustürmen. Ich wollte ihn umarmen und festhalten.

»Du hast ja, was du wolltest, oder?« Er klang so bitter dabei, und die Worte hätten genauso gut Ohrfeigen sein mögen, die mich erstarren ließen, kaum eine Armlänge von ihm weg, gerade als ich die Hand nach ihm ausstreckte. Mein Magen fühlte sich flau an und ich zitterte, obwohl es nicht kalt war.

»Was?«

Robin zischte leise, abfällig. »Du wolltest mich doch weghaben, oder? Na, Glückwunsch. Jetzt ist es so weit. Also dann, alles Gute.«

Wie vom Donner gerührt stand ich da, wusste nichts zu sagen, während Robin sich umdrehte und ging. Er flüchtete regelrecht, während ich blieb, wo ich war. Zusammen mit der Gewissheit, dass ich soeben meinen besten Freund verloren hatte. Ich war wie betäubt und lauschte dem Motorengeräusch vor dem Haus noch lange nach, als es schon längst verklungen war und Robin fort. Ich glaube, ich weinte danach nie wieder so sehr wie in dieser Nacht.

Der Robin des Jetzt stellte sich neben mich und musterte den Laden vor uns. »Versuchst du einen Röntgenblick durch das Innere zu schicken, um herauszufinden, ob sie überzählige Hochzeitstorten zu verschenken haben?«, raunte er dicht an meinem Ohr. Ich bekam schlagartig Gänsehaut und drehte den Kopf weg. »Das wäre doch praktisch, oder?«, gab ich zurück. Ich vermied, ihn anzusehen. Die Hose rutschte, wie ich nun feststellen musste, und ich hielt den Bund mit einer Hand fest, als ich die wenigen Treppenstufen emporstieg, um die Tür zu öffnen.

Robin hinter mir brummte leise etwas, aber ich hatte zu viel Angst davor, ihn anzusehen und plötzlich mit dieser ganzen sentimentalen Scheiße anzukommen, die mein Verstand mir soeben so frisch serviert hatte, als wäre es eben erst passiert. Er war wieder da – und die Vergangenheit war vergangen und ich sollte mich lieber zusammenreißen. Er hatte es bestimmt schon vergessen und das sollte ich lieber auch.

3

»Totalausfall.« Robin seufzte und streckte sich, während ich nervös auf meinen Nägeln kaute. Das hier war der zweite Laden gewesen, in dem man uns angesehen hatte, wie Außerirdische, die ein Einhorn erwerben wollten – verpackt in Geschenkpapier aus abgezogener Menschenhaut, gesegnet vom heiligen Klabautermann persönlich.

»Scheiße, was wenn wir keine Torte kriegen?«, wagte ich zu fragen. Ich warf einen aufgelösten Blick zu Robin, der sich gegen die Fahrerseite des Autos lehnte. Die Zeit rannte uns langsam davon.

»Dann nehmen wir irgendwas, das so ähnlich aussieht. Oder wir kaufen viele, die so ähnlich aussehen, und stapeln sie.« Robin schnaufte leise. Er bedachte mich mit einem beruhigenden Lächeln, das mich kein bisschen beruhigte. Ich war inzwischen nüchtern genug, um das Ausmaß meiner Situation voll zu erfassen.

Nicht nur Vanessa würde mich hassen, auch Jan würde mich hassen – und mit ihnen die gesamte dreihundertköpfige Hochzeitsgesellschaft dieser kleinen, intimen Feierlichkeit. Oder wie es auf der Karte geheißen hatte: *Im engsten Kreise der besten Freunde und Familie.* Ich glaubte, im ganzen Leben nicht so viele Leute so gut zu kennen, dass ich sie zum engsten Kreis zählen würde, aber ich war ja auch ein Sonderling. Die Freunde der Freunde der Freunde meiner Freunde würden mich ebenso hassen. Und die Eltern derer, die Großeltern derer... es war ein Reigen aus Abscheu, der sich vor meinem inneren Auge auftürmte und immer weiter um sich griff. Und vor allem waren es die Details, die mir Sorgen machten, als das *Wie* ich es ruiniert hatte.

Torte zerstört.

Küche verwüstet.

Alkoholvorräte und Drogenversteck geplündert.

Die Urne von Heggi geschändet.

Und außerdem hatte ich eine ganze Wagenladung steinharter Muffins gebacken und mit Zuckerguss zu einem einzigen Brocken Diabetes zusammengeschustert. In grellsten Farben. Gnade dem armen Typen, der diesen Klops zu heben hatte.

Und Gnade mir. In Zeiten des Internets sind Verfehlungen nicht mehr zu verstecken. Früher gab es mündliche Anekdoten, heute gibt es Bild-und Videoaufnahmen und bisweilen sogar Livestreams. Irgendwo in den Social-Media würde schon jemand irgendwas Unnettes auf meine Timeline hauen, da war ich mir sicher.

»Es wird alles gut, okay? Wir haben noch eine Adresse übrig. Steig ein!« Robin versuchte, aufmunternd zu klingen, doch ich fühlte mich nur noch mieser. Stöhnend sank ich neben ihm auf den Beifahrersitz und schlug die Hände vor mein Gesicht. Am liebsten hätte ich mich auf der Matte im Fußraum zusammengerollt und wäre in ein Koma gefallen. So die nächsten zehn, zwölf Jahre, bis Gras über die Sache gewachsen wäre – oder Vanessa und Jan sich inzwischen hätten scheiden lasen und sie sich zu sehr hassten, um sich noch an die genauen Umstände der Hochzeit zu erinnern.

Allerdings fürchtete ich, dass sie womöglich gar nicht erst heiraten würden, wenn Vanessa mitbekam, was ich angerichtet hatte.

Und das nur, weil ich meine Gefühle nicht in den Griff kriegte.

Robin neben mir warf den Motor wieder an und parkte den Wagen aus, ehe er ihn wieder auf die Straße steuerte. Ich erwischte mich dabei, wie ich auf seine Hände starrte, die so perfekt geformt das Lenkrad umfassten. Schöne, kräftige Finger, rau von der Arbeit, die er tat. Die Handgelenke waren zum Niederknien und mein Herz machte einen kleinen Satz bei den gebräunten, sehnigen Unterarmen, unter deren Haut die Muskeln gut sichtbar arbeiteten. Ich hatte schon immer eine Schwäche für solch banale Sachen, die andere total nebensächlich fanden. Aber schöne Arme, besonders Unterarme, machen mich einfach verrückt. Vor allem, wenn sie ein bisschen angespannt sind und die Adern daran hervortreten, so wie es gerade bei Robin passierte. Waren seine Schultern immer schon so breit gewesen? Ich blinzelte und versuchte mich an ihn zu erinnern, wie er ausgesehen hatte, als wir uns zuletzt sahen. Aber es gelang mir nicht richtig. Es war, als wäre die Erinnerung an Robins Gesicht und Gestalt verschwommen und alles, was noch klar und deutlich von ihm war, waren die Gefühle, die ich für ihn hatte. Damals. Das Herzklopfen, wann immer ich ihn sah und mein Händezittern, wenn wir nebeneinander auf der Couch lümmelten und Videospiele spielten. Seine blöden Witze, die mich immer zum Lachen brachten und die Art, wie wir uns gegenseitig anpflaumten, wenn wir stritten.

Ich riss meinen Blick los und zwang mich, auf die Straße zu schauen. Die Stadt war wirklich eine Kleinstadt wie sie im Buche stand. Hübsche, niedliche Häuschen aus dem letzten oder sogar vorletzten Jahrhundert mit Fachwerk und gepflegten Gärten, blühenden Blumenschalen neben den Haustüren, sauberen Gehwegen und Kneipen, in denen die Inneneinrichtung noch fast aus dem Mittelalter stammen musste. Einer dieser verschlafenen Orte, wo das Internet für alle Menschen über sechzig noch Neuland war und so mystisch anmutete wie für uns der hiesige Häkelklub. Man hatte davon gehört, aber nur wenigen, die mutig genug waren, gewährte man einen Blick hinein.

Es war regelrecht deprimierend, all diese gepflegte, saubere Ordnung zu sehen, die gestutzt, in Form gebracht und hingebungsvoll gefeudelt und blank poliert von jedem Stein starrte. Dies war offensichtlich ein Ort, an dem die Leute nicht nur ihre Vorgärten und Pflanzschalen im Griff hatten, sondern auch ihre Leben ganz allgemein. Wo alte Damen mit ihren Wollmöpsen jeden Tag um die gleiche Zeit auf die Straße gingen, um einen Spaziergang zu machen, in der ruhigen Gewissheit, dass jeder Tag genau gleich genormt ablief. Ohne Überraschungen oder Hindernisse. Man kannte sich und wusste, was man voneinander zu erwarten hatte. Es gab feste Termine und Regeln, die man eben einhielt – weil das alle so machten, und zwar schon immer. Wo niemand je mehr aus der Reihe fiel, als dass er vielleicht seine Buchsbäume nicht akkurat schnitt oder vielleicht ein exzentrischer Sammler von alten Wanduhren war und das schon alles wäre, was man sich hinter vorgehaltener Hand erzählte.

Ich sank etwas im Sitz zusammen und fühlte mich elend.

»Da sind wir.« Robins Stimme riss mich aus dem Sumpf aus Selbstmitleid, in dem ich gerade schier ertrinken wollte und ich hob den Kopf, um niedergeschlagen aus dem Fenster zu spähen. Ein Schaufenster zog meine Aufmerksamkeit auf sich, in dem jede Menge Hochzeitstorten ausgestellt waren. Zarte Pastelltöne, mehrstöckig, mit essbaren Blumen verziert oder mit kunstvollen Bordüren aus Sahnecreme oder Glasur, innen pink oder rot oder zartblau, mit Hochzeitspaaren oder Fotos auf der obersten Schicht. Ich fummelte am Gurt, bis er sich löste, und drückte die Tür auf. Hoffnung ist eine fiese Sache. Sie beflügelt einen, nur um sich dann auf den letzten Drücker feige zu verpissen. Das hier war unsere letzte Adresse und die Zeit lief uns davon. Ich traute mich nicht, auf eine Uhr zu schauen, aber auch so war mir klar, dass es verflixt knapp wurde. Robin trat neben mich.

»Entspann dich. Du siehst aus wie jemand, der ins Gefängnis wandern soll.« Robin starrte mich an, eine Braue erhoben und mit einem gehobenen Mundwinkel, das Lächeln ebenso zerknirscht wie besänftigend. »So hast du früher auch immer schon ausgesehen, wenn wir Scheiße gebaut haben und wir auf dem Weg waren, es unseren Eltern zu beichten.«

Ich schluckte und versuchte mich an einem Lächeln, das gründlich misslang. Robin roch nach dem Duft des Waschmittels, der noch an seinen frischen Sachen hing. Mein Blick richtete sich irgendwo gen Boden, als ich schon auf die Ladentür zutrat. Mein Magen flirrte, als hätte ich einen Bienenstock verschluckt.

Wenn wir Mist gebaut hatten, welcher Art auch immer, war er es, der zuerst zugab, dass er etwas falsch gemacht hatte. Er nahm oft die ganze Schuld auf sich und rettete mir damit den Hals. Ich weiß nicht, warum er das tat. Vielleicht, weil er wusste, dass meine Eltern viel strenger waren als seine, die ihm meistens nicht einmal Hausarrest gaben. Im Gegensatz zu meinen. Ich kriegte wegen des kleinsten Unsinns Hausarrest. Mit ein Grund, wieso wir so oft bei mir rumhingen. Nur, wenn es wirklich schlimm war, verboten meine Eltern Robin sogar, zu Besuch zu kommen. So wie das eine Mal, als ich eigentlich auf meine kleine Cousine hatte aufpassen sollen, die damals vier oder fünf war, stattdessen aber lieber Filme guckte. Sie tapste mit einem Eimer bunter Kreide und Wachsmalstiften bewaffnet in die Garage und verschönerte mit bewundernswertem Einsatz den blütenweißen Wagen meiner Mutter, weil ich ihr sagte, dass wir kein Papier zum Malen im Haus hätten. Sie befand offenbar, dass man kein Papier brauchte, wenn man eine so große, leere Leinwand vor sich hatte.

Ich kriegte zwei Wochen Hausarrest. Meine Mutter beschlagnahmte alle Spielekonsolen, den Fernseher und was sonst noch Zeitvertreib bot und tauschte meine Comics gegen Sachbücher, die ich zu pauken hatte. Robin durfte ich in der Zeit nicht sehen. Dafür brachte er mir meine heiß geliebten Comics mit in die Schule, die ich zwischen meinen Schulheften schmuggelte wie irgendetwas höchst Illegales.

»Na ja, aber jetzt sind wir keine Kinder mehr.« Ich warf ihm einen Schulterblick zu und drückte die Tür der Konditorei auf. Ein leises Klingeln über der Eingangstür verriet unser Eintreten. Es klang falsch, das so zu betonen, und ich sah Robins Braue hochzucken. Wieder musste ich an seine Andeutungen denken. Sicher bildete ich mir das alles nur ein. Was sollte er auch schon an mir finden? Im Gegensatz zu ihm war aus mir kein Traumprinz geworden. Ich war immer noch ein bekifftes Aschenputtel, das im Supermarkt Regale auffüllte und Pizza lieferte.

Die Konditorei war klein, aber hübsch eingerichtet und sehr sauber. Die Glastheke besaß goldene Ornamente an den Rändern und beherbergte eine hübsch angerichtete Auswahl an Kuchen, Torten und kleinem Gebäck. Es war niemand zu sehen, doch man hörte deutlich Stimmen aus dem hinteren Teil des Ladens, wo sich die Backstube befinden musste. Sonnenlicht fiel durch ein Seitenfenster und die hellen Fliesen waren makellos. Es gab eine ruhige kleine Sitzecke links, Auszeichnungen an den Wänden und einen allgegenwärtigen Duft nach Kuchenteig und Glasur, von dem mir langsam aber sicher übel wurde. Hoffentlich entsorgte jemand meine zusammengepappten Backmischung-Muffins, ehe ein echter Bäcker das Zeug sah.

»Zuckersüß.«

Robins Stimme kitzelte mein Ohr und ich fuhr zusammen, aufgeschreckt aus meinen Gedanken. Mein verwirrter Blick streifte seine Mimik und aus irgendeinem Grund grinste er mich breit an. »Eh, was?«, wollte ich wenig eloquent wissen. Ich spürte die Hitze auf meinen Wangen.

»Du. Du siehst verloren aus wie ein Lämmchen auf einer Eisscholle.« Robin deutete auf etwas, das auf dem Tresen stand und ich trat widerwillig näher, um mir anzusehen, was er gefunden hatte. Tierchen aus Zuckermasse, bunt und offensichtlich handgefertigt, waren dort sorgsam aufgereiht. Die waren tatsächlich wahnsinnig süß, auch wenn sie sicher mehr Kalorien hatten, als gut sein konnten. Es gab Pinguine mit Frack und Schleife, die auf Eisschollen balancierten, eine dösende Eule auf einem Buch, ein Lämmchen, das auf einem Kleeblatt zu surfen schien und ein paar niedliche Welpen, die miteinander rauften.

»Quatsch. Ich bin eher der hier«, meinte ich schmunzelnd und deutete auf einen Welpen, der mit riesigen Augen auf einem Schuh kaute.

»Stimmt.« Robin war näher getreten und hatte sich das kleine Kunstwerk angesehen. »Passt zu dir.«

In mir ballte sich ein wenig Widerwille zusammen. »Was soll das denn heißen?«, wollte ich ein bisschen eingeschnappt wissen. Spielte er darauf an, dass ich auch nur Sache kaputtmachen konnte? Der Gedanke war so quälend wie die Wartezeit. Wo steckten denn die Leute hier?!

»Nichts.« Robin grinste nur und schüttelte den Kopf, während er locker auf den Fersen wippte, die Hände in die Taschen seiner Jeans vergraben. Ich derweil zog mir die rutschende Hose wieder etwas mehr über die Hüfte und musterte die Tortenstücke in der Auslage.

»Guten Tag, die Herren. Was darf es sein?« Eine fröhliche Damenstimme ließ mich den Blick heben und auf eine junge Frau werfen, die aus dem hinteren Teil des Ladens kam. Sie war hübsch, mit pechschwarzen Haaren, die sie zu einem strengen Zopf gebunden hatte und einem beeindruckenden, knallroten Lippenstift.

Robin lehnte sich schmunzelnd etwas vor und ergriff das Wort, ehe ich den Mund auch nur ansatzweise öffnen konnte. »Wir haben einen dringenden Notfall«, erklärte er mit einem charmanten Lächeln, bei dem sich der Stachel der Eifersucht in mein Herz bohrte, »und wir hoffen, dass Sie uns weiterhelfen können. Wir brauchen eine Hochzeitstorte. Am besten sofort.«

Die junge Frau musterte uns eingehend, als wären wir aus der örtlichen Irrenanstalt entfleucht, lächelte jedoch freundlich weiter, auch wenn man ihr ansah, dass eine Anfrage wie diese ein wenig spezieller war. »Ich fürchte, Hochzeitstorten sind nichts, was wir permanent auf Lager haben«, erklärte sie vorsichtig. »Aber ich kann mal den Chef fragen. Einen Moment Geduld«, bat sie, ehe sie mit wippendem Zopf nach hinten verschwand.

Robin warf mir einen skeptischen Blick zu und rieb sich den Nacken. »Verdammt. Wenn sie nun auch keine haben, müssen wir uns was anderes ausdenken.«

»Selbstmord. Auswandern. Eine neue Identität annehmen?«, zählte ich auf, was mir so durch den Sinn schoss. Ich hätte heulen mögen. Der warme Sonnenschein, der so höhnisch durch das blanke Fenster fiel, in dem all die schönen Sachen ausgestellt waren, kam mir auf einmal ziemlich fadenscheinig vor. Ich wünschte mir vor allem, die Zeit zurückzuspulen, damit all das hier gar nicht erst passiert wäre. Bislang hatten Robin und ich auch noch nicht darüber geredet, was damals, vor gut zehn Jahren, passiert war. Andererseits gab es aber auch nicht viel zu sagen. Zumindest redete ich mir das ein. Und bestimmt hatte er es sowieso schon vergessen.

»Ich höre, es gibt einen Hochzeitstortennotfall?« Die Stimme, die aus dem hinteren Teil des Ladens erklang, ließ mich erstarren und als die Person um die Ecke kam, wäre ich am liebsten tot umgefallen. Das hätte mir auch eine Menge Ärger erspart. Aber nichts geschah und so fand ich mich den vertrauten, knallgrünen Augen gegenüber, in die ich einmal so verschossen gewesen war. Timos blonder Schopf war kürzer als damals vor fünf Jahren, aber sein Gesicht hatte sich kaum verändert. Links glitzerten neue Ohrstecker und er trug jetzt ein Piercing rechtsseitig durch die Unterlippe. Das hatte er noch nicht, als wir schlussgemacht hatten.

Nein, korrigierte ich mich in Gedanken und schrumpfte augenblicklich zusammen. Als *ich* mit ihm schlussgemacht hatte. Per SMS. Klammheimlich. Weil ich zu viel Angst gehabt hatte.

»Chris?!« Timo starrte mich verblüfft an und ich fühlte Robins Blick auf mir, der mich zu durchleuchten schien.

Fuck.

»Oh, na, so eine Überraschung«, heuchelte ich Freude, als ich näher an die Theke kam und dümmlich grinste. Mir war so übel, dass ich glaubte, meine Beine würden unter mir zusammenbrechen. Was trieb mein Ex denn in diesem Rentnerkaff?! Er hatte immer davon geträumt, ins Ausland zu gehen und ein großer Star zu werden. Damals wollte er mit seiner Band durchstarten. Mit ein Grund, wieso ich schneller aus dieser Beziehung geflüchtet war als ein Kaninchen vor einer Rotte Jagdhunde mit Tollwut. Von einer Leidenschaft fürs Kuchenbacken hatte er nie was gesagt.

»Ihr kennt euch?« Robin klinkte sich ein und betrachtete zuerst Timo, dann mich mit leicht schmalen Augen.

Ich lächelte ihm zu und winkte ab. »Oh, das ist ewig her«, versicherte ich schnell. Ich klappte hastig den Mund zu, ehe ich sagen konnte; »*und es hatte gar keine Bedeutung, ehrlich!*« Ich wusste nicht, wieso ich das Gefühl hatte, mich rechtfertigen zu wollen doch plötzlich schien mir die Luft in der Konditorei zum Schneiden dick.

»So lange auch nicht. Fünf Jahre, um genau zu sein«, korrigierte Timo mich freundlich. Er maß Robin mit Blicken, die deutlich machten, dass er wenig angetan war. »Also? Was ist passiert? Habt ihr eure Hochzeitstorte fallenlassen oder wieso braucht ihr eine neue?«, wollte er wie beiläufig wissen. Er wischte unsichtbaren Staub mit dem Finger von der Theke und lenkte erst dann den Blick zu mir. Ich konnte sehen, dass er versuchte, meine Hände zu checken und mir ging auf, dass er glaubte, es handelte sich um die Torte für meine eigene Hochzeit.

Mir entkam ein Ächzen. »Es ist nicht, wie du denkst«, formulierte ich die bedeutungsschwangeren Worte, die ich schon bereute, noch ehe sie meinen Mund verlassen hatten. Neben mir verschränkte Robin die Arme und ein süffisanter Ausdruck malte sich auf seine Lippen. Ich verfluchte mich im Geiste, doch nun war es zu spät. »Also, es ist so«, fing ich noch mal neu an, mir bewusst, dass Timo mich mit einem verächtlichen Blick anstarrte, »meine beste Freundin heiratet heute und die Torte hatte... einen kleinen Unfall.«

»Einen Unfall.« Timo leckte sich nachdenklich die Lippen und spielte dabei mit der Zungenspitze an seinem Piercing, während ich die Hände rang. Seine grünen Augen huschten mit Blicken von mir zu Robin. »Welcher Art? Vielleicht kann ich sie ja wieder hinkriegen.«

Es war diese selbstsichere Tonlage in Timos Stimme, die Robin leise lachen ließ. Es klang verzweifelt. »Nein, man. Die ist nicht mehr zu retten. Es sei denn, du kannst zaubern.«

Timo warf Robin einen ungnädigen Blick zu. Dann drehte er den Kopf zu mir. »So, so. Also es ist so, ich brauche für eine Hochzeitstorte einige Stunden, um sie zu backen. Das ist nicht wie ein Blumenstrauß, den man irgendwo abpflückt und einfach zusammen schmeißt und dann sieht es gut aus.«

»Ja, schon, aber wir brauchen wirklich dringend deine Hilfe!«, bekniete ich ihn eindringlich. »Wir waren schon überall und niemand konnte uns helfen! Bitte!«, setzte ich nach. »Meine beste Freundin heiratet! Und wenn du mir nicht hilfst, lässt sie sich auf der Stelle wieder scheiden!« Meine Stimme überschlug sich vor Anspannung beinahe. Mir war völlig klar, dass Timo meine letzte Chance war, das hier alles wieder geradezubiegen.

Mein Ex zog die Brauen zusammen und betrachtete mich streng, ehe er zu Robin linste und seufzte. »Verdammt noch mal, Chris«, murmelte er, ehe er sich mit einer Hand durch die kurzen Haare fuhr. »Dafür schuldest du mir aber was!«, murrte er, wobei sein Finger auf mich zeigte.

Vor Erleichterung wäre ich am liebsten in Tränen ausgebrochen. »Du hilfst uns?«, wollte ich mich vergewissern. Ich ignorierte Robins leises Murren und schenkte Timo ein strahlendes Lächeln, froh, dass nun doch alles gutwerden würde.

Mein Ex rieb sich das Kinn mit einem schrägen Grinsen und zwinkerte mir zu. »Zwei Stunden. Ihr könnt ja solange ein bisschen Sightseeing machen.«

Robin entkam ein abfälliges Geräusch. »Danke, dass du uns hilfst. Aber ich glaube, auf der Suche nach einem Konditor haben wir hier schon alles gesehen, was es zu sehen gibt.«

Die Spannung im Raum nahm zu und plötzlich schien es sehr still.

»Ich habe mich noch gar nicht vorgestellt«, meinte Timo dann mit einem dreckigen Lächeln, bei dem mir ganz flau wurde. »Ich bin Timo, Chris Ex-Freund und der beste Konditor der Stadt. Und du bist... ?« Sein Blick glitt an Robin auf und ab, soweit der Tresen es zuließ. Es war diese Art von anzüglichem Mustern, bei dem ich Robin am liebsten gepackt und in eine Decke gewickelt hätte, damit Timo nichts mehr von ihm sehen konnte.

»Mein bester Freund!«, platzte es aus mir heraus. Ich hatte zu viel Angst, Timo könnte Robin gleich seine Visitenkarte zustecken oder ihm seine Telefonnummer auf den Arm schreiben, als dass ich Ruhe bewahren konnte. Beide warfen perplexe Blicke in meine Richtung, unter denen ich den Kopf einzog.

Robins Blick schien *Ach, echt?* zu fragen, wohingegen Timo

mich eingehender musterte. »So? Nur ein Freund? Dann hat ja sicher niemand was dagegen, wenn ich die Torte persönlich auf die Hochzeit liefere – und teilnehme.«

Mir wurde abwechselnd heiß und kalt. Timos Tonfall gefiel mir gar nicht und auch nicht der verschlagene Ausdruck in seinen Augen. »Teilnehmen?«, echote ich dumpf. In meinem Kopf drehte sich alles. Wollte er etwa Robin angraben? Und warum sollte mich das interessieren? Aber das tat es nun mal und das einzige, was ich noch schlimmer fand, als Vanessas Hochzeit beinahe ruiniert zu haben, war mit meinem besten Freund und meinem Ex auf Vanessas beinahe ruinierter Hochzeit aufzukreuzen, bei dem ich nicht sicher sein konnte, was er vor hatte.

»Klar. Ich liebe Hochzeiten«, meinte Timo lächelnd, der sich lässig vom Tresen abdrückte und mir einen langen Blick zuwarf. »Da werde ich immer ganz sentimental und schwelge in alten Zeiten.« Er betrachtete nun mich mit diesem Blick, bei dem ich mir am liebsten selbst eine Decke umgewickelt hätte, bis ich aussähe wie ein dürrer Burrito. Ich kriegte kein Wort raus, während Timo mit den geschnurrten Worten »Zwei Stunden«, im hinteren Teil des Ladens verschwand.

Robin neben mir gab nur ein dumpfes Geräusch von sich und wendete sich um, um den Laden zu verlassen. Erst das Klingeln des Glöckchens riss mich aus meiner Starre und ich folgte wie betäubt und mit ungutem Gefühl in der Magengegend nach draußen in den hellen Sonnenschein.

Ich hätte mich gut fühlen müssen, denn immerhin hatten wir jemanden gefunden, der uns aus dem Schlamassel half.

Stattdessen empfand ich jedoch nur die dumpfe Gewissheit, dass der Ärger jetzt erst recht losgehen sollte. Dafür sprach, dass Robin den Wagen schon anließ, bevor ich auch nur in der Nähe war und ich mich beeilen musste, um einzusteigen. Noch ehe ich die Tür zugemacht hatte, setzte er bereits zurück und ich sah den berühmten Muskel an seinem Kiefer zucken.

Er war ohne Zweifel sauer.

»Also«, wollte ich möglichst fröhlich klingend wissen, wobei ich mir das nicht einmal selbst abkaufte, »wollen wir solange irgendwo etwas essen gehen, bis der Tag gerettet ist?« Nichts wünschte ich mir mehr, als dass er mich ansehen würde, mit seinen blauen Augen, die mit grauen Sprenkeln durchzogen waren und die gerade so dunkel wirkten und angestrengt auf die Straße starrten. Er gab mehr Gas, als nötig gewesen wäre und ich klammerte mich unwohl am Türgriff fest.

»Wusstest du, dass dein Ex hier als Tortenglasierer arbeitet?«, schnappte Robin plötzlich. Er umklammerte das Lenkrad, als wäre es Timos Kehle und für einen kurzen Moment hatte ich die abstruse Furcht, er könnte umdrehen und ihn verprügeln gehen. Dann hätten wir wieder keine Torte. Um ihn in meinen wirren Gedanken davon abzuhalten, legte ich besänftigend meine Hand auf Robins Oberschenkel. Ich kassierte einen irritierten Blick, der mich beinahe zurückzucken ließ. Aber ich behielt meine Hand dort, auf dem rauen Stoff, unter dem ich diesen steinharten Muskel fühlen konnte. Plötzlich war es doch keine so gute Idee mehr, aber jetzt lag meine Hand schon da und ich wollte nicht feige wirken.

»Tortenglasierer ist nicht der politisch korrekte Ausdruck für diesen Beruf«, warf ich ihm tapfer entgegen, während Robin seine Karre beschleunigte und meine Nägel begannen, sich in den Hosenstoff zu graben. Etwas hektischer fuhr ich fort: »Und nein, ich wusste es nicht. Bis ich ihn eben wiedergesehen hatte wusste ich nicht einmal, dass er sich auf dieser Seite der Weltkugel befindet! ROBIN«, kreischte ich leicht hysterisch, »da ist die Frau mit dem Wollmops!!«

Er hielt mit quietschenden Reifen an der wohl nahezu einzigen Ampel in der ganzen Stadt. Gerade noch rechtzeitig, damit wir uns beide einen Todesblick von der alten Dame einfangen konnten, die mit ihrem Hund über die Straße spazierte und uns dabei zu verfluchen schien. Kopfschüttelnd und die magere Faust schüttelnd.

Ich hörte meinen Fahrer selbst irgendetwas fluchen, ehe er meine Hand von seinem Schenkel riss. Ich hatte noch immer den Türgriff umklammert und von dem Beinahe-Crash war mir noch ganz flau im Magen. Ich zog meine Finger zurück, die kribbelten, wo sie Robin berührt hatten und meine Wangen brannten vor Scham. Einmal mehr fragte ich mich, was wohl der große Plan hinter all dem war, was hier passierte? Wenn es nach meiner Mutter ging, geschah ja nichts ohne Grund. Was für einen Wink wollte das Universum mir also geben? Ich traf meinen Schwarm aus Kindertagen und meinen Ex an einem Ort, an dem meine beste Freundin heiraten wollte und der ich im Begriff war, ihre Zukunft mit diesem Jan zu verbauen. Und Lena hoffte, ihre Trockenphase mit diesem Vincent zu beenden. Und dann kam da noch Heggi dazu. Vielleicht war all das ja die Rache des verblichenen Katers. Immerhin hatten wir uns zu Lebzeiten nicht unbedingt gut verstanden. Eigentlich gehörte ich nicht zu den abergläubischen Leuten, die täglich ihr Horoskop lasen, aber in meinem stand heute vermutlich so was wie: »Unkalkulierbare Risiken sollten Sie heute vermeiden. – ebenso wie Kontakt zu allen lebendigen, atmenden Wesen und lassen Sie bloß die Griffel von Süßem!«

Robin atmete einmal tief durch, während er angespannt aus seinem Fenster starrte. »Tut mir leid.«

Mein Blick verirrte sich blinzelnd zu Robin, der sich die Stirn rieb und dabei mürrisch aussah. Er war müde und abgespannt, das konnte ich deutlich sehen. Immerhin hatten wir kaum geschlafen und die ganze Aufregung setzte ihm sichtlich zu. Mein schlechtes Gewissen, das sowieso schon Übergewicht hatte, nahm noch eine halbe Tonne zu. »Nein.« Ich wartete, bis er mich ansah, ehe ich erklärte: »Mir tut es leid. Das alles ist meine Schuld und wäre nicht passiert, wenn ich gar nicht erst hier aufgekreuzt wäre.« Ich schluckte schwer. In meiner Brust staute sich der Kummer zusammen. »Wenn ich gewusst hätte, wie das alles läuft, wäre ich nicht gekommen.« Ich schlang die Arme um mich und starrte aus dem Beifahrerfenster. Die Ampel sprang auf Grün, aber Robin fuhr nicht an. Stattdessen raschelte Kleidung und plötzlich war seine Stimme nah an meinem Ohr.

»Du wärst absichtlich nicht gekommen?«, wollte er leise wissen. Sein Atem kitzelte mich am Hals und mein Herz reagierte darauf, indem es zu pumpen begann wie verrückt. Ich traute mich nicht, ihn anzusehen. Am liebsten wäre ich aus dem Auto gesprungen und den ganzen Weg von hier bis nach Hause gelaufen. Egal wie unmöglich das war. Und gleichzeitig wünschte ich, ich würde den Mut finden, ihn anzusehen. Doch die Angst, was sich in seinen Augen spiegeln könnte, ließ mich nur stocksteif dasitzen.

»Willst du so dringend meine Nähe vermeiden?«, wollte er leise wissen. Ein gekränkter Unterton schwang in seiner Stimme mit, der mir einen Stich versetzte. Ich klappte den Mund auf, um zu widersprechen, doch als ich den Kopf zu Robin wandte, hatte er sich schon zurückgezogen und bog in eine Seitenstraße ein. Sein Profil wirkte abweisend und plötzlich wusste ich nicht mehr, was ich sagen sollte. War es richtig, ihm zu sagen, was ich fühlte? Verstand ich seine Signale? Oder war das nur in meinem Kopf? Nach all den Jahren, in denen wir uns nicht gesehen oder gesprochen hatten, bildete ich mir ein, dass wir uns beide verändert hatten. Wir waren erwachsen geworden. Nicht mehr die Grünschnäbel von damals, die sich um die letzte Schüssel Cornflakes kloppten.

Er parkte das Auto auf einem Parkplatz vor einem Backsteinbau mit Efeu an den Wänden und einer kleiner Terrasse, auf der eine Handvoll Leuten saß, die augenscheinlich das schöne Wetter genossen. Nachdem der Regen aufgehört hatte, schien die Sonne und erfüllte die Luft mit den Aromen von Sonnenschein und feuchter Erde. Ich wusste nicht, wo wir waren. Mein Herz hämmerte noch immer gegen meine Rippen und meine Hände zitterten.

Ich wollte ihm sagen, wie leid es mir tat. Nicht nur für heute, sondern für alles, was ich je falsch gemacht hatte. Vor allem für diesen blöden Streit und für diesen furchtbaren Abschied damals. Ich wollte ihm sagen, wie leid es mir tat, dass ich mich benahm wie ein Vollidiot und dass ich seine Nähe mehr wollte als alles andere auf der Welt, aber dass ich auch Angst davor hatte, was passieren würde, wenn er sie mir gab. Und wenn ich mehr als nur Nähe wollte. Mein Kopf schwirrte, während ich wie betäubt im Auto hockte und dabei zusah, wie Robin ausstieg und auf einen kleinen Schaukasten zutrat. Ich lugte aus dem Fenster. *Zur goldenen Ammer* stand über dem Eingang am Dach des Bauwerks zu lesen. Irgendein Restaurant, so vermutete ich. Meine Knie zitterten, als ich aus dem Auto stieg, als wäre dies ein schützender Kokon. Meine Klamotten rutschten und ich behielt eine Hand fest am Hosenbund, während ich auf Robin zutrat, der die Karte zu lesen schien. Von hinten sank ich an seinen Rücken, drückte mein Gesicht zwischen seine Schulterblätter und blieb einfach so stehen, die Augen geschlossen, angespannt vor Nervosität und in der Befürchtung, er könnte mich wieder abweisen.

»Ich bin nicht so gut mit Nähe.« Ich bekam die Worte kaum heraus, weil ein Kloß in meinem Hals saß und der Druck auf meiner Brust zunahm. Das Brennen in meinen Augen bekämpfte ich mit allen Mitteln und ich betete gleichsam, dass Robin sich nicht umdrehen würde.

Sein leises, kurzes Lachen schickte Vibrationen durch seinen Körper, die ich an meiner Stirn spüren konnte. Die Wärme seiner Haut drang durch den Stoff seines T-Shirts und ich gestattete mir, noch etwas länger so stehen zu bleiben. An meine Ohren drang das sanfte Klirren von Geschirr und das Stimmengewirr von oberhalb der Terrasse. Sonnenschein kitzelte die nackte Haut meiner Arme. Irgendwo roch es nach bratendem Fleisch und just in dem Moment erinnerte sich mein

Magen daran, dass er seit viel zu vielen Stunden arbeitslos war.

Er knurrte so laut, dass ich prompt rot anlief. Hastig löste ich mich von Robins Rücken, der sich betont langsam zu mir drehte. Ich starrte auf seine Brust und fragte mich, ob sein Herz wohl auch so schnell schlug oder es nur meins war, dem es so ging.

»Du bist ein ziemlicher Versager, wenn es um Nähe geht«, stimmte er mir zu. Seine Stimme hatte diesen warmen Unterton, den sie immer hatte, wenn er mich tröstete oder mich aufmuntern wollte und ich hob den Blick wie ferngesteuert. Plötzlich waren seine Lippen so nah, dass ich schlucken musste. Die warmen, rauen Hände legten sich an meine Wangen, gerade genug, dass ich den Kopf etwas hob, während Robin seinen etwas schrägte. Ich konnte dem Blau seiner Augen nicht mehr ausweichen, wollte es nicht. Mein Magen flirrte vor Aufregung und mein Herz tat einen kleinen Hüpfer. Er sah mich an, wie er mich noch nie angesehen hatte und dieser Blick ging mir durch und durch. Meine Hände verirrten sich an seine Brust, kaum dass seine Lippen meine streiften und ich schloss die Augen.

Meine Hose rutschte prompt von meinen Hüften.

»Agatha! AGATHA!« Das Kreischen einer Frauenstimme ließ uns beide zusammenfahren und ich griff hastig nach unten, um die Hose wieder hochzuziehen, die mir bis über den Hintern gerutscht war. Meine peinliche Unterwäsche musste nun wirklich nicht alle Welt sehen, auch wenn das lange Shirt einiges verdecken mochte. »AGATHA, das sind die Perversen, die es vor Mister Willy getrieben haben!«

Mir entkam ein Keuchen. Robin fluchte leise und für einen völlig abgedrehten Moment hatte ich das Gefühl, dass es mein blödes Karma war, das verhinderte, dass wir uns küssten. Ich fuhr herum, zu der Urheberin dieses Gekreisches, mir bewusst, dass auch die Blicke der Leute auf der Terrasse nun auf uns ruhten. Ich hörte Satzfetzen und Getuschel und sah mich prompt in meine Schulzeit zurückversetzt. Nachdem Robin nicht mehr da war, um mich zu beschützen, galt der Spott und Hohn der Klasse mir, dem Versager in allem. Ich schaffte es dauernd, mich im Sportunterricht entweder auf die Fresse zu legen, gegen die Aufbauten zu donnern oder glorreich am Seil zu versagen, das ich nicht ansatzweise hochkam. Mathematik und alle Naturwissenschaften hinterließen bei mir nur riesige Fragezeichen im Kopf und mit Ach und Krach kriegte ich meinen Schulabschluss. Ich vermute ja immer noch, dass meine Lehrer da fleißig geschoben und gebastelt haben.

Allerdings waren es jetzt keine hormongesteuerten Teenies, die mich anstarrten und mit Fingern auf mich zeigten, sondern eine Seniorengruppe.

Allen voran die Frau mit dem Wollmops.

»Gemeingefährliche Perverse!«, ereiferte sich die alte Dame bei einer noch älteren Frau zu ihrer Linken, die eine wilde Lockenpracht und eine riesige Brille trug, zusammen mit einem schreiend violetten Mantel und einem winzigen Hündchen an der Leine. »Die haben meinen armen Mister Willy an der Ampel beim Pub beinahe überfahren!«

Kollektives Zungenschnalzen und geächztes *Nein* und *Ach!* Mein Nacken kribbelte davon und am liebsten wäre ich im Boden versunken. Ich spürte Robin neben mir und wagte doch nicht, mich zu rühren. Die alte Dame begann sich an ihr überaus dankbares und angestrengt lauschendes Publikum zu wenden und lang und breit unsere vermeintlichen Schandtaten auszuschmücken. Ich sah, wie sich mehrere aus der Seniorengruppe mit dem Anstecker *Tanzverein Goldammer* ihre Hörgeräte lauter stellten. Vielleicht waren wir seit Jahrzehnten das Interessanteste, was in diesem Kaff passierte.

»Ach, weißt du«, meinte Robin gedämpft zu mir, während er missgünstige Blicke auf die schnatternde Versammlung warf, die bald schon aufgestachelt genug sein würden, Mistgabeln und Fackeln zu holen, »mir ist gar nicht so sehr nach Kuchen.

Vielleicht fahren wir lieber zu diesem Pub.«

»Oder zu dem Abklatsch von Fastfoodkette, am Ortsausgang«, nuschelte ich. »Oder vielleicht verlassen wir uns einfach drauf, dass Lena und Timo schon alles regeln und verpissen uns in die Antarktis.« Ich seufzte und schämte mich zeitgleich für den überaus verlockenden Gedanken. Mein Herz pumpte noch immer wie verrückt, doch die aberwitzige Vorfreude und das Adrenalin waren einem dumpfen Gefühl von Niedergeschlagenheit gewichen. Ich linste zu Robin auf, der mich mit hochgezogener Braue betrachtete.

»Also dann. Fastfood und einen Milchshake, wenn die hier so was haben.«

»Vermutlich schütteln sie dafür die Kühe noch selbst«, gab ich zurück. Mir war eigentlich nicht nach blöden Witzen, aber Robin lachte und ging zum Auto, ungeachtet dessen, dass man diskutierte, die Polizei rufen zu wollen. Zwei ältere Herren mit grauen Mützen versuchten gemeinschaftlich, das Kennzeichen des Wagens zu entziffern und aufzuschreiben. Plötzlich fühlte ich mich überaus unbehaglich. Das fehlte ja noch. Verhaftet zu werden, weil Robin mich fast geküsst hatte. Oder wegen mangelnder Hosenhaftung an meinen knochigen Hüften. Ein Schatten legte sich nicht nur auf mein Gemüt, sondern auch über den Himmel und als der erste, eiskalte Tropfen meine Stirn traf, tat ich es Robin gleich und flüchtete in das rettende Auto, dessen Motor er schon angelassen hatte.

Als wir vom Hof fuhren, begann es zu schütten wie aus Eimern und die schimpfende Ansammlung des Seniorentanzvereins machte sich auf in das Restaurant, wo ich mir ausmalte, wie sie kollektiv zum nächsten Telefon mit Wählscheibe pilgerten, um den örtlichen Polizeichef anzurufen.

»Hey, alles in Ordnung?« Robin klang besorgt, während er den Blinker setzte und den Scheibenwischer anwarf. Es war warm im Auto und obwohl es hier drinnen angenehmer war als draußen, fror ich.

»Ja, sicher. Ist nur nicht mein Tag.« Ich rang mir ein Lächeln ab und kaute besorgt auf meiner Unterlippe. »Denkst du, sie rufen die Bullen?«, wollte ich beunruhigt wissen. Ich warf einen Blick aus dem Rückspiegel, aber da war die Seniorengang schon lange weg und uns verfolgten auch keine Sirenen. Häuschen mit sauberen Gärten, Supermärkte und eine Tankstelle flogen an uns vorbei. Felder voller Weizen und Koppeln mit Kühen und Pferden wechselten sich ab. Das Wetter schien hier wechselhafter als anderswo und kaum hatten wir die Ortsgrenze erreicht und der leuchtende Buchstabe auf dem Dach der trostlos klein wirkenden Filiale des Fastfoodrestaurants kam in Sicht, da hatte sich der Regen schon beinahe wieder verzogen.

»Ach Quatsch.« Robin schnaubte abfällig. »Wegen was denn auch? Es ist nicht verboten, auf einem Feldweg zu halten und sich umzuziehen.«

»Und wenn sie in den Kofferraum gucken und da die Klamotten mit der ganzen Asche drauf finden?«, wollte ich besorgt wissen. Ich guckte immer die einschlägigen Serien, die zur Primetime im Fernsehen kamen, wo Leute aus einer Haarfaser dein ganzes Horoskop extrahieren konnten und wo jemand nur durch einen Viertel Abdruck vom Turnschuh gefasst wurde. Und das alles innerhalb von einer knappen Stunde Sendezeit! Der Wahnsinn! Erneut machte ich mir Sorgen wegen meiner Schuhe. Da klebte ganz sicher noch eine Menge von Heggi dran und der Gedanke machte mich traurig. Sicher, mich hatte der alte Kater besonders auf dem Kieker gehabt, aber dieses Ende nach dem eigentlichen Ende hatte er nicht verdient.

Robin parkte den Wagen vor dem Restaurant und schaltete den Motor ab, ehe er sich zu mir drehte. Er rieb sich müde einmal durch das Gesicht, ehe er mir ein zerknirschtes Lächeln schenkte. »Dann sagen wir ihnen die Wahrheit.« Er hatte die Brauen hochgezogen und musterte eingehend mein Gesicht, sodass ich wegschauen musste. Er hatte einen schönen Hals und eine besonders schöne Drosselgrube, fiel mir gerade auf.

»Die Wahrheit könnte aber etwas surrealistisch klingen, oder?«, wandte ich vorsichtig ein. Ich starrte dabei auf die unmöglich bunte Werbetafel, die versuchte einem vorzumachen, dass Fastfood die perfekte Ernährung für Kinder und Spaß für die ganze Familie sei. War es auch – auf jeden Fall. Bis zur Diabetes oder Übergewicht. Ein halbes Blatt Salat und eine dreiviertel Gurke machten noch keinen gesunden Snack aus einem fettigen Burger mit fettigen Pommes und einem Liter Limo. Aber was wusste ich schon.

Robin schnaufte leise und schenkte mir einen amüsierten Blick. »Auch nicht surrealistischer als: *mein Ex liefert die Torte die ich aus Versehen versaut habe zur Hochzeit meiner besten Freundin.*«

»Okay«, meinte ich mit zusammengezogenen Brauen, als ich mich ihm wieder zuwandte, »und welcher Teil genau ist surrealistisch daran? Die klischeehafte beste Freundin oder der Konditor-Ex?«, wollte ich mit einem schiefen Grinsen wissen. Robin lächelte mich an und lehnte sich zu mir herüber. Ich spürte die Kopfstütze an der Seite meines Hinterkopfes. Plötzlich dachte ich nicht mehr an Burger oder die zweifelhafte Werbung. Robins Gesicht näherte sich meinem und sein Blick sprach Bände. Sofort begann mein Magen zu flirren und meine Zunge klebte an meinem Gaumen, der so trocken war wie die kleinen verhutzelten Pommesschnipsel, die man immer auf dem Boden einer Packung fand und die steinhart wurden. Einmal rammte sich so ein Ding in mein Zahnfleisch, als ich zugekifft im Fressrausch ein ganzes Paket davon machte und herunterschlang. Nachts um drei. Ohne Ketchup und ohne Mayo, dafür aber blutend wie sau. Das fiese Teil war wie ein gemeiner Miniaturspeer. Ich hatte vermutlich Glück, dass er sich nicht gleich in irgendeine Zahnwurzel bohrte.

»Ich muss dringend pissen!« Die Worte hatten meinen Mund

noch gar nicht verlassen, da riss ich schon die Tür auf, taumelte aus dem Auto und rannte über das Stück Parkplatz, vorbei an dem Werbeschild und über die wenigen, schmalen Stufen. *Gar nicht barrierefrei, hier* ging es mir völlig zusammenhangslos durch den Kopf, als ich mich zitternd gegen die Glastür warf, um sie aufzudrücken. Ich hatte weder die Autotür zugemacht. Noch hatte ich Robin wirklich angesehen. Es versetzte mich in Panik, mit ihm alleine zu sein und diesen warmen Glanz in seinen Augen zu sehen und dabei war es doch völlig bescheuert, *nicht* von ihm geküsst werden zu wollen, oder?! Ich war eindeutig verknallt in ihn, und das schon seit Jahren. Nein, fast seit Jahrzehnten. Fast mein ganzes Leben. Und nie hatte er irgendwas von mir wissen wollen. Aber jetzt schien es, als hätte sich das geändert und ich wusste nicht, woran es liegen konnte. Ich war immer noch der gleiche Versager wie damals. Ich roch im Moment wie ein muffiger, alter Teppich, auf den es geregnet hatte, und ich hatte mir locker seit ... viel zu lange nicht mehr die Zähne geputzt.

Das Fastfoodrestaurant war hell und freundlich eingerichtet, mit einer kreischbunten Plastikspielecke für die Kleinsten, in der es eine Rutsche in den unmöglichsten Farben gab und eine Spielküche, in der – na was wohl – Burger und Pommes serviert wurden. Meine alte Lehrerin hätte das großartig gefunden. Sie hatte ja immer schon angenommen, ich würde mal hinter einem solchen Schalter mein tristes Dasein fristen und Leuten ungesundes Zeug verkaufen.

Tat ich ja auch. Obwohl ich Pizza doch noch irgendwie nahrhafter fand. Die machte wenigstens satt.

Es war gerade absolut niemand anwesend, außer ein älterer Herr mit Hut, der mit dem Rücken zu mir an einem der Tische saß. Man konnte nicht einmal eine Bedienung hinter der Theke ausmachen, also verschwand ich wortlos direkt nach links, zu den Toiletten. Ich musste gar nicht, aber das war ja so offensichtlich gelogen gewesen, dass Robin garantiert nachfragen würde. Was sollte ich ihm sagen?

Die Tür klappte hinter mir zu und für eine Sekunde genoss ich die Stille in dem ungünstig ausgeleuchteten Raum. Es roch nach Desinfektionsmittel und Flüssigseife und der Hauch von chemischer Zitrone mischte sich darunter. Die Lüftung surrte diskret über mir und ich ging erst einmal sicher, dass ich wirklich alleine war, ehe ich mich gegen das Waschbecken lehnte. Mein Blick traf mein Spiegelbild und was ich sah, war wenig anziehend. Plötzlich hatte ich das dringende Bedürfnis, mich gleich hier auf dem Boden zusammenzurollen und zu schlafen.

Meine Augen waren eigentlich blau wie Kornblumen, aber jetzt lag ein blutunterlaufener Schleier darüber. Meine Haut sah irgendwie fertig aus und ich fühlte mich trocken und faltig. Ich konnte nur hoffen, dass ich nicht immer aussah wie ausgekotzt, und dass die Realität ihren netten Weichzeichner über mich breitete, sobald ich diesen höllischen Raum mit seinen Folterspiegeln wieder verließ. Im echten Leben ist ja weder das Licht noch der Fokus so scharf gestellt, wie das in Umkleidekabinen oder Restauranttoiletten sonst der Fall ist.

Ich sah in diesem Moment aus, wie ich mich fühlte und ich fragte mich, während ich mir selbst in die Augen starrte, was Robin in mir sehen mochte?

Er wohnte in einer anderen Stadt, ewig weit weg von mir, arbeitete als Landschaftsgärtner und konnte so ziemlich jeden kriegen, den er wollte. Meiner Meinung nach. Er war einer von den Guten. Ein Typ mit einem großen Herzen und einem weichen Kern unter einer – für mich – verflucht hübschen Schale. Warum sollte er ausgerechnet mich wollen? Und wo würde das hinführen? Der Gedanke, dass es nur ein One-Night-Stand werden könnte, war noch schlimmer als der Gedanke, Vanessa die Wahrheit sagen zu müssen. Ich fuhr mir durch das Gesicht und nach dem ganzen Adrenalin von eben fühlte ich mich total schlapp. Das Wasser sprudelte aus dem

Hahn, als ich die Hand darunter hielt und ich klatschte es mir ins Gesicht, in der Hoffnung, etwas frischer auszusehen und weniger wie eine Zombieversion von mir.

Was, wenn wir uns küssten und es so umwerfend war, wie ich es mir ungefähr eine Milliarde Male ausgemalt hatte? Was, wenn er mir nur eine Nacht einen Ausblick gab, auf all das, was ich mir je erträumt hatte, und dann wieder wegging? Es war vermutlich feige, aber dann wollte ich es lieber gar nicht erst. Ich wollte nicht von etwas kosten, was ich dann nie wieder haben konnte. Und mir war völlig klar, wie armselig das klingen musste, aber so war es. Die Trauung würde heute über die Bühne gehen, dann gab es noch eine Feier danach und morgen war alles vorbei.

So oder so.

Ich spülte mir gründlich den Mund aus, ehe ich ein bisschen Leitungswasser trank, und dann noch mal und noch mal, bis ich das Gefühl hatte, nicht mehr wie ein Gully zu riechen.

Und vielleicht bildete ich mir das alles auch ein und er wollte mich gar nicht küssen. Ich furchte die Stirn. Vielleicht hatte ich nur was im Gesicht gehabt. Ich benahm mich jedenfalls höchst dämlich und gar nicht typisch für mich. Der Spiegel warf mir ein verstimmt dreinblickendes Bild von mir zurück und ich streckte dem Mistding die Zunge heraus. Irgendwie machte es das auch nicht besser, aber zumindest hatte ich mich wieder halbwegs im Griff. Der blöde Wasserhahn sprudelte erst wieder los, als ich viermal meine Hand unter ihm durchgewischt hatte. Offenbar war der Sensor so daneben wie ich aber wenigstens konnte ich mir im dritten Anlauf die Hände waschen und die Seife abspülen, die ein unangenehmes Gefühl auf meinen Fingern hinterließ.

Ich atmete einmal tief durch und starrte die weiße Tür der Toilette an. Eigentlich war es ganz nett hier drin. Leise, sicher, mit Zitrusduft. Aber ich musste mich der Welt da draußen stellen.

Und Timo.

Der Gedanke an meinen Ex sorgte dafür, dass ich mir direkt noch mal die Hände wusch, nur um Zeit zu schinden und um nicht wie ein verschrecktes Reh vor der Tür zu stehen und dabei ungewöhnlich dämlich auszusehen, falls Robin mich suchen kam.

Timo...

Er sah gut aus. Damals schon, aber heute eben noch etwas mehr. Vielleicht stimmte es, was man über Männer und das Altern sagt; manche reifen einfach wie guter Wein. Er musste jetzt knapp dreißig sein. Wir waren nicht lange zusammen gewesen, aber es war dafür umso intensiver, mit einem Hauch Obsession. Er war völlig verrückt nach mir gewesen und nachdem wir uns auf einem Festival kennengelernt hatten und feststellten, dass wir in der gleichen Stadt wohnten, verbrachten wir fast jeden Tag zusammen. Ich war damals bis über beide Ohren verknallt in ihn, aber mir war völlig klar, dass ich nicht der Einzige war, der auf ihn stand. Sein ganzes Umfeld schien ein Auge auf ihn geworfen zu haben. Mit zwei seiner besten Kumpels hatte er in der Vergangenheit geschlafen und einer aus der Band, in der er spielte und von der er dachte *»groß rauszukommen«* machte mehr als deutlich, dass er ihn wollte.

Es war nur eine Frage der Zeit, bis Timo merken würde, wie armselig ich war und wie viel schärfer all die anderen Optionen.

Also sägte ich ihn ab, sperrte seine Nummer und stellte mich tot, wenn er klingelte. Unsere Beziehung hatte ganze vier Monate gehalten und das war ziemlich lange für mich. Ich hatte Schwierigkeiten, mich so lange auf etwas einzulassen.

Noch ein Grund mehr, mir Robin aus dem Kopf zu schlagen. Ich würde nur alles kaputtmachen, sobald ich paranoid werden würde, was immer der Fall war, und dann verlor ich nicht nur meine erste Liebe, sondern auch meinen besten Freund. Und das war er immer noch, auch wenn wir uns zehn Jahre nicht gesehen hatten. Es war einfach dieses Gefühl, dass wir zusammengehörten, das mich wurmte. Ich fühlte mich nicht fremd oder falsch in seiner Nähe, sondern einfach wie ich selbst. Na ja. Mein Spiegelbild zog skeptisch die Brauen zusammen. Vielleicht ein bisschen zu sehr wie ich selbst. Derzeitig gab ich ein Theaterstück mit dem Namen: *Wie man seinem Glück davonrennt und dabei jedes Fettnäpfchen auf dem Weg mitnimmt.*

Ich atmete einmal tief durch und wischte mir die Hände mit dem kratzigen Papier trocken, ehe ich das Zeug in den Mülleimer warf. Ich konnte nicht ewig hier drin bleiben und außerdem hatte ich inzwischen einen höllischen Kohldampf, ungesundes Junkfood hin oder her.

Die Toilette zu verlassen fühlte sich an, als würde ich mich auf ungeschütztes Terrain begeben. So wie ein Reh, das aus der Deckung kommt, um auf einer Lichtung einen Snack einzunehmen.

Um ehrlich zu sein: gegen ein bisschen Gras hätte ich jetzt auch nichts gehabt. Ich fühlte mich eindeutig zu nüchtern für diesen ganzen Tag und alles, was mir von unserem Wodka-Orangen-Rausch noch geblieben war, meldete sich als pochender Kopfschmerz hinter meiner Schädeldecke.

Robin saß mit dem Rücken zu mir an einem der Tische. Der alte Mann saß immer noch am gleichen Platz, in der Nähe der Theke. Inzwischen las er allerdings gemütlich in einer Zeitung und schlürfte ab und an geräuschvoll von seinem Softdrink. Sogar von hinten wirkte Robin angespannt und seine Schultern steif. Plötzlich fühlte ich mich unglaublich schuldig. Anstatt diesen Affentanz mit ihm abzuziehen sollte ich einfach reinen Tisch machen und ihm sagen, dass ich Angst hatte. Meine Hände zitterten und fühlten sich feucht an, als ich um den Tisch herumkam, auf dem zwei Tabletts standen. Pommes lagen in einer Tüte darauf, je eine Portion für mich, eine für Robin. Ebenso eine dieser Pappschachteln, in denen die größeren

Burger verkauft wurden und an deren Seiten inzwischen aufgedruckt war: *Packung vor Verzehr öffnen!* Bei diesen Hinweisen fragte ich mich immer, ob es wirklich Individuen gab, die das ganze Ding fraßen. Inklusive der Pappe, dem Papier um den Burger und dem Werbeslogan. Sogar zugedröhnt war ich zumeist noch in der Lage, essbar von nicht-essbar zu unterscheiden. Aber vielleicht galt das ja nicht für alle Angehörigen unserer Spezies. Ein großer Softdrink im Becher samt Strohhalm stand auf dem Tablett, das offenbar mir zugedacht war und mein Lächeln war so wackelig wie der Tisch, als ich mich auf den Stuhl sinken ließ.

Robin kaute schweigend an seinem Burger, ohne mich anzusehen. Seine Züge wirkten so glatt wie ein zugefrorener See und ich hätte schwören können, dass in seiner direkten Umgebung Frost auf dem Inventar zu wachsen begann.

Mir wurde flau und die Schuld lag in meinem Magen wie ein Stein. »Danke für das Essen«, nuschelte ich beklommen. Ich wagte kaum, ihn anzusehen.

»Dachte mir, ich bestell' uns was. Hier scheint man nicht so viel wert auf Kundenservice zu legen. Wusste nicht, ob wir in nächster Zeit noch mal die Gelegenheit kriegen, ehe die Dame wieder um die Ecke ans Handy verschwindet.« Er klang betont beiläufig und trocken dabei, obwohl seine Körpersprache alles andere als gleichgültig war.

Die Erwähnung über Gelegenheiten, die man verpassen konnte, ließ mich aufsehen. Zweifel brannte in meinem Herzen. Was, wenn ich Robin nach dieser ganzen Hochzeitssache nie wiedersah? Was, wenn es nur diese eine Chance gab, um ihm zu gestehen, was ich fühlte? Was, wenn ich das verpasste?

»Robin...«, setzte ich an, unruhig vor der aufkeimenden Panik, dass ich Inbegriff war, mein letztes Blatt zu spielen, doch er hob nur eine Hand und ich zog den Kopf ein.

»Schon gut. Iss lieber was, okay? Und dann sollten wir los, uns Klamotten zum Wechseln besorgen, damit wir nicht so scheiße aussehen bei der Trauung. Und duschen. Vielleicht kriegt Vanessa dann gar nichts mit. Jedenfalls, wenn dein ehemaliger Macker die Torte bringt. In der Stadt gab's diesen einen Klamottenladen, bei dem wir vielleicht noch irgendeinen Anzug kriegen könnten. Wenn wir uns beeilen, schaffen wir das alles noch rechtzeitig.«

Er betonte Timos ehemaligen Status als meinen Freund so überdeutlich ätzend, dass ich nur nach dem Getränkebecher langen konnte, um sauer am Strohhalm zu ziehen. Das Zeug war eiskalt und die Kohlensäure prickelte unangenehm in meinem Hals. Ich funkelte Robin dabei an, aber der aß lediglich weiter seinen Burger, wobei er abwechselnd immer ein paar der fettigen Fritten einwarf als esse er um sein Leben. Eine kleine Ader trat an der Schläfe durch seine Haut.

War er... etwa eifersüchtig?!

Ich blinzelte und öffnete gedankenvoll die Verpackung meines Mittagessens, um den Unfall vor mir anzustarren. Es sah ein wenig aus, als wäre das Brötchen mehrfach belegt auf den Boden gefallen und dann zusammengekehrt und in die Schachtel gestopft worden. Na ja. So wie es aussah, passte es fabelhaft zu mir selbst. Zu diesem Tag. Zu einfach allem.

»Timo ist Vergangenheit«, beteuerte ich lahm, während ich umständlich versuchte, das Teil aus der Schachtel zu heben und davon abzubeißen. Ich stierte über das Sesambrötchen zu Robin herüber wie über eine Mauer, die uns trennte. Eine Mauer aus kaltem Rind und matschigem Salat.

Robin lächelte nur flüchtig und so bissig, dass ich mir ganz sicher war, dass er angefressen war. Aber verübeln konnte ich es ihm nicht. Jedenfalls nicht völlig, auch wenn es wehtat.

»Wenn du fertig bist, komm raus. Ich warte im Auto.« Robin erhob sich, während ich noch an meinem ersten Bissen würgte. Dass er mich hier alleine sitzen lassen wollte, erwischte mich kalt. »Waff?! Mofenft, if fin foff fleiff fefiff!« Mir fiel eine angebissene Scheibe Tomate aus dem Mund, als ich versuchte,

Robin vom Gehen abzuhalten. Das leise Klatschen, als das Gemüse auf die Pappschachtel traf, ließ uns beide auf das traurige, blassrote Stück schauen.

Robin seufzte und fuhr sich mit einer Hand durch das Gesicht. »Beeil dich einfach. Ich bin dann draußen«, meinte er nur knapp, ehe er sich umwandte, um das Restaurant so fluchtartig zu verlassen, wie ich es wenige Minuten zuvor betreten hatte.

Ich starrte ihm hinterher, unfähig, mich zu rühren. Das Gefühl, es nun wirklich verbockt zu haben, prickelte unangenehm in meinem Magen. Der Burger schmeckte noch fader als zuvor, aber ich zwang ihn mir rein und aus Protest aß ich auch Robins fettige Fritten auf. Als könnte ich es ihm so irgendwie heimzahlen, dass er mich hier alleine sitzen ließ. Die Blicke des Mannes mit Hut spürte ich erst, als ich aufstand, um unsere Tabletts und den Müll wegzubringen. Er starrte mich aus wässrigen, blauen Augen an. Ganz so, als wüsste er einfach alles, was in mir vorging.

Die Tabletts knallte ich in den dafür vorgesehenen Wagen, nachdem ich den Müll in den Abfalleimer gekippt hatte. Ich war sauer und irgendwie auch ein bisschen *high* von dem ganzen Fett und Zucker. Ich fühlte mich nicht mehr so schlapp, dafür aber auf Krawall gebürstet und ob das wirklich so viel besser war, konnte ich nur bezweifeln.

Ich wollte mit Robin reden. Ich wollte ihn zur Rede stellen und alles klären, bevor mein bescheuerter Ex dazwischenkam und ich die Chance hatte, alles zu versauen.

Mit Schwung stieß ich die Tür auf und öffnete schon den Mund, um Robin einen raffinierten Satz zur Einleitung meines Plädoyers um die Ohren zu hauen ...

Aber seine Karre war weg.

Und er auch.

4

Ich stand da wie vom Donner gerührt.

Er war wirklich einfach ohne mich abgehauen. In einem Film wäre das die Stelle, an der jetzt eine dramatisch-melancholische Musik einzusetzen begann und der Protagonist begriff, dass er einen schwerwiegenden Fehler gemacht hatte. An der er verstand, dass er nicht ohne diese Person leben konnte und dass er alles tun würde, um sie zurückzukriegen.

Aber ich stand einfach nur da wie bestellt und nicht abgeholt und verfiel in eine Art Schockstarre. Ich starrte auf die glitzernden Pfützen Regenwassers, die den leeren Parkplatz durchzogen wie winzige Bäche und Seen und beobachtete, wie das Sonnenlicht und der Himmel sich in ihnen spiegelten. Es war frisch und die Luft roch nach dem Regen und dem Sonnenschein. Nichts deutete daraufhin, dass ich gerade eiskalt abserviert worden war.

Und angelogen hatte Robin mich auch. *Ich warte im Auto.* Ah, ja. Danke. Arschloch. Du hattest vergessen, zu erwähnen, dass du wegfährst, während du angeblich wartest. Mir entkam ein unfeines Geräusch tief aus der Kehle, das irgendetwas zwischen Lachen und Grunzen sein mochte und wäre die verdammte Hose nicht so weit gewesen, dass sie dauernd rutschte, hätte ich die Hände in die Luft geworfen. So aber musste ich sie mit einer Hand festhalten, während ich mit der anderen dem leeren Flecken, wo eben noch Robins Karre parkte, den Mittelfinger zeigte.

Ich hatte nicht einmal mein Handy dabei. Geschweige denn eine Ahnung, wo es überhaupt war und außerdem hatte ich nicht wirklich aufgepasst, welche Straßen Robin genommen hatte, um hierher zu fahren. Ich war am Arsch.

Nicht nur am Arsch der Stadt, sondern einfach generell. Zudem hatte ich keine Kohle einstecken und konnte wohl froh sein, dass Robin wenigstens das Essen bezahlt hatte, ehe er sich verpisste. So lief ich wenigstens nicht Gefahr, dass die Polizei anrücken musste, um mich wegen Zechprellerei festzunehmen.

Der Gedanke war beinahe verlockend, aber ich widerstand dem Drang, irgendetwas anzustellen, nur damit *irgendwer* mich abholte und von hier wegbrachte. Und sei es nur in eine Ausnüchterungszelle oder zu einem Telefon.

Mein Zorn wich kalter Gewissheit, als ich wie betäubt die schmalen Stufen hinabtrottete und mich auf den Weg machte, den ich für den richtigen hielt. Hier gab es gar nichts. Nur ein paar Weiden drumherum und irgendwo weiter hinten eine Tankstelle. Zumindest glaubte ich, mich daran zu erinnern.

Oder... war er nur kurz tanken gefahren? Aber wieso hatte er mich dann nicht mitgenommen? War er wirklich so sauer auf mich, dass er einfach abgehauen war? Ich atmete schnaufend aus. Vielleicht. Normalerweise war Robin der Vernünftige von uns beiden, der nicht irgendwelchen Impulsen nachgab und meistens ging das Chaos und die ungeplante Spontaneität auf mein Konto, aber ... ja. Vielleicht war er gekränkt genug, um das zu tun. Vielleicht hatte ich mit meinem letzten Wegrennen wirklich alle Chancen verspielt.

Mein Zuckerhoch verflog so schnell, wie es gekommen war. Ich hätte ihn einfach küssen sollen und reinen Tisch machen, als ich noch die Gelegenheit gehabt hatte. Und jetzt war es zu spät und ich hatte wortwörtlich das Nachsehen.

Meine Füße schlugen wie von allein die Richtung ein, in der ich die Stadt vermutete und somit auch irgendwo das Anwesen von Vanessa und Jan. Ich würde die Hochzeit garantiert verpassen. Ich wäre nicht einmal rechtzeitig da, um mich irgendwie noch von Robin zu verabschieden, der ganz bestimmt sein Zeug zusammenraffte und abfuhr.

Dass er überhaupt gekommen war, glich ja schon einem Wunder. Ich wusste nur, dass es die Idee von Christine gewesen war, mit der wir in eine Klasse gegangen waren, und die gut befreundet mit Vanessa war. Erfahren hatte ich es jedoch erst, als wir uns schon gegenüberstanden. Wenn ich gewusst hätte, dass Robin kommen würde, hätte ich mich vielleicht besser vorbereitet.

Aber wenn ich gewusst hätte, wie glorreich ich alles versauen würde, wäre die Einladung zu Vanessas und Jans Hochzeit ganz aus Versehen im Müll gelandet und ich hätte einen Spontanurlaub in einer anderen Stadt eingeschoben. Nur, um ganz sicher zu sein, dass ich Robin nicht wiedersehen würde.

Ich stapfte deprimiert über den schmalen Weg direkt am Straßenrand, der ziemlich heruntergekommen war, vorbei an den Weiden auf denen Kühe standen und mied den Blick auf die vorbeirasenden Autos. Per Anhalter wollte ich nicht fahren. Ich hatte jetzt genug Pech gehabt, um nicht auch noch den einzigen Kettensägenmörder dieser gottverlassenen Hinterwäldlergegend kennenzulernen zu wollen.

Und mich selbst anzulügen klappte auch nicht so richtig, denn ich musste mir widerwillig eingestehen, dass ich Robin auf jeden Fall hätte wiedersehen wollen. Es war nur einfach eine unglaublich dumme Idee, die nicht gut gehen konnte. So ähnlich wie Erdbeermarmelade auf eine Salamipizza zu streichen. Es gibt einfach Dinge, die sollte man lassen.

Und nun war da auch noch Timo, dieser Mistkerl. Ich krallte die Finger um den Hosenbund und presste die Kiefer zusammen. Er hatte angedeutet, sich Robin schnappen zu wollen. Im schlimmsten Falle kam er damit ja sogar durch, wenn ich ganz großes Pech hatte und dann waren meine Chancen, mich mit Robin auszusprechen, sowieso total dahin. Timo war auf alle Fälle heißer als ich und so sauer wie Robin auf mich war, traute ich ihm durchaus zu, dass er es mir heimzahlte, indem er sich von Timo anbaggern ließ. Allein der Gedanke beschleunigte meine Schritte. Ich riss mich zusammen und begann zu joggen. Etwas, das ich seit Jahren nicht mehr getan hatte.

Und dann war da ja auch noch die Sache mit der Urne von Heggi.

Ich wusste nicht wieso, aber ich hatte das Gefühl, dass das ganze Drama ja erst mit dem Kater angefangen hatte. So wie angeblich auf dem Grab von Tutanchamun ein Fluch gelegen hatte, schien auch an dem verflixten Kater und seiner letzten Ruhestätte ganz miserables Karma zu kleben. Nur, dass hier keine Archäologen unter mysteriösen Umständen abklappten. Was gut war. Ein paar verblichene Ausgräber in Vanessas Vorgarten fehlten jetzt aber wirklich noch.

Meine Lunge zahlte mir heim, dass ich so ein Sportmuffel war, ebenso wie meine Beine und mein ganzer Körper im Allgemeinen.

Ich schaffte vielleicht zwanzig Meter, ehe ich wieder in ein rascheres Schritttempo verfiel, begleitet vom Geräusch meines Atems. Die Kühe auf der Weide warfen mir schräge Blicke zu, als ich an ihnen vorbei keuchte.

Ich brauchte einen Plan. So viel war klar. Wenn ich Robin wiedersehen würde, dann musste alles sitzen. Jedes Wort, jeder Satz. Ich musste reinen Tisch machen und zumindest musste ich mich für die ganze Scheiße vor zehn Jahren entschuldigen, die mich noch immer belastete wie ein juckender Ausschlag, den man nicht loswurde. Selbst, wenn wir uns nie wiedersehen würden, musste ich Robin einfach sagen, wie leid es mir tat. Eigentlich, so musste ich mir widerstrebend eingestehen, war ja nicht er es, der es damals verbockt hatte. Sondern ich. Ich hatte einfach nur dagestanden, in meinem Superheldenschlafanzug, und hatte ihn gehenlassen.

»Jetzt hast du ja, was du wolltest.« Robins Worte von damals klangen noch immer bitter in meiner Erinnerung und ich verfiel erneut in einen Laufschritt, obwohl meine Beine brannten und ich klang wie ein Asthmatiker beim Bergsteigen.

Er musste einfach wissen, dass ich ihn nie hätte gehenlassen dürfen und dass ich sogar jetzt noch, nach all den Jahren, verliebt in ihn war.

Meine Augen brannten mit meinen Muskeln um die Wette.

Ich musste ihn einfach wiedersehen. Wenn nicht heute dann niemals – und niemals kam gar nicht in die Tüte. Meine Gedanken kreisten um den Moment vor zwei Tagen. Diesen einen Moment, als mein Herz für eine Sekunde innehielt und ich begriff, dass Robin vor mir stand.

Zwei Tage zuvor ...

»Auf das glückliche Paar!« Christine hob prostend ihr Glas gen Vanessa und Jan, die über beide Ohren strahlten. Dabei schwappte der teure Champagner über den Rand und ergoss sich über Christines Arm. Wie jemand nach eineinhalb Gläsern Schaumwein so betrunken sein konnte, erschloss sich mir nicht. Aber vermutlich hatte sie es wie alle anderen anwesenden Frauen gehalten und seit drei Monaten keine feste Nahrung mehr zu sich genommen, um in ihre Garderobe zu passen.

Die Sonne war längst untergegangen und ich fühlte mich wie gerädert. Einigermaßen erschlagen von der Reise hierher, die eindeutig zu lange über zu buckelige Sandpisten und kurvige

Landstraßen gegangen war, hob ich mein Glas. Irgendein Sekt perlte darin, der sauer schmeckte und dem ich nichts abgewinnen konnte. Um das zukünftige Brautpaar hatte sich eine Traube an Leuten versammelt, die Glückwünsche und Ratschläge auf sie einprasseln ließen. Die Stimmung war ziemlich gut, auch wenn sie mich nicht mitreißen konnte. Ich kannte bis auf Vanessa, Christine und Lena niemanden hier und letztere checkte schon die ganze Zeit die Trauzeugen ab. Sie hatte erwähnt, dass sie auf einen davon stand, aber ich war zu müde, um mich an seinen Namen zu erinnern. Es waren überraschend viele Leute gekommen und ich hatte Hände geschüttelt und Menschen umarmt, die ich weder kannte, noch deren Lebensgeschichten mir etwas sagten. Im Grunde wusste ich gar nicht, was ich hier tat.

Ich wollte vor allem nur noch schlafen. Ben und Justin hatten die ganze Fahrt hierher ununterbrochen gequasselt und Maike und Tonja auf der Rückbank, zwischen die ich eingekeilt war, hatten bei jedem Song aus dem Radio lautstark mitgesungen. Ich bereute in dem Moment, dass ich nicht selbst gefahren war. Aber die Strecke dauerte fast sechs Stunden und außerdem war ich gerade mal wieder blank. Da kam es mir gelegen, dass Ben noch Mitfahrer gesucht hatte, um zu Vanessas Hochzeit zu reisen. Christine hatte mir den Kontakt vermittelt, als sie mich anrief. Sie hatte behauptet, dass es die beste Lösung wäre – und natürlich auch die günstigste.

Und da Christine eine gute Freundin von früher war und ich mich für einen cleveren Sparfuchs hielt, sagte ich natürlich zu.

Von gegröltem Schlagergesinge, blödsinnigen Selfies auf der Rückbank und Pinkelpausen alle halbe Stunde war allerdings keine Rede gewesen.

Meine Hoffnung auf etwas zu Essen und ein ruhiges Plätzchen zum Pennen war recht schnell zunichtegemacht, als man mir mitteilte, dass die meisten Gäste im derzeitig ausgebuchten Stadthotel untergebracht waren. Ausgenommen davon waren die Trauzeugen und die engeren Freunde, die Vanessa und Jan direkt bei sich haben wollten, wie es schien. Jan, den ich überhaupt nicht kannte, wirkte ganz nett auf mich, wenn auch ziemlich steif. Brille, kurze Haare, schlank. Er arbeitete als irgendetwas, dass eine Menge Schotter verdiente. Christine hatte es mir am Telefon erzählt, aber irgendwie hatte ich nicht richtig zugehört. Vanessa hatte ihn wohl auf irgendeiner Feier kennengelernt und nun wollten sie heiraten. Ich meinte, mich zu erinnern, dass sie erst zwei Jahre zusammen waren, aber sicher war ich mir da nicht. Das Anwesen seiner Familie schien dazu jedenfalls perfekt zu passen; ein uraltes Haus mit einem gigantischen Garten, der eher als Park durchging, mehr Schlafzimmern als man brauchen konnte und einem eigenen kleinen Badesee. Von außen wirkte es richtiggehend majestätisch. Ein mehrstöckiger Bau aus grauem Stein mit weißen Fensterläden und einem gepflegten Vorgarten, dessen Interieur dank Vanessas Einfluss hell und modern gestaltet war. Sie würden dort gemeinsam wohnen und hatten mit all den Räumen sicherlich genug Platz, um eine ganze Fußballmannschaft an kleinen Vanessas und Jans in die Welt zu setzen.

Lichterketten hingen in den Bäumen ringsum und obwohl die Sonne untergegangen war, war es nicht kalt. Die Gäste erwiderten Christines Toast und Ben und Tonja riefen anzügliche Aufforderungen zu den baldigen Eheleuten. Ich glaube, sie waren dabei, irgendein albernes Spiel zu starten. So eins, wo sich die beiden Zukünftigen die Augen verbinden lassen und dann gegenseitig ihre Lieblingsfarbe raten müssen oder so.

Das aufgetischte Essen an der langen Tafel, das für meinen Geschmack zu wenig Essen und zu viel Schnickschnack beinhaltet hatte, lag schon eine gute Stunde zurück. Jetzt gab es offenbar nur noch Flüssiges, das extra angestellte Kellner auf Tabletts herumtrugen. Als ich gerade überlegte, ob ich mich in die Küche stehlen und mir irgendwas aus dem Kühlschrank mopsen könnte, hörte ich in der Ferne eine Autotür klappen. Ich weiß nicht, wieso mich das Geräusch einen Schulterblick zurückwerfen ließ, aber ich tat es. Der Garten, in dem gerade die Post abging, grenzte an einen weißen Zaun, der zum Parkplatz führte, an der Seite des Hauses. Da, wo auch die riesigen Rhododendren standen, unter denen sich Heggi so gern zu einem Nickerchen zusammengerollt hatte.

Mein Mund wurde trocken, als ich die Gestalt näher kommen sah, die durch das Tor trat. Obwohl die Lichtverhältnisse nicht gut waren, erkannte ich ihn sofort.

Robin.

Es war die Art, wie er ging, die mich schlucken ließ. Er hatte diese perfekte, sorglose und total lässige Art, sich zu bewegen, die mich schon immer verrückt gemacht hatte. Bei ihm wirkte das einfach nur cool und mühelos, während ich immer entweder verkrampft herumstakste oder wie ein Schluck Wasser in der Kurve durch die Gegend schluderte. Ich wusste, dass er mich gesehen hatte, denn er kam direkt auf mich zu.

Für eine Flucht war es jetzt viel zu spät, und so lächelte ich nur schief und hob mein Glas in seine Richtung, als er so nahe war, dass ich sein Gesicht im Licht der Windlichter und Lichterketten erkennen konnte. Seine Züge waren markanter geworden, die Kieferlinie energischer und alles an diesem Gesicht war so anders und doch unverkennbar er. Robin. Nur eine ältere, besseraussehende Version von dem Jungen, in den ich so verknallt gewesen war, dass es wehtat. Weniger Pickel, dafür ein leichter Bartschatten auf Wangen und Kinn.

Er sagte erst nichts, musterte mich lediglich, ehe er den Kopf hob, um die Menge zu überblicken. Vanessa und Jan mussten gerade ein albernes Quiz beantworten und die Gäste lachten sich scheckig, als sie pampig reagierte, weil er nicht wusste, welcher ihr Lieblingsfilm war. Ich glaube, es war Titanic, aber in meinen Ohren rauschte das Blut zu sehr um das mit

Sicherheit zu sagen. »Ich wusste nicht, dass du auch kommen würdest.« Die Worte purzelten aus meinem Mund, ehe ich sie mir zurechtgelegt hatte. »Du siehst gut aus«, schob ich schnell nach, ehe ich einen eiligen Schluck von meinem Sekt nahm. Ich fühlte mich so unbeholfen wie ein frisch geschlüpftes Küken, das Walzer tanzen sollte.

Robin sah mich nur an, ehe sich seine Lippen zu einem weichen Lächeln verzogen, bei dem mein Herz einen kleinen Hüpfer tat. »Ich freue mich auch, dich zu sehen, Chris. Ist lange her.« Seine Stimme klang dunkler, als ich sie in Erinnerung hatte. Aber seine Art zu reden war noch die gleiche. Zehn Jahre waren eine lange Zeit und ich fragte mich unwillkürlich, wie ich jetzt auf ihn wirken musste. Im Gegensatz zu ihm war aus mir kein schöner Schwan geworden. Nicht, dass er je schlecht ausgesehen hätte.

»Ja«, brachte ich hervor. Zu mehr war ich nicht in der Lage. In meinem Kopf herrschte eine seltsame Leere und gleichzeitig stürmten so viele Erinnerungen auf mich ein, dass ich sie gar nicht alle sortieren konnte.

Robin, der mich tröstete, als ich mir beim Skateboarden die Knie aufgeschlagen hatte, als wir in der ersten Klasse waren. Der mich seine Hausaufgaben abschreiben ließ, wenn ich mal wieder verpeilt hatte, meine eigenen rechtzeitig zu machen. Robin, der mir im Unterricht Spickzettel oder blöde kleine Nachrichten zusteckte. Robin, mit dem ich stundenlang durch die Gegend gezogen war und mit dem ich meine erste Zigarette geraucht hatte, die er verbotenerweise von seiner Mutter geklaut hatte. Wir husteten beide nach dem ersten Zug und fanden es widerlich, ohne es zugeben zu wollen – sodass wir gleich noch einen nehmen mussten, um uns zu beweisen, wie cool wir waren. Der, der mich im Freibad ermutigt hatte, vom Dreimeterbrett zu springen und dann irgendwann vom Zehnmeterbrett. Getraut hatte ich mich nie, aber hochgegangen war ich. Nur um mit zitternden Knien am Geländer zu kleben und vor Angst kaum wieder herunterzukommen. Ich weiß noch, dass er mir zugezwinkert hatte, Sonnenschein auf der Haut, nass vom Sprung ins kalte Wasser davor, ehe er an mir vorbei sprintete und sich in den Abgrund warf. Er war immer schon so mutig gewesen. Mutiger als ich.

Er war da, als meine Großmutter überraschend starb, als wir vierzehn waren. Der, der Geschichten für mich erfand, um mich aufzumuntern, und der zuhörte, wenn ich mich bei ihm ausheulte, wenn die ganze Welt scheinbar ungerecht zu mir war.

»Viel zu lange«, fügte ich an. Seine Haare waren jetzt kürzer, anders geschnitten als damals. Eine ganze Weile hatten wir beide eine richtige Emo-Frisur getragen. Jedenfalls solange, bis in der Schule Kopfläuse umgingen und unsere Eltern uns zwangen, die Fransen kurz zu schneiden. Er sah toll damit aus, aber bei mir kamen höchstens meine abstehenden Ohren zur Geltung, die ich jetzt nicht mehr verstecken konnte.

Robin lächelte etwas mehr und boxte mir sanft gegen die Schulter. »Du siehst gut aus«, meinte er leise. Hinter uns riefen die anderen etwas davon, ein Trinkspiel veranstalten zu wollen.

»Du auch.« Meine Finger klammerten sich um das Sektglas, als wäre dies ein Rettungsring, der mich vor dem Ertrinken in seinen blauen Augen bewahren konnte, aber es stellte sich heraus, dass er es nicht konnte.

Die Worte, die ich zehn Jahre in meinem Herzen getragen hatte, die sich wie ein Karussell immer wieder in meinem Kopf drehten, lagen mir schon auf der Zunge. *Es tut mir so verdammt leid, dass ich damals so ein Idiot war. Bitte verzeih mir.* Aber ich kriegte sie nicht heraus. Sie waren wie festgeklebt, irgendwo zwischen Zungenspitze und Gaumensegel, als hätten sie sich verkantet. Stattdessen meinte ich nur: »Komm, holen wir dir was zu trinken, ehe die anderen uns zuvorkommen. Wir müssen einen der Kellner abpassen. Vielleicht gibt's auch noch Reste vom Essen, das hast du verpasst.« Ich lächelte ihm zu, während ich uns durch die Gäste lotste. Vorbei an Lena, die gerade mit Christine über irgendeinen blöden Spruch von Vincent lachte. Ein paar der Leute von früher erkannten Robin und ich blieb neben ihm stehen wie ein Wachhund, während er Hände schüttelte und beteuerte, wie schön es sei, alle wiederzusehen. Es war egoistisch, aber am liebsten hätte ich seine Hand genommen und wäre mit ihm weggelaufen, um ihn für mich allein zu haben. Dabei war ich unsicher, wie er zu mir stand. Nach allem, was geschehen war, hatte ich fast erwartet, dass er mich nie wiedersehen wollte. Ich selbst hätte mich nie wiedersehen wollen und an mir nagte das schlechte Gewissen deswegen. Während er mit Christine plauderte, linste ich verstohlen auf seine Finger. Er war alleine gekommen und er trug keine Ringe.

»Oh, hey! Wenn das nicht Robin ist!« Vanessa kam zu uns, nachdem man sie anscheinend kurz ihrer Gastgeberpflichten entbunden hatte. Ihre Wangen glühten rosig und das hellgrüne Kleid, das sie trug, stand ihr perfekt. Sie umarmte Robin, ohne groß zu überlegen, und ich trank meinen Sekt in einem Zug aus, nur um irgendetwas zu tun. Ich wollte sie am liebsten anschreien, lächelte aber nur wohlwollend. Es war beschämend, wie eifersüchtig ich noch immer war und wie heftig dieses Gefühl in meiner Brust brannte. Aber in diesem Moment konnte ich nichts dagegen tun und zu sehen, dass er Vanessa an sich drückte, ließ mich den Kopf herumreißen, um mit zusammengekniffenen Augen nach einem Kellner Ausschau zu halten. Es war dumm – aber ich fühlte mich deplatziert und bereute einmal mehr, dass ich auf diese blöde Hochzeit gekommen war.

»Christine hat mir ja so viel von dir erzählt! Schön, dass du da bist. Und du auch, Chris. Ich hatte noch gar keine Gelegenheit, euch richtig zu begrüßen!« Ehe ich mich versah, schlang sie ihre Arme um mich, um auch mich zu drücken, wobei mich eine Wolke aus Parfüm und Haarspray einlullte.

Robin schmunzelte schräg, als unsere Blicke sich trafen und Vanessa sich von mir löste. Ihr zukünftiger Ehemann wurde gerade eben von seinen besten Kumpel dazu animiert, seine Bald-Braut anzustürmen und sich über die Schultern zu werfen. »Ihr wohnt im Haus! Lena zeigt euch später eure Zi- JAN!« Ihre Erklärung wurde von Jan unterbrochen, der sie einfach um die Hüfte packte und mit ihr davonrennen wollte, seine lachende, zappelnde Braut über der Schulter.

Robin und ich sahen den beiden nach, die von der Menge mit Gelächter und wohlmeinenden Ratschlägen bedacht wurden.

»Sieht aus, als wären sie glücklich.«

Robin klang feststellend dabei und ich warf ihm einen verstohlenen Blick zu. Er sah mich an und ich fühlte mich ertappt. Mein leeres Glas drehte ich in den Händen, die sich plötzlich feucht anfühlten. »Das will ich hoffen, oder? Schließlich werden sie heiraten. Das ist eine ziemlich wichtige Entscheidung.« Ich verkniff mir weitere Weisheiten, wie zum Beispiel, dass man sich ja aber immer noch scheiden lassen konnte und sah mich nach einem der Kellner um, die plötzlich alle verschwunden schienen. Aus den Boxen, die in der Nähe aufgebaut waren, drang wummernd der Sound eines alten Partyschlagers.

»So wie die meisten Entscheidungen«, erwiderte Robin schmunzelnd. »Führst du mich ein bisschen rum?«, wollte er dann wissen. Es klang ebenso bittend wie auffordernd. Sein Blick ruhte auf mir und erst jetzt fiel mir das Tattoo auf, das unter seinem Ärmel hervorlugte.

»Klar. Komm mit.« Ich steuerte das Haus an, vorbei an den blühenden Büschen, den Gästen, die mittlerweile großteilig tanzten oder zumindest so taten und dem tratschenden Klüngel an Mädels, die sich angeregt miteinander austauschten, wem welches Kleid am besten stehen würde und auf welche Typen sie ein Auge geworfen hatten. Ich erinnerte mich dunkel, dass Christine auch am Telefon erwähnt hatte, dass Hochzeiten ja immer auch die perfekte Gelegenheit waren, um jemanden aufzureißen, wusste aber nicht, ob das stimmte. Oder ob das trunkene Gerede der holden Damen, die Brautjungfern sein würden, nur vom Alkohol und Selbstüberschätzung befeuert wurde. Christine jedenfalls war schon ziemlich fleißig dabei, einen von Jans Kumpels zu umgarnen. Ich konnte nur hoffen, dass die Mädels die Finger von Robin ließen.

Nicht, dass ich hoffte, ihn abzuschleppen, aber ... Noch einmal konnte und wollte ich nicht zusehen, wie jemand anders ihn vor meinen Augen abbekam. So kleingeistig das auch sein mochte. Und außerdem wollte ich mit ihm reden. Ich musste das endlich alles sagen, was ich seit zehn Jahren mit mir herumschleppte, um es von meinem Herzen zu kriegen, das Kapriolen in meiner Brust schlug. Robins Anwesenheit war mir überdeutlich bewusst. Seine Schritte, die mir folgten, seine Präsenz. Alles an ihm. Ich rannte fast in zwei andere Gäste, die knutschend im Hauseingang lehnten, als ich die Treppenstufen nahm. Jeweils zwei auf einmal, und sogar mir kam das ein bisschen zu eilig vor.

»Hey, wir sind aber nicht auf der Flucht, oder?« Robin lachte hinter mir und bei diesem Geräusch stolperte ich fast gegen die Tür.

Mein Herz hämmerte wie verrückt und ich konnte mir nicht einreden, dass es nur von dem kurzen Sprint kam, Sportmuffel hin oder her. Mein Lächeln war so wackelig wie die Bühne, auf der eben zwei ziemlich betrunkene Typen gemeinsam einen Schlager grölten, um die Menge anzufeuern. »Noch nicht.«

Ich wusste nicht, dass diese Worte wie eine sich selbst erfüllende Prophezeiung sein würden und ich kurze Zeit später sozusagen hobbymäßig nur noch auf der Flucht sein würde.

Ich stürmte in die Küche, Robin im Schlepptau, der gar nichts sagen musste. Ich wusste auch so, wie irre ich mich verhielt, aber ich kam nicht dagegen an. Angekommen in dem Traum aus Weiß, ließ ich den Blick suchend über das Innere gleiten.

Tabletts mit Getränken standen herum, geöffnete Flaschen, vorbereitete Teller mit Snacks, die offenbar vergessen worden waren. Es war ein ziemliches Chaos, aber schließlich tauschte ich mein leeres Glas gegen ein volles mit orangefarbenem Inhalt und griff ein zweites, das ich Robin hinhielt. Mein Augenmerk fiel auf den kleinen Küchentisch, auf dem ein übergequollener Aschenbecher stand und zwei aufgerissene Tüten mit Erdnussflips lagen herum. Ein paar davon hatten sich aus der Tüte geschlichen und waren bis auf den Boden gekommen. Jemand hatte Wein verschüttet und überhaupt – die Küche wirkte, als wäre eine betrunkene und hungrige Meute hier eingefallen. Wenn Vanessa mitbekam, dass jemand im Haus geraucht hatte, war derjenige so gut wie tot. Seit sie vor drei Jahren einen plötzlichen Lebenswandel hingelegt hatte, waren Zigaretten total tabu. Das war insofern absurd, als dass sie dafür kiffte wie eine Weltmeisterin. Für ein paar kurze Wochen war sie sogar Veganerin gewesen. Zumindest, bis sie im Fressrausch drei Salamipizzen orderte, nachdem sie die ganze Zeit praktisch nur rohes Gemüse gegessen hatte. Irgendjemand hatte ihr wohl erzählt, dass eine vegane Ernährung der schnellste Weg zur Traumfigur war. Für Vanessa war es der schnellste Weg hin zu einem drohenden Amoklauf, weil der Kalorienmangel und das ewige Salatgedöns sie aggressiv machten.

Ich schätze, jeder in ihrem Umfeld war froh, als sie endlich wieder normal aß und dafür mit Pilates gegen die Pfunde anging, die sie gar nicht wirklich zu viel hatte.

»Danke. Geht's dir gut? Du wirkst ein bisschen angespannt.« Robin musterte mich eingehend und im Licht der Küchenlampe wirkten seine blauen Augen noch etwas blauer. Ein Hauch Belustigung färbte seine Stimme ein und ich lächelte meine Nervosität weg, um mein Glas gegen seines klingen zu lassen, noch ehe er es heben konnte.

»Wer? Ich? Mir geht's bestens. Du bist also ganz allein

gekommen?« Ich trank schnell von meinem Glas, das sich als Wodka-Orangensaft herausstellte, und bereute sofort, nicht erst gekostet zu haben. Ich hatte seit ein paar Stunden nichts mehr gegessen und mir war der Sekt schon ein bisschen zu Kopf gestiegen, an dem ich anfangs nur genippt hatte, ehe ich ihn runterkippte. In meinem Magen schoss der Alkohol sofort ins Blut und strömte prickelnd durch meinen Körper. Schwer in die Beine und leicht in den Kopf. Ich hatte noch nie viel vertragen und Robins skeptischer Blick traf mich gerechtfertigt, der wesentlich besonnener trank.

»Ich bin alleine gekommen, ja.« Er pausierte kurz, während ich mich an den Tisch setzte und geräuschvoll dafür einen Stuhl heranzog. Die Stuhlbeine schabten über die Fliesen und auf dem Weg zertrat ich knirschend ein paar Erdnussflips. Robin setzte sich nach kurzem Zögern ebenfalls, wobei er sich umsah. »Ich habe niemanden, der mich begleiten könnte. Ist schon ätzend, oder? Wenn man diese Einladung bekommt, auf der man angeben muss, ob man Plus Eins sein wird.« Er lächelte mir angeschrägt zu, dieses amüsierte Funkeln in den Augen, das mich ihn anstarren ließ wie ein Groupie seinen Filmstar.

Ich klappte den Mund zu, als es mir auffiel. Vermutlich viel zu spät. »Ja. Ist ätzend«, stimmte ich zu, obwohl mir erst zwei Atemzüge später aufging, was er überhaupt mit Plus Eins gemeint hatte. »Ich bin auch ohne Plus Eins da!«, versicherte ich hastig und grinste ein bisschen blöd dabei.

Robin legte den Kopf etwas zur Seite und so, wie er mich dabei ansah, verschränkte ich etwas ungelenk die Arme vor der Brust. Es war diese Art von Blick, den man nutzte, wenn man jemanden ansah und sich fragte, wie er wohl nackt aussah. Mein Gesicht wurde heiß und am liebsten hätte ich meine eigenen Gedanken angebrüllt, dass sie die Klappe halten sollten. Es war unmöglich, dass Robin auf mich stand. Bestimmt war nur das Licht in der Küche schuld.

»Also, wie ist das? Teilen wir uns ein Zimmer?«, wollte er

wissen, wobei er das Glas mit seinem Wodka-O hob, um daraus zu trinken. Er starrte mich über den Rand des Glases hinweg an, fast etwas lauernd. Meine Jugendliebe saß so lässig und gut aussehend in diesem Stuhl, der das Werk eines modernen Künstlers sein musste, dass ich mich fragte, ob man irgendwo Kurse dafür belegen konnte. Ich hatte immer schon Interesse für Möbel und Inneneinrichtung gehabt, auch wenn ich handwerklich so geschickt war wie eine Bockwurst.

Abendkurs für alltägliche Lässigkeit – mühelos sexy in zehn Schritten. Enge T-Shirts sind mitzubringen.

Die Worte warfen Echos in meinem trunkenen Hirn und ich schwankte zwischen abgrundtiefer Panik und himmelkreischendem Glück. Um Zeit zu schinden, griff ich mit einer Hand in die Tüte mit den Flips. »Man, ich hatte bestimmt zehn Jahre keine Erdnussflips mehr. Inzwischen gibt's die auch mit Käse!« Robin sah mir ungerührt dabei zu, wie ich mir eine ganze Handvoll davon in den Mund stopfte und grinste nur.

»Sag bloß?«, wollte er süffisant wissen. Er lehnte sich etwas vor und während ich noch kaute, streckte er eine Hand aus, um mir eine meiner widerspenstigen Haarsträhnen aus der Sicht zu streifen. Ich trug meine Haare zwar recht kurz, aber trotzdem waren die unbändigen Locken lang genug, um mir die Sicht zu versperren. Ich hielt inne und blinzelte, den Mund voll mit dem Erdnussflips-Brei, der mir plötzlich wahnsinnig pappig vorkam. Robins Fingerkuppe strich über meine Wange. Rau und schwielig und dabei warm.

»Wir schlafen irgendwo hier«, platzte ich undeutlich heraus, ehe ich schluckte und mir die Lippen leckte. Verlegen griff ich wieder nach meinem Glas und spülte den Pamps in meinem Mund herunter. »Wenn du willst, können wir uns gern ein Zimmer teilen.« War das eine versteckte Aufforderung? Ein Hinweis? Wollte Robin mit mir alleine sein, oder wollte er nur nicht alleine in diesem riesigen Haus herumwandern? War das nur der Versuch, uns wieder anzunähern? Oder steckte mehr dahinter? Wollte er am Ende vielleicht sogar Sex?

Halt. Nein. Ich presste meine Lippen zusammen und strich mir fahrig die Haare zurück. Meine Fantasie ging definitiv mit mir durch.

»Schön. Dann hol' ich mal ein paar Sachen aus dem Auto und du zeigst mir das Haus, ja?«

Er erhob sich, wobei er sein Glas leerte und mir zuzwinkerte. Oder hatte er nur was im Auge? Mein Körper reagierte verspätet, als ich umständlich aufstand und mich dabei am Tisch festkrallte. Mir drehte sich alles, und mein Magen war ein einziger Knoten, mein Herz ein wildpumpender Motor und mein Hirn irgendwie gelähmt und überfordert. »Ja, na klar. Natürlich! Mach nur«, plapperte ich drauflos. Ich riss fast den Stuhl um, als ich nach Robin durch die Küchentür taumelte. Er war schon weg und ich sah nur noch seine Silhouette durch die Vordertür verschwinden, die sich sanft öffnete und warme Sommerluft hereinließ. Irgendwo über mir lachten ein paar der Gäste, die sich auf der Treppe unterhielten.

»Lena!« Ich brüllte den Namen zittrig durch den Flur, ehe ich losrannte. Robin wollte sich ein Zimmer mit mir teilen und obwohl der Gedanke mich in Panik versetzte, stürzte er mich auch gleichzeitig in eine glühende Hoffnung. Vielleicht würde ich es diesmal nicht total versauen. Vielleicht kriegte ich die Chance, alles geradezubiegen. Vielleicht würden Robin und ich uns wieder vertragen und alles würde wieder wie früher sein. Nur besser.

Ich hatte es mir felsenfest vorgenommen, aber dann sabotierte ich mich doch nur selbst. Die Angst saß mir im Nacken und anstatt meine Gefühle endlich zu gestehen und mich für den ganzen Mist von damals zu entschuldigen, stellte ich nur das ganze Haus auf den Kopf. In den zwei Tagen erfand ich alle möglichen Vorwände, um Robin bloß nicht zu nahe zu kommen.

Das klappte ja auch hervorragend. Weil ich mir nämlich schon am ersten gemeinsamen Abend so ziemlich alles aus dem Leib kotzte, was ich drin hatte. Und viel war das nicht. Die paar Erdnussflips plus unzählige Gläser Wodka-O-Saft, nachdem ich Robin durch das Haus geführt hatte und schließlich unter dem Vorwand, Hunger zu haben, mit ihm wieder in der Küche war. Ein paar der anderen Gäste kamen dazu. Unter anderem mein Fahrer, Ben, der anregte, ein Trinkspiel zu spielen.

»Wir spielen jetzt *Ich hab' noch nie...*« Ben hob sein Glas an und grinste uns zu. Er war ein bisschen rundlich, aber hatte eine Menge Kraft. Angeblich ging er jede Woche ins Fitnessstudio und seine Freundin arbeitete wohl auch dort. Am Empfang, soweit ich wusste. Sie war nicht mitgekommen, weil sie irgendeinem Kumpel beim Umziehen in eine neue Wohnung helfen wollte. Ich bezweifelte diese Geschichte irgendwie, aber so wie Ben von ihr schwärmte, hielt ich lieber meine Klappe. Vielleicht half sie diesem Kumpel ja wirklich beim Umziehen. Und nicht er ihr beim Ausziehen.

Ich verzog das Gesicht und wollte gerade freundlich ablehnen, als Robin, der neben mir an der Anrichte gelehnte hatte, sich ebenfalls noch ein Glas einschenkte und Ben zuprostete. »Ich bin dabei. Chris?« Er sah mich erwartungsvoll an und obwohl ich nicht wollte, zuckte ich nur leichthin die Schultern.

»Na klar. Klingt lustig«, nuschelte ich wenig überzeugt. Ich wusste, dass ich eigentlich schon betrunken genug war, aber irgendwie fand ein neues Glas in meine Hand und weil alle ihre hoben, hob ich es auch. Wir waren inzwischen zu fünft in der Küche. Ich, Ben, Robin, Marlene, eine Freundin von Lena, und ein schüchterner Typ mit Brille, der aussah wie ein typischer BWL-Student.

Soweit ich mich erinnerte, spielte man dieses Spiel so, dass man immer trinken musste, wenn man etwas von den gestellten Fragen schon einmal getan hatte. Ein bisschen wie *Wahrheit oder Pflicht.*

»Ich fang' an!« Ben schien total in seinem Element zu sein und hob erwartungsvoll eine Hand, als er uns nacheinander ansah wie ein Pfadfinderleiter, der gerade eine Gruselgeschichte am Feuer erzählt.

»Ich hab noch nie«, begann er, wobei er eine Kunstpause einlegte, und zu Marlene herüber grinste, »einen Dreier gehabt!«

Meine Zunge drückte sich in den Mundwinkel und ich lief prompt dunkelrot an, als ich meinen Drink hob und trank. Schockierte Blicke wurden mir vom Schüchternen zugeworfen und auch Ben starrte mich sprachlos an. Ich linste zu Robin, der ebenfalls trank. Ich blinzelte ihn verdattert an, doch er lächelte nur schief und zuckte die Schulter.

»Ich war betrunken. Ist auf einer Party bei einem Kumpel passiert. Ich hab' mit jemandem rumgeknutscht und plötzlich fühlte sich noch jemand berufen, mitzumischen«, erzählte er dann so locker, als hätte er lediglich mit ein paar Freunden im Park gegrillt und nicht eine heiße Nacht zu dritt verbracht.

»Okay«, meinte ich etwas lahm. Robins Blick funkelte auffordernd und auch die anderen wollten jetzt wissen, wie es bei mir dazu kam. Ich nagte an meiner Unterlippe, ehe ich mir umständlich nachschenkte. Der orangefarbene Saft floss in den Alkohol in meinem Glas. Es war peinlich, aber irgendwie hatte ich das Gefühl, dass ich aus der Nummer nicht mehr herauskam.

»Jetzt erzähl schon!«, forderte Marlene. Sie kicherte und beäugte mich ebenso fasziniert wie ungläubig.

»Na schön.« Ich presste die Lippen zusammen. Robin konnte ich einfach nicht ansehen, also starrte ich Marlene an. »Ich hatte einen Dreier mit zwei Typen. Ist schon eine Weile her. Eigentlich hatte ich bei meinem alten Dealer nur ein bisschen Gras abholen wollen, aber dann hatte er eine neue Sorte da und sein Kumpel war schon ziemlich drauf. Und irgendwie«, erklärte ich, wobei mir mehr als unwohl war, »kam's dann dazu.«

Robin schnaufte leise. Ich wagte nicht, mich zu rühren, während alle Blicke auf mir ruhten. Schließlich brach Ben das Schweigen, der anfing, grölend zu lachen. Marlene und sogar der Schüchterne stimmten etwas verhaltener mit ein.

»Ich sag' ja immer, Kiffen ist schlimmer als Saufen!«, amüsierte er sich japsend. »Gleich zwei Kerle, was? Und in welche Löch-«

»Ich hab' noch nie einen Typen gebumst, der ein Intimpiercing hatte.« Robin fuhr Ben dazwischen und trank ungerührt und mit erhobenen Brauen seinen Drink. Ich starrte ihn an und bemerkte das amüsierte Funkeln in seinen Augen. Marlene blinzelte und schnappte nach Luft. »Aber ... dann bist du ja- bist du schwul?!«

Meine Brauen zuckten hoch und ich kippte meinen Wodka-O-Saft, wobei ich mich fast daran verschluckte. Ein bisschen schadenfroh sah ich zu, wie sich Marlene und Ben perplexe Blicke zuwarfen.

»Ich hab noch nie ein Mädchen geküsst«, mischte sich der Schüchterne ein, dessen Stimme zögernd und ein bisschen beschwipst klang.

Robin trank und warf mir einen schrägen Blick dabei zu, als ich mein Glas hob und es ihm gleich tat. Ich grinste ihm schief zu und zuckte die Schultern.

Ben ächzte leise. »Was? Du hast echt noch nie ein Mädchen geküsst?«, wollte er an den Schüchternen wissen. Sogar Marlene hatte getrunken, was ihr einen interessierten Blick von Ben eingebracht hatte. Draußen hörte man inzwischen gedämpftere Musik aus dem Garten schallen. Dafür schien es über uns in einem der Zimmer ziemlich zur Sache zu gehen – jedenfalls hoben wir kollektiv den Blick zur Decke, als es verräterisch rhythmisch über uns zu rummsen begann. Klang, als würde jemand das Kopfende seines Bettes gegen die Wand wummern lassen. Zwischendrin erklang eine deutlich hellere Stimme und ab und an gesellte sich ein dunklerer Ton dazu, der wie *Yo!* klang.

Ich schmunzelte schief. »Mädchen waren noch nie so ganz mein Fall«, erklärte ich entschuldigend an Marlene, die mir ein schelmisches Grinsen schenkte. »Darum habe ich es nur einmal probiert.«

Ben schnaufte leise und warf ihr einen provokanten Blick zu. »Du bist dran!«

Marlene strich sich eine Haarsträhne zurück und überlegte. Langsam begann die Lampe an der Decke zu schwingen. Die da oben hatten offenbar Spaß im Bett – oder sie spielten eine unbekannte Variante von nächtlichem Möbelrücken.

»Ich habe mir noch nie ein Tattoo stechen lassen!« Marlene grinste und spähte in die Runde und kurzfristig wünschte ich Ben und seine bekloppten Trinkspiele zum Teufel. Neben mir hob Robin seufzend sein eigenes Glas. Sein Tattoo war immerhin ja nicht zu übersehen. Ich spürte seinen neugierigen Blick auf mir und konnte nur hoffen, dass jetzt niemand wollte, dass ich es ihnen auch noch präsentierte. Der Alkohol und die Säure des Orangensafts rumorten unangenehm in meinem Magen und hinterließ einen ebenso unangenehmen Geschmack auf meiner Zunge. Scharf und sauer, irgendwie auch süß und ein bisschen bitter.

»Chris!« Marlene ächzte schockiert, als ich mein Glas in einem Zug leerte und so blieb mir für den Moment zumindest erspart, mich zu erklären oder die Gruppe mit schmutzigen Details zu versorgen – denn beim nächsten *Yo!* was deutlicher und lauter von oben zu hören war, beugte ich mich schwungvoll nach vorn – und kotzte Bens Schuhe voll.

»Er ist bestimmt sauer. Oder was meinst du?« Ich vergrub mein Gesicht nuschelnd in der Bettdecke, die mir Robin übergeworfen hatte. Sie roch sauber und frisch. Weichspüler mit dem Duft von Sommerblumen und einer leichten Meeresbrise. Zumindest stellte ich mir vor, dass das so riechen musste.

Im Zimmer war es dankbarerweise dunkel und nur spärlich drang der Schein der Lichterketten von den Bäumen zu uns hinein. Ich lag auf der Matratze auf dem Boden, die Robin eigentlich beziehen hatte wollen. Aber da ich alle paar Minuten zum Klo rennen musste, fühlte ich mich da unten wohler. Die Fenster hatte Robin weit geöffnet und so drangen noch die Gesprächsfetzen der letzten, hart gesottenen Gäste zu uns auf. Mittlerweile musste es nach drei oder vier Uhr in der Nacht sein. Bald würde eine graue Morgendämmerung über den Himmel kriechen. Aber daran wollte ich nicht denken. Tag bedeutete, ich musste dieses Zimmer verlassen. Und mit ihm die sichere Dunkelheit der Nacht. Und Robins Nähe. Und ich wollte gar nichts davon hergeben.

Der Blick aus blauen Augen ruhte auf mir, denn Robin linste über die Bettkante zu meiner erbärmlichen Gestalt. »Ich weiß nicht. Vielleicht hast du ihm ja sogar in die Karten gespielt. Marlene war ziemlich eifrig dabei, ihn ins nächste Badezimmer zu zerren und ihre Hilfe anzubieten.« Er lachte leise und dunkel und obwohl ich schon gar nichts mehr in mir haben konnte, flirrte mein Magen. Ich lugte aus der Bettdecke hervor zu ihm auf und obwohl ich nur das Weiß seiner Zähne sehen konnte, als er grinste, war mir das genug.

»Er ist doch vergeben.« Mein Protest war nur schwach und undeutlich genuschelt. Mein ganzer Mund fühlte sich wund an, nachdem ich mir zwei Mal die Zähne geschrubbt hatte. Die scharfe Pfefferminze der Zahnpaste brannte auf meiner Zunge.

Robin zuckte die Schulter. »Hat noch nicht oft jemanden abgehalten, sich ein bisschen betüddeln zu lassen, oder?«

Ich musste lächeln. »Ich mag dein Tattoo«, erklärte ich noch immer trunken und erschöpft von diesem Tag. Robin hatte mir die Treppen hochgeholfen, nachdem der Schüchterne panisch und angeekelt nach Lena gebrüllt hatte, die wohl irgendwie für alles zuständig war, was irgendwie mit der Organisation dieser Feier zu tun hatte. Ich weiß nicht mehr, ob sie mich auch stützen musste, aber es hatte sich gut angefühlt, sich an Robin anlehnen zu können. Er hatte auch die Matratze herangeschleppt, die Lena aus einem der anderen Zimmer entführt hatte und er hatte sogar die Bettdecke bezogen, die ich mir jetzt so dicht vor das Gesicht hielt. Eigentlich war es nicht vorgesehen gewesen, dass wir uns ein Zimmer teilten, aber sie fragte nicht. Sie hatte mich angeguckt, ein bisschen die Nase gerümpft, und das Ganze mit einem knappen Nicken abgesegnet.

»Und ich habe deins noch gar nicht gesehen«, erwiderte Robin, der das Kinn auf die Unterarme stützte, als er mich ansah. »Ist es ein cooler Drache auf der Schulter?«, wollte er schmunzelnd wissen.

Ich schnaubte leise und rückte verlegen auf meinem provisorischen Bett herum. »Wir wissen wohl beide, dass ich nicht der Typ für coole Drachentattoos bin, oder? Zu mir passt eher so was wie Grisu«, meinte ich stirnrunzelnd.

Robin lachte leise. »Achso? Und was ist es dann? Außerdem kann ich mir dich schwer als Feuerwehrmann vorstellen.«

Ich schürzte etwas pikiert die Lippen. »Warum? Weil ich nicht so muskulös bin?«

»Nein«, antwortete Robin grinsend, »weil du sogar Wasser anbrennen lassen kannst. Ich erinnere dich an deinen Versuch, uns in den Sommerferien damals Spaghetti zu kochen.«

Mein Kopf spulte diese Erinnerung ab und ich gluckste leise. »Das war nur wegen dem blöden Gasherd«, gab ich maulend zurück. »Ich wusste doch nicht, wie hoch die Flammen kommen würden.«

»Du hast die Spaghetti im Topf in Brand gesteckt«, erinnerte mich Robin lachend. »Die haben gefackelt wie Wunderkerzen, so hoch kamen die Flammen. Du wolltest möglichst schnell kochen, also hast du den Herd auf höchste Stufe gestellt.«

Ich rieb mir verlegen den Nacken und kuschelte mich enger in das Kissen. Robin traf ein garstiger Blick, den er nicht sehen konnte, weil es zu dunkel war. »Du hast gesagt, du hast Kohldampf!«, schoss ich verlegen zurück. »Ich wollte nicht, dass du warten musst.«

Er schmunzelte und schrägte den Kopf etwas. »Das war irre süß von dir. Wir mussten trotzdem Pizza bestellen. Und einen neuen Topf kaufen. Weißt du noch?«

Das wusste ich allerdings noch. Wir hatten bestimmt drei oder vier Läden abgeklappert, ehe wir einen fanden, der zumindest so ähnlich aussah wie der, der nun völlig verhunzt war. Nicht nur waren die Spaghetti oben in Flammen aufgegangen, das Wasser war auch zu schnell verkocht, sodass die weichen Spaghetti am Topfboden anklebten und schwarz wurden. Ich hätte eben nicht zwischendrin ein Päuschen machen und eine Runde zocken sollen.

»Ich weiß.« Ich lächelte zu ihm auf. »Ich hab' dir aus lauter Schuldgefühlen meine halbe Pizza gegeben... und am Ende bereut, weil ich dann trotzdem noch Hunger hatte.«

»Selbst schuld«, attestierte Robin mir grinsend. »Aber du lenkst vom Thema ab. Dein Tattoo«, erinnerte er mich, »wo und was?«

Offenbar war er wirklich neugierig und ich war zu müde, um mir eine Ausrede einfallen zu lassen. Trotzdem war es peinlich. Sogar noch peinlicher als vor den anderen zuzugeben, dass ich einen Dreier gehabt hatte. Andererseits war Robin in der Hinsicht ja auch nicht unschuldig. Ich spürte den Stachel der Eifersucht, der mich pikste. Allein die Vorstellung, dass zwei andere Leute ihre Griffel an ihm dran gehabt hatten, widerstrebte mir.

»Ich bin müde.«

»Du bist müde, aber noch wach genug. Raus damit, oder ich halte dich die ganze Nacht wach.«

Ich schnaubte leise. »Versuch's doch«, nuschelte ich mit klopfendem Herzen. Ich spitzte die Ohren und hörte auf das Rascheln der Bettdecke, als Robin sich bewegte. Ich war mir ziemlich sicher, dass wir gegensätzliche Vorstellungen davon hatten, wie wir uns die ganze Nacht wachhalten konnten.

»Also schön. Du hast es nicht anders gewollt.«

Robin hatte sich kurzfristig aus meinem Sichtfeld bewegt, kehrte nun allerdings zu mir zurück und noch ehe ich wusste, was los war, strahlte mir das grelle Licht seines Smartphones ins Gesicht und ein ohrenbetäubender, hämmernder Beat drang aus dem Lautsprecher. Ich fuhr erschrocken zusammen und drehte den Kopf weg, geblendet und verstört. »Ist ja gut!«, krächzte ich, die Decke vor das Gesicht gezogen, an der Robin lachend zog, um mich zu quälen. Dieser blöde Arsch!

»Ich bin ganz Ohr.«

Die Musik verstummte und das Licht ging aus. Allerdings spürte ich Robins Hand noch an der Bettdecke, die sie mir vom Gesicht zupfte. Empört starrte ich halb blind zu ihm auf. »Eine Quietscheente mit Zigarre, die auf einer Rakete reitet«, fauchte ich, ehe ich mich zur Seite warf und die Decke um mich schlang, um mich vollständig in ihr einzuwickeln. »Auf dem Arsch!«, setzte ich ebenso peinlich berührt wie eingeschnappt nach.

Robin sagte erst nichts, doch dann hörte ich sein amüsiertes Schnaufen und sein erheitertes Lachen. Ich wollte es nicht, aber ich musste ebenfalls leise glucksen. Das Motiv hatte eine absolut peinliche Hintergrundgeschichte und sah genau so bescheuert aus, wie es sich anhörte. Stolz war ich darauf jetzt nicht gerade, aber da noch genug Alkohol in meinem Blut kreiste, war es nur halb so schlimm, Robin davon zu erzählen.

»Wenn du wieder nüchtern bist, will ich das Teil unbedingt

sehen.« Er lachte immer noch leise und ich spürte, wie er mir flüchtig durch die Haare strich. Es war nur so kurz, so beiläufig, und doch wünschte ich sofort, er würde es wiederholen.

Jetzt. Sag es ihm. »Rob?«, setzte ich an, wobei ich mich umständlich zur Seite wälzte. In der Decke hatte ich mich verheddert und so guckten nur mein Kopf und meine Füße aus dem Debakel heraus. Robin lag noch immer quer über dem Bett und hatte den Kopf in eine Hand gestützt. Irgendwo da draußen, weit weg von diesem Zimmer, in der Realität, begann eine Amsel ihr frühes Lied zu trällern.

Die Worte steckten in meinem Hals fest und drückten auf meinen Brustkorb, als würde der Geist des verblichenen Katers drauf hocken wie ein Alp. Das hatte er früher immer getan, wenn ich zu Besuch bei Vanessa war. Er fand immer einen Weg in das Gästezimmer und hockte sich mitten in der Nacht auf meine Brust, um mich anzustarren. Total reglos. Er brachte mich damit jedes einzelne Mal zum Kreischen. Es war, als wüsste er, dass ich auch ohne seine dämonisch-glühenden Augen Schiss im Dunkeln hatte und niemals allein Horrorfilme guckte. Wenn er mich erfolgreich erschreckt hatte und ich mich zitternd und mit rasendem Herzen aus dem Bett warf, um mich im Bad einzuschließen, stolzierte er jedes Mal mit erhobenem Schweif und diesem sagenhaft glorreichen Miauen aus dem Zimmer. Es war, als würde er sagen: *Dem Penner hab ich's mal wieder gezeigt!*

Aber Heggi war tot und ich hatte keine andere Ausrede mehr für mein Zögern als meine Unfähigkeit, die Worte zu sprechen, die ich Robin unbedingt sagen musste. Statt *Es tut mir so verdammt leid, was für ein Idiot ich war,* kam nur ein »Ich bin unglaublich froh, dass du hier bist«, über meine trockenen Lippen.

Robin sagte lange nichts. Es war, als baute sich eine gewisse Spannung auf, die mich zunehmend nervös machte, während ich, eingewickelt wie ein Burrito, einfach nur dalag und mir wünschte, ich könnte sein Gesicht deutlicher sehen.

»Ich auch.« Er sagte es leise und ein Unterton schwang in seiner Stimme mit, der in meinem Nacken prickelte.

»Rob...-«, setzte ich noch mal an, doch er schüttelte nur sanft den Kopf.

»Schlaf ein bisschen, okay? War ein langer Tag.«

Die Matratze knarzte leise und das Bettzeug raschelte, als er sich von der Bettkante zurückzog und sich umdrehte. Noch einmal leuchtete das Display seines Smartphones auf, ehe es verlosch. Vielleicht hatte er auf die Uhr gesehen. Vielleicht hatte er seine Nachrichten gecheckt.

Ich lag mit klopfendem Herzen da und versuchte nicht zu heulen, obwohl mein Herz ein Knoten zu sein schien. Ebenso wie meine Zunge. Einfach alles. Ich liebte ihn nicht nur noch immer, sondern mit einer völlig neuen Intensität und ich kriegte die passenden Worte einfach nicht heraus, die ich unbedingt sagen musste. Wenn schon kein *Ich liebe dich, Rob* dann wenigstens ein verficktes *Es tut mir leid.* Das musste doch möglich sein!

Wieso nur war es dann so schwer?

Verkatert und völlig erschlagen von den Ereignissen der letzten Nacht erwachte ich erst am Mittag allein im Zimmer. Robin war längst aufgestanden. Draußen war es, abgesehen vom Vogelgesang und entfernten Stimmen, ziemlich still und das Sonnenlicht, das durch das geöffnete Fenster strahlte, brannte in meinen Augen und brachte sie zum Tränen.

Als die Tür aufflog und Lena mit einem geschmetterten »GUTEN MORGEN!«, in den Raum stürmte, um mir die Decke wegzureißen und mir eine Packung Toastbrot an den Kopf zu werfen, war das zumindest genau die Ablenkung, die ich brauchte. Ich wischte hastig die Feuchtigkeit von meinem Gesicht und schlug viel zu langsam mit der Hand nach dem Toastbrot, das zumindest noch verpackt war und mich mittig ins Gesicht traf. Vollkorn, natürlich.

»WAS ZUM FICK?!«, brüllte ich verständnislos, als ich die Decke wieder über mich zerren wollte. Ich hatte keinen Bedarf daran, mich fast nackt vor ihr zu entblößen. Lena trug Ohrringe mit einer Unmenge an Glitzerkram besetzt, die mir jeden Sonnenstrahl in die Fresse zurückwarfen, der ins Zimmer fiel. Ich kniff die Augen zusammen und stöhnte gequält.

»Es ist schon Mittag, du kleine Kotzkröte. Raus aus den Federn! Robin spielt schon mit den anderen Jungs draußen Fußball und ich brauche dich später, um mir bei ein paar Erledigungen zu helfen. Morgen ist die Trauung und irgendjemand hat letzte Nacht fast den ganzen Alkohol alleine gesoffen.«

Sie klang so herrisch wie ein Feldwebel und alles, was ich zustande kriegte, war ein leises Wimmern.

»Und ohne genug Alkohol kriege ich Vincent nicht rum«, schloss sie ihr Plädoyer.

»Wieso spielt jemand mitten in der Nacht Fußball?«,wollte ich winselnd wissen. Ich ließ den Kopf kraftlos gegen die Bettdecke sinken.

»Weil jemand ein richtiges Leben hat und keinen Alkoholspiegel eines volltrunkenen Matrosen auf seinem ersten Landgang nach drei Jahren auf einem Schiff?«, mutmaßte Lena bissig. Sie zerrte an der Decke. »Und übrigens erzählen sich jetzt alle, dass du mindestens einen Dreier hattest und Ben hat mit Marlene auf dem Gästeklo rumgemacht. Sie sagen, das war deine Idee.«

»Was?!« Ich riss den Kopf hoch und zerrte an der Decke. »War's nicht!«, schnauzte ich. Mein Kopf drehte sich und mir wurde sofort schwindelig. Zuviel und zu schnelle Bewegung. Mein Magen grollte protestierend. »Scheiße«, ächzte ich. Ich kippte ansatzlos zurück auf die Matratze, als Lena die Decke einfach losließ.

»Also, wenn du Robin spielen sehen willst, was ich dir raten würde, dann solltest du deinen Arsch in die nächste Dusche schleifen und dich anziehen. Er spielt«, meinte sie mit bedeutungsschwerer Pause, »nämlich oberkörperfrei!«

Über den Rand der Bettdecke warf ich der Frau einen argwöhnischen Blick zu. Ungeachtet dessen, dass sie nun meine Aufmerksamkeit hatte und es zu wissen schien, so wie sie grinste.

»Hopp, hopp!«, machte Lena grinsend. »Und wenn du es bis zur Küche schaffst, mach' ich dir vielleicht sogar Frühstück!«

Die Aussicht auf irgendwas, das Lena mir zusammenbraten würde war nicht so verlockend wie die, einen halbnackten, schwitzenden und testosteronverstömenden Robin sehen zu dürfen.

»Hab' keinen Hunger!« Ich kämpfte mich taumelnd auf die Füße und raffte meine Klamotten zusammen, darauf bedacht, Lena nicht allzu viel von mir zu zeigen. Auf dem Weg ins Bad hörte ich sie mit der Zunge schnalzen.

»Beeil dich. Und im Übrigen hoffe ich, dass du mit dem Rumgekotze durch bist, ja? Ich musste die Bröckchen sogar unter dem Küchenschrank hervorkratzen.«

Ich knallte die Tür hinter mir zu, damit sie meinen roten Kopf nicht sah. »So nett von dir!«, ätzte ich durch die geschlossene Tür. Ich war froh, dass es im Badezimmer keine Zeichen meiner nächtlichen Eskapaden gab und schlüpfte aus meiner Unterwäsche. Dass ich Ben auf die Schuhe gekotzt hatte, war im hellen Tageslicht und nun auch noch nüchtern noch peinlicher als befürchtet. Aber dass er mich als Grund vorschob, wieso er seine Freundin mit Marlene betrog, schockierte mich mehr.

»Dein Nettigkeitenbonus ist aufgebraucht, Freundchen! Also mach ein bisschen hin!«, flötete Lena, ehe sie garstig lachend aus dem Zimmer schlüpfte. Die Tür ließ sie dabei anscheinend einfach offen.

Die Klamotten warf ich ins Waschbecken, ehe ich mich eingehend im Spiegel musterte. Ich sah ziemlich scheiße aus und beschloss, Lenas Rat zu beherzigen.

Während ich unter dem heißen Strahl der Dusche stand und mir die Scham der letzten vierundzwanzig Stunden von der Haut wusch und meine Haare einschäumte, musste ich an Robin denken. Ich erinnerte mich genau daran, wie es sich angefühlt hatte, als ich betrunken an seiner Brust lehnte und wie sicher er mich gehalten hatte.

Mein Magen flatterte nervös bei dem Gedanken daran und ich stellte den Strahl der Dusche augenblicklich kälter. Im Tageslicht fühlte ich mich noch ein bisschen verlorener und verwirrter als gestern. Da waren so viele Gefühle in mir, die nicht wussten, wohin mit sich. Aber fürs erste beschloss ich, dass ich einen Schritt nach dem anderen machen musste.

Und nach der Dusche und allem anderen, was nötig war, um wieder eine respektable Erscheinung abzugeben, würde ich vor allem erst einmal gucken, *wie* gut Robin wohl wirklich mit freiem Oberkörper aussah ...

Und da war ich nun.

Lena hatte mich natürlich verarscht. Robin war nicht mit den anderen Typen Fußballspielen gegangen, sondern ließ sich von Jan und Vanessa das Grundstück zeigen. Insgesamt waren die meisten Gäste nicht viel frischer als ich und anstatt verschwitzte Oberkörper anzuschmachten verbrachte ich die nächsten paar Stunden damit, Lenas persönlicher Sklave zu sein und mit ihr Einkäufe und Besorgungen zu erledigen. Sie war die meiste Zeit am Telefon und scheuchte Dekorateure, Floristen und all die anderen Leute umher, die man anscheinend für eine Hochzeit so brauchte. Außerdem schrie sie zwischendrin noch die anderen Autofahrer an, die ihrer Meinung nach zu langsam fuhren.

Ich hingegen befand mich noch immer auf meinem Weg zurück zu Vanessas und Jans Anwesen.

Zu Fuß.

Nur mit der groben Richtung, die mich hoffentlich zu Robin führen würde, vorbei an den Weiden, auf denen sich die Kühe an den Zaun drängten, um mich zu begaffen. Für sie war ich wohl das seltsamere Tier in der Gegend und ich fragte mich, ob sie wohl wussten, wie es um mich stand und sie mich insgeheim auslachten, wann immer eine von ihnen Muuh! machte. Über die Autofahrer, die an mir vorbeizogen, dachte ich allerdings das Gleiche. Es musste merkwürdig aussehen, wie ich, verheult und mit zu großen Klamotten an, die ich krampfhaft festhielt, über den holprigen Weg rannte. Nun, rennen war vielleicht zu viel gesagt. Ich stolperte eher halb blind darauf entlang und konnte von Glück reden, dass ich mir den Fuß nicht in einem Schlagloch vertrat.

Ich bemerkte gar nicht, dass hinter mir ein Auto langsamer wurde, weil ich zu beschäftigt damit war, meine viel zu weite

Hose festzuhalten, und die Tränen wegzublinzeln, während ich mich einen Vollidioten schimpfte und den Kühen böse Blicke zuwarf, wann immer mich eine davon an-muhte. In dieser Gegend erwartete ich eigentlich nicht, dass irgendjemand für mich anhalten würde. Immerhin hatte die Dame mit dem Wollmops und ihr vermeintlicher Lynchmob mir sehr klargemacht, dass man Fremde hier nicht zu schätzen wusste und schon gar keine jungen Männer, die einander zugetan waren. Verkalkte alte Schrulle. In Gedanken setzte ich zu einer Schimpftirade gegen sie an, um ihr zu verdeutlichen, wie hinterwäldlerisch ihr Verhalten war und sie zu fragen, ob sie nie jung und verliebt gewesen war. Aber ich ahnte, dass die Antwort darauf mit »*Früher, da ...*« – beginnen würde und ehe ich's mich versah, würde sie alte Fotos hervorholen und mir ihren Gemahl auf einem Schwarz-Weiß-foto präsentieren (Gott habe ihn selig!) und sie würde Kuchen und Tee bringen und über die Kinder reden, die sie nie gehabt hatte, weswegen sie einen Wollmops adoptieren musste. Vermutlich, weil er ihrem verblichenen Ehemann wie aus dem Gesicht geschnitten war. Ich steigerte mich in die Details der fiktiven Begegnung und malte mir sogar aus, welche Farbe ihr Küchentisch hatte und welche Holzart ihr Bücherregal wohl stellte. Ich befand, musste Kirsche sein. Kirschholz war einfach großartig.

Das kurze Aufleuchten der Sirene, gefolgt von dem signifikanten Signalton, der wie Schluckauf einer Kegelrobbe klang, ließ mich zusammenfahren und beendete meine Fantasien abrupt.

»Sie da! Umdrehen und die Hände hoch!«

Die Stimme klang herrisch und dunkel, nicht zu Späßen aufgelegt und mein Herz machte einen kleinen Hüpfer, als ich beinahe in den Weidezaun stolperte. Ein paar Kühe trotteten argwöhnisch neben mir her. So dicht, dass ich die unverschämt langen Wimpern der Damen sehen konnte. Irgendwie schienen es die Frauen dieser Welt zu sein, die mich in sämtliche

Fettnäpfchen schubsten, die man sich vorstellen konnte. Oder die zumindest selbstzufrieden dabei zusahen, wie ich Kopf voraus in diese sprang.

Die Gedanken in meinem Kopf rasten, noch während ich mich langsam umdrehte. Inzwischen fühlte ich mich wie ein Gefangener in der Truman Show – den Film hatte ich nie besonders gemocht. Aber er spiegelte ganz hervorragend mein Gefühl, in einer absurden Parodie gefangen zu sein. Passierte das alles hier wirklich? Langsam begann ich zu glauben, dass vielleicht Robin dahinter steckte. Vielleicht war die ganze Stadt und sogar Vanessas Hochzeit ja nur die Bühne für eine Racheaktion sondergleichen?! Das war zwar eine mindestens ebenso absurde Erklärung, aber vielleicht ... ?

»Ich fürchte, das ist unmöglich.« Ich versuchte mich an einem schiefen Lächeln, das reichlich wackelte, während mein verheultes Gesicht und mein Anblick ganz allgemein den Polizisten skeptisch die Augen zusammenkneifen ließ, dem ich mich gegenübersah. Er war noch jung, vielleicht Anfang dreißig, mit kurzen, schwarzen Haaren. Erstaunlich gut aussehend in seiner Uniform. Ich war mir nicht ganz sicher, ob die ihn so attraktiv machte oder die Tatsache, dass er aussah wie ein Stripper. Allerdings fuhren heiße Stripper, die Polizisten mimten, selten echte Polizeiautos mit Sirene und Blaulicht. Zumindest soweit ich wusste. Er trug einen gepflegten Dreitagebart und hatte eine gesunde Bräune, breite Schultern und einen Gesichtsausdruck, als hätte er kürzlich in eine Zitrone gebissen.

»Die Hände hoch!«, wiederholte der Typ nochmals eindrücklicher. Eine seiner dunklen Brauen zuckte empor, während der Rest der Miene mir vermittelte, dass es andernfalls wirklich unangenehm für mich werden könnte.

»Okay, verstehen Sie doch, das ist nicht mögl-«

»Ich sag's zum letzten Mal!« Der Polizist schnauzte es und verlor sofort ein paar Attraktivitätspunkte auf der Skala, als er seine Dienstwaffe zog. Die Knarre richtete sich auf mich und sogar aus der Distanz betrachtet konnte ich das Gewicht von dem Ding ahnen. Sie war schwer. Und sie war echt. Und ich war echt am Arsch. Schon wieder.

Mir entkam ein Ächzen. Meine Würde rutschte mir von den Hüften, als ich die Hände hochriss und nahm dabei den Hosenbund mit sich, der Schwerkraft geschuldet, die alles zu sich zog. Meine Würde, meine Laune ... einfach alles. Sogar meine Hoffnung sackte mit ihr um meine Knöchel nach unten und der laue Sommerwind strich über die Gänsehaut an meinen Beinen. Die Kühe muhten nicht, aber ich spürte ihre abfälligen Blicke prickelnd in meinem Nacken. Bestimmt war das heute die beste Show seit Wochen auf dieser Koppel. Irgendwo etwas schräg hinter mir begann es zu hupen und ich hörte Autos anhalten. In Gedanken verfluchte ich, je auf diese bekloppte Hochzeit gefahren zu sein, und ich verfluchte Robin, der mich einfach sitzenlassen hatte.

Mitten in der Pampa.

Mit zu großen Hosen und orientierungslos.

Und die verdammte Torte, die Katze, meinen Ex, die zu vielen Wodka-Orangen-Shots, Vanessas Grasvorrat, das Wetter, den Polizisten, die Alte mit ihrem Wollmops – einfach alles.

Und natürlich musste der vermutlich einzige Polizist in der ganzen Gegend auf die fabelhafte Idee kommen, mich zu kontrollieren. Ich konnte mich nicht einmal daran erinnern, hier eine Polizeiwache gesehen zu haben, und ich begriff nicht, wieso es ausgerechnet mit treffen musste.

Ich lächelte schräg und zog so leise wie möglich die Nase hoch, als ich seinen Blick auffing, der von bitterernst zu überrascht und dann zu süffisant wechselte.

»Sie begehen da gerade eine Ordnungswidrigkeit«, erklärte er trocken wie altes Knäckebrot. Er trat etwas vor, wobei er die Waffe nach kurzer Musterung meiner Gestalt sinken ließ.

»Ah, ja. Na, sehen Sie? Ich hatte Sie ja gewarnt«, meinte ich vermeintlich locker. Vielleicht ließ er mich jetzt einfach gehen. Oder besser noch: vielleicht nahm er mich sogar mit und ich erwischte Robin noch rechtzeitig. Das Senken der Waffe schürte in mir die aberwitzige Hoffnung, dass ich mit Blaulicht und Sirene direkt zu Robin fahren könnte und dann wäre bald endlich der ganze Spuk vorbei.

»So, so.« Er steckte die Waffe zurück in sein Holster und kam auf mich zu. Die Handschellen, die er dabei mitnahm, waren nicht dazu gemacht, mein Vertrauen zu gewinnen. Sie wirkten weniger verspielt als die, die ich in meiner Goodie-Schublade zuhause hatte und die mit blauem Plüsch verziert waren. Sie wirkten vor allem aber auch viel größer und stabiler.

»Eh, hey!«, stotterte ich verdattert. Ich hob abwehrend eine Hand, die jedoch ansatzlos gepackt wurde und ehe ich wusste, was los war, machte ich eine flotte Drehung, als mein Arm herumgerissen wurde. Es war ein bisschen wie ein heißer Tanzmove – nur taten die für gewöhnlich nicht weh, und anstatt anmutig gen Boden zu sacken und einen tiefen Blick in die Augen des Polizisten zu werfen, hörte ich lediglich das scharfe Klicken, als kalter Stahl um meine Handgelenke einrastete. Ich stand mit dem Rücken zu dem Kerl und blinzelte in das Blitzlichtgewitter einer Handykamera. Und einer echten Kamera. »Warten Sie mal, ich habe doch gar nichts verbrochen!«, protestierte ich hektisch. Ich starrte auf die Leute, die ihre Autos angehalten hatten und die Szene auch noch filmten! Meine Ohren klingelten, als der Ordnungshüter ihnen zubrüllte, dass sie weiterfahren sollten. Dann spürte ich, wie er mich mit sich zum Auto zerrte.

»Ich verhafte Sie wegen der Erregung öffentlichen Ärgernisses und werde Sie zur Überprüfung Ihrer Personalien mit auf das Revier nehmen.« Er drückte meinen Kopf nach unten, als ich mich kraftlos auf den Rücksitz sinken ließ.

»Ich kann nicht festgenommen werden!«, setzte ich erneut an. Er hatte warme, braune Augen, die mich einen langen Moment musterten. »Ich muss zu der Hochzeit meiner besten Freundin und außerdem muss ich den Typen davon abhalten, einfach abzuhauen, in den ich seit über zehn Jahren verknallt bin!« Ich leckte mir nervös die Lippen und sah bettelnd zu ihm auf. »Und außerdem wird mein Ex ihn sich vermutlich krallen, wenn ich zu spät komme und dann muss ich auch noch die verflixte Urne suchen, die weg ist!« Ich bekam Panik, als er zweifelnd eine Braue hob.

»Was für eine Urne?«, wollte er wissen. Er wirkte nicht ansatzweise überzeugt, doch noch war die Wagentür offen, in der er so lässig lehnte, dass er auch einfach Schauspieler hätte sein können. Oder Model. Oder doch ein heißer Stripper.

Ich schluckte und drückte mir die Zungenspitze in den Mundwinkel. »Also...«, setzte ich mit einem wackeligen Lächeln an, »das wird sich jetzt alles ein bisschen abgefahren anhören, okay? Aber es ist die Wahrheit«, beschwor ich. Und dann begann ich zu erzählen.

5

»Nein, Nein, Nein!« Lena trat energisch einen Schritt nach vorn und hob drohend einen Zeigefinger. »Wenn ich das jetzt noch einmal sagen muss, knallt's!«, fauchte sie. »Dieser Raum ist so lange tabu, bis diese Trauung durch ist und so lange will ich da niemanden drin sehen!«, schnappte sie giftig. »Kapiert?!«

Im Flur war es mucksmäuschenstill. Keine der drei Frauen rührte sich und so, wie Lena vor der Tür stand, wirkte sie wie ein aggressiver Wachhund. Nur mit perfekten Nägeln und gebleichten Zähnen und ohne die ganze Sabber.

Vanessa beobachtete das seltsame Verhalten ihrer Freundin einen Moment schweigend, ehe Vicki, niedergestarrt von der größeren Lena, schließlich nur den Kopf einzog und sich verkrümelte. »Ist ja schon gut, Mensch! Ich war bloß neugierig!«, pampte diese noch im Weggehen leise. Die Vordertür schloss sich hinter ihr und eine Wolke Fliederparfüm folgte ihr wie dichter Nebel.

»Du bist aber ziemlich angespannt, Lena.« Vanessa merkte es dezent an, wobei sie sich das Kleid zurechtzupfte. »Statt so viel Wind um den Kuchen zu machen, solltest du mir lieber sagen, wie fantastisch ich aussehe. Das tue ich doch. Oder?!« Ihre Hände strichen über den Stoff des Kleides, dessen Rock so bauschig und ausladend war, wie sie es sich immer erträumt hatte. Sie sah aus wie eine Barbiepuppe, die von den Hüften abwärts in einem riesigen Haufen Sahne steckte. Oder, was ihr besser gefiel, wie eine Prinzessin aus dem Märchen. Ihr war heiß in dem engen Kleid, aber es war ihr absolutes Traumkleid und obwohl die Schuhe sie beinahe umbrachten und sie den ganzen Tag nichts gegessen hatte, würde sie sich nicht beschweren. Immerhin hatte beides zusammen ein Vermögen gekostet. Jan würde wahrscheinlich in Ohnmacht fallen, wenn er sie sah. Und dann noch mal, wenn er erfuhr, wie viel Geld sie ausgegeben hatte. Wobei seine Worte *»Geld spielt keine Rolle, Hauptsache, du bist glücklich!«* sie ja erst dazu ermuntert hatten.

Vanessa atmete flach und lehnte sich in den Türrahmen, wobei sie Lena verängstigte Blicke zuwarf. Das verflixte Mieder saß unglaublich eng und sie bereute, dass sie gestern Nacht in einem hysterischen Anfall eine halbe Pizza verschlungen hatte. Ihr Gras hatte sie nicht finden können, um ihre Nerven zu beruhigen. Komisch, dass es weg war. Und im ganzen Haus roch es auch irgendwie merkwürdig. So bergfrühlingsfrisch. Aber vielleicht war ja die Putzfrau, die Jan beschäftigte, besonders gründlich gewesen. Oder sie benutzte statt diesem Lavendelzeug eben einen neuen Reiniger. Vermutlich waren ihre blank liegenden Nerven auch einfach nur total angespannt wegen dieser ganzen Hochzeitsfeier, den gefühlten dreitausend Gästen, ihrer ewig nörgelnden, überbesorgten Mutter und ihrem schludrigen Vater, der sie bereits mit der Frage nach Enkelchen nervte.

Lena lächelte etwas gezwungen und stürmte auf ihre Freundin zu, wobei ihre hohen Absätze klackerten. »Hey, du siehst toll aus!«, versicherte sie Vanessa, die irgendwie bleich unter dem Make-up wirkte, dass sie ihr im Eiltempo verpasst hatte. Es grenzte an ein Wunder, dass noch niemand den Tortenverlust bemerkt hatte. Oder überhaupt das Zimmer betreten hatte. Und Lena, die fluchend und schwitzend sauber gemacht hatte wie eine Irre, wollte vor allem nur noch eines: dass dieser scheußliche Tag endlich enden möge. Sie fühlte sich wie eine alte Schabracke und nicht einmal das viele Parfüm, das sie aufgetragen hatte, konnte den ekelhaften Duft von *Bergfrische* aus ihrer Nase vertreiben. Etwas besorgt musterte sie Vanessa, deren Augen ein wenig zu groß wirkten, ehe sie die Braut liebevoll an sich drückte. Dabei versuchte sie, dem Kleid und dem Blumenstrauß nicht zu nahe zu kommen.

»Ich mache doch keinen Fehler, oder?«, wollte Vanessa stammelnd dicht an ihrem Ohr wissen. »Diese ganze Hochzeit. Es sind erst zwei Jahre.« Sie formulierte ihre Bedenken stockend und man konnte die Panik hören, die ihre Stimme zum Zittern brachte.

Lenas Lächeln gefror beinahe. »Du lieber Himmel, Ness! Du liebst Jan doch, oder?« Lena schob ihre Freundin an den Schultern etwas von sich, um sie scharf ansehen zu können. Die Braut wirkte wie ein watteweißes Häuflein kalter Füße mit Blümchen dekoriert. Sogar ihre Unterlippe bebte sichtlich. *Oh nein. Nicht flennen! Ich habe keine Zeit, das alles noch mal neu zu schminken!* Lenas Mund wurde augenblicklich trocken. Einmal mehr verfluchte sie diese beiden Vollidioten im Stillen, während sie selbst sich um eine versöhnliche, besänftigende Miene bemühte. Sie wollte nicht fies zu Vanessa sein. Schließlich war es ihr Hochzeitstag. Aber Vanessas Anflug von Zweifel nagte auch an ihr. Nicht, dass die am Ende noch hinwarf und dann hätte sie umsonst eine Dreiviertelstunde auf den Knien den Teppich geschrubbt.

»Ja, schon. Aber was, wenn es zu früh ist?« In Vanessas Augen stand nackte Angst. In zehn Minuten würde der Wagen vorfahren, der sie zur Kirche bringen würde. Draußen warteten schon alle anderen. Die Brautjungfern. Ihre Eltern. Jan und die Trauzeugen waren schon vor einer halben Stunde abgefahren. Und die anderen Gäste warteten schon in der Kirche. Na ja. Alle bis auf Chris und Robin. Die waren irgendwie ... weg.

»Oh Gott, Lena! Was, wenn ich vor Aufregung kotzen muss?! Alle werden mich anstarren!« Sie spürte das Beben ihrer

Unterlippe und den anschwellenden Druck in der Brust. Sie würde heulen. Heulen und ihr Make-up ruinieren! Und dabei sah sie so verflixt gut aus! Sie durfte nicht flennen! Sie musste doch heiraten! *Reiß dich zusammen, blöde Kuh! Alles wird gut. Atme! ATME!!*

Lena griff die Hand ihrer Freundin und drückte sie, wobei sie versuchte, ihr nicht die Finger zu brechen. Das Blumenbouquet aus weißen und zart rosa Rosen in Vanessas Hand zitterte wie verrückt und sie fürchtete, die Braut würde noch alle Blüten abschütteln. »Schatz, schau: Du liebst Jan, Jan liebt dich. Ihr seid das perfekte Paar und er hat um deine Hand angehalten. Nach einem romantischen Dinner. Im Mondschein, Herrgottnochmal! Er hat dir den perfekten Verlobungsring geschenkt und will mit dir den Rest seines Lebens verbringen! Er ist der beste Mann, den ich kenne. Lieb, ehrlich, treu, kurzsicht-«, sie winkte ab, »Nah, du weißt, was ich meine. Er ist eine tolle Wahl! Reich, gebildet, humorvoll, tierlieb. Er wird *der* Superpapa sein! Ich meine – okay, er kann kein Blut sehen, aber man darf heute nicht zu viel erwarten, verstehst du? Immerhin hat er keine ganz katastrophale Ader und sein Klamottengeschmack ist auch im Rahmen des Erträglichen!« Lena versuchte, so viele gute Eigenschaften von Jan zu lobpreisen, wie ihr einfielen und tatsächlich musste sie sich eingestehen, dass Jan gar nicht so übel schien. Er vertrug zwar absolut keinen Alkohol und war etwas langsam, wenn es um schmutzige Witze ging, hatte ein paar kleine Schwächen, aber ansonsten ...

Vanessa schluchzte leise. »Hab' ich dir schon erzählt, dass er manchmal keinen hochkriegt?! Vielleicht wird er bald impotent sein, und dann habe ich total ins Klo gegriffen!« Vanessas manikürte Finger krallten sich in Lenas Handgelenke und ihre Stimme bebte. »Und ich glaube, am Hinterkopf kriegt er eine kahle Stelle! Ich habe eine Flasche Haarwuchsmittel gefunden, als ich mein Gras gesucht habe. Ganz hinten im Schrank im

Badezimmer!« Ihre Augen wurden verräterisch feucht.

Lena hatte Mühe zu sortieren, ob das wegen Jans gelegentlicher Schlaffheit war oder seinem zukünftigen Selbst als Kahlkopf. Die blassrosa Nägel gruben sich schmerzhaft in ihre Haut und sie quälte sich ein Lächeln ab, wobei sie ihre Hände aus dem Klammergriff löste und packte, damit Vanessa sie nicht mehr drangsalieren konnte. Sie atmete einmal tief ein und sagte das, was jede gute Freundin sagen würde: »Aber Schatz, das kann doch jedem Mann passieren!« Sie versuchte, beruhigend zu klingen, war aber selbst unsicher, ob man wegen so etwas das Handtuch werfen sollte. Aber Vanessa hatte ja nur gesagt, dass er *manchmal* nicht den harten Kerl raushängen ließ und seine Haare sahen doch noch gut aus! Und überhaupt: wofür gab es denn bitte Viagra und Toupets?! Und wenn es zu schlimm wurde, dann musste er eben rasieren. Stand ja manchem Typen sogar. Obwohl er sich dann vielleicht mehr Muskeln zulegen musste, um von der Glatze abzulenken ...

»Oh Gott. Da warten fast dreihundertachtundsiebzig Gäste darauf, dass ich vor den Altar trete!«, wimmerte Vanessa. Das Blumenbouquet bebte. »Und Chris ist gar nicht da!«, klagte sie leicht hysterisch. »Wo stecken er und Robin? Normalerweise ist Chris doch derjenige, der heult! Ich brauche ihn, damit ich mich stark fühle, Lena!« Sie zog die Nase hoch und schniefte, wobei sie Lena einen anklagenden Blick zuwarf. »Die vögeln doch garantiert irgendwo!«

Lena entkam ein leises, abfälliges Geräusch. Sie lächelte etwas verkniffen. »Chris und Rob? Na, komm. Jetzt übertreibst du aber. Ich meine, wir kennen Chris. Er ist ein Weichei. Der hat nicht den Mumm, was von Robin zu wollen.«

Vanessa hob eine perfekte gezupfte Braue in Argwohn. »Und wieso klebte Robin dann permanent an ihm dran? Ich hab' gehört, Christine hatte da irgendeinen Scheiß geplant.«

Lena klappte den Mund auf, ehe sie Vanessas Hände etwas mehr drückte. »Jetzt hör zu, Süße. Die vögeln nicht irgendwo.

Die sind ... bestimmt schon längst losgefahren. Heute Morgen. Ganz früh.« Die Lüge kam ihr nur bröckchenweise über die Lippen, aber im Grunde war es ja keine richtige. Es war halt eben nur *fast* die Wahrheit. Vanessas ungläubiger Blick machte Lena nervös, daher sprach sie schnell weiter: »Also die sind ganz früh hoch und gefahren, ja. Chris wollte Robin die Gegend zeigen. Die wollten sich Croissants holen oder irgendwas in der Art.« Sie versuchte sich daran, so ernst und wahrhaftig wie möglich zu klingen. Irgendwo hatte sie mal gelesen, dass man einer verängstigten Braut nicht die volle Wahrheit erzählen durfte. Das verunsicherte sie nur. Und nach allem, was Lena heute durchgemacht hatte, *würde* Vanessa diese Pfeife heiraten – und wenn sie sie dafür eigenhändig vor den Altar schleppen musste! Sie hatte immerhin Katzenasche aus den Teppichfasern geschrubbt und sogar die Fenster geputzt, von der Sauerei in der Küche gar nicht zu reden, Herrgott noch eins! Im Prinzip, so befand sie für sich, wäre sie sogar geeignet, Tatortreinigerin zu werden. Denn nichts anderes war das gewesen. Nur ohne Blut und verspritzte Hirnmasse. Aber was nicht ist, konnte ja noch werden, denn wenn Vanessa rauskriegte, dass die Torte im Arsch und ihr geliebter Kater überall verstreut war und seine Überreste nun im Staubsaugerbeutel ruhten ...

Vanessa zog noch einmal die Nase hoch. Skepsis mischte sich in ihre perfekt arrangierten Züge und der dezent geschminkte Mund verzog sich spöttisch. »*Croissants*?«, wollte sie sich vergewissern. Die Brauen zogen sich zusammen. »Ist das so ein Codewort für Sex oder so? Ich hatte eher angenommen, das wäre eher so was wie *Eclairs.*«

»Was?!« Lena schnaufte verwirrt. Was hatten jetzt Eclairs mit alledem zu tun? War das wiederum so ein Code für das männliche Gehänge?! »Nein, ich sag' doch, die sind heute ganz früh los und bestimmt von da zur Kirche.«

Vanessa entzog der Freundin ihre Hand mit einer ruckartigen Bewegung und verfing sich beim Umdrehen beinahe in der

Schleppe des Kleides. So ein Blödsinn. Robin aß keine Croissants und Chris wusste nicht mal, wie man das aussprach! »Was auch immer hier läuft, ich kriege das raus!«, verkündete sie drohend. »Aber erst mal werde ich verdammt noch mal heiraten!« Den Brautstrauß hob sie schützend an ihre Brust, als sie zum Ausgang schritt, das Kinn gehoben. Vermutlich war der Hochzeitstag für alle Bräute nervenaufreibend, aber durchziehen würde sie ihn! Immerhin trug sie das Kleid und sie hatte den Strauß, die Torte, und einen Mann, der sie heiraten wollte! Und auch, wenn er nicht perfekt war, so wusste sie doch, dass er sie wenigstens aufrichtig liebte. Und sie liebte ihn wie verrückt. Mehr als normal sein konnte. Und vermutlich war sie deswegen auch so durch den Wind. Jan war der Mann ihres Herzens, auch wenn sie immer gedacht hatte, sie würde eher einen Kerl wie Vin Diesel abschleppen, den sie insgeheim wahnsinnig scharf fand. Aber Jan war eben ... Jan. Liebe war nicht logisch. Liebe war irrational. Er brachte sie zum Lachen und war so niedlich unbeholfen wie ein kleiner Welpe, wenn er versuchte, für sie zu kochen. Sie störte sich nicht einmal an seiner Brille. Vanessa lächelte und riss sich zusammen, um nicht direkt loszuheulen. Jan war ihr Seelenverwandter, daran gab es doch gar keinen Zweifel! Und obwohl sie Chris extra eingeladen hatte, weil sie sich seine Unterstützung erhoffte, würde sie es genau so gut ohne ihn schaffen. Sie achtete gar nicht auf Lena, die wartete, bis die Braut durch die Tür entwichen war wie eine monströse Wolke aus weißem Stoff, gebadet in zarten Blütenduft und Zuversicht. Stattdessen lächelte Vanessa ihren Eltern zu, die schon am wartenden Auto standen und nervös die Hände rangen. Allerdings würden die sich mit Enkelchen noch gedulden müssen, denn sie hatte nicht vor, ihren Traumkörper durch eine Schwangerschaft zu ruinieren. Nicht sobald, zumindest. Immerhin hatte sie verfluchte sechs Monate gefastet wie eine blöde und sich sogar eine giftspeiende, sadistische Personaltrainerin aufgehalst, nur um die überflüssigen Pfunde loszuwerden. Sie wollte die perfekten Hochzeitsfotos, damit sie in zwanzig, dreißig Jahren damit angeben konnte. Einfach, damit sie drauf zeigen und sagen konnte: »*Man, was war ich für ein scharfes Gerät!*«

Die Braut trat in den Sonnenschein hinaus wie eine Königin, die sich herablässt, das gemeine Volk zu besuchen. Es fehlte nur, dass sie zu winken begann, aber der Brautstrauß erforderte die Aufmerksamkeit beider zitternder Hände.

Erst das allgemeine *Ge-Aaaahe* und *Ge-Ooohe* gab Lena die Sicherheit, die sie brauchte, um ihr Telefon aus der winzigen Handtasche zu kramen, die sie sich von dem Schränkchen im Flur schnappte. Sie hatte die Nummer schon gefühlt dreiundachtzig Mal gewählt, aber bislang keine Antwort erhalten. Dies war vermutlich ihre letzte Chance, und sie hoffte für die beiden abhandengekommenen Vollidioten, dass sie es nicht vermasselten. Vanessa kriegte einen Tobsuchtsanfall, wenn sie später freudestrahlend die Tür zum Zimmer öffnete und keine Torte da war. Und vor allem wäre Jan dann der Blöde, weil der den Auftrag gehabt hatte, sich darum zu kümmern. Dann ließ sie sich noch am gleichen Abend scheiden. Egal wie sehr sie ihn liebte – dass er ihr diesen wichtigen Tag versaute, würde sie ihm nie im Leben verzeihen.

Es klingelte eine kleine Ewigkeit, ehe sich eine verschnupft klingende Stimme meldete.

»Robin?!«, bölkte sie, gleichzeitig erleichtert und stocksauer, seine Stimme zu hören. »Wo zum Geier steckt ihr denn? Vanessa ist gerade dabei, zur Kirche zu fahren. Jan ist schon da und ich stehe hier ganz all-«

»Na ja, die Sache ist die«, unterbrach Robin sie gedämpft, wobei eine unangenehme Pause eintrat. Lena zog die Brauen zusammen, als sie leise Stimmen im Hintergrund vernahm. Sowieso klang Robin ganz komisch und eine dunkle Vorahnung legte sich über sie wie ein Schatten. »Ich sitze hier ein.«

Die Worte kullerten in Lenas Kopf herum wie müde Murmeln in einem Glas, das man auf der Rückbank des Autos vergessen hatte. »Wie, ihr sitzt ein? Wo?« Faulenzten die jetzt irgendwo? Ihre Finger krallten sich um das Telefon. Draußen klappten Autotüren.

»Na ja. Auf der Wache. Ich bin in Gewahrsam, wie man so sagt. Ich weiß nicht genau, wo Chris ist.« Robin klang müde und abgekämpft. »Falls du ihn siehst, sag ihm, es war keine Absicht, dass ich ihn sitzengelassen hab, ja?«

Lena starrte auf die blank geschrubbten Fliesen der Küche. Auf einmal fand sie die Frische, die nach künstlichen Blüten roch, total zum Kotzen. Wortwörtlich. Ihr wurde übel. »Du sitzt bei der Polizei?«, fuhr sie entgeistert auf. Ihr Herz machte einen beklommenen Satz und sie musste sich am Türrahmen der Küche festhalten, als sich der Raum zu drehen begann. Der starke Duft der verschiedenen Parfüms, der Reiniger, ihr eigener – plötzlich hatte sie das Gefühl, keine Luft mehr zu kriegen. »Und die Torte?«, wagte sie zu flüstern. Sie schloss kraftlos die Augen.

»Chris' Ex wird eine liefern. Hat er jedenfalls versprochen.« Robin schien diese Information nur widerwillig preiszugeben.

Lena starrte verwirrt aus dem Küchenfenster und versuchte auszumachen, was draußen vor sich ging. Gerade versuchten zwei Leute, Vanessa in ihrem Traumkleid in das Auto zu quetschen. Es war ein bisschen, als würde man einen dieser Badeschwämme, die aussahen wie zusammengepresste alte Haarnetze, durch ein Nadelöhr zu fädeln versuchen. Sie atmete erleichtert aus, als Vanessa endlich im Wagen saß und die Tür geschlossen wurde. »Sein Ex?«, echote sie irritiert. »Davon war einer Konditor?« Sie konnte sich kaum an Chris Verflossene erinnern, aber wenn einer mit Törtchen zu tun gehabt hätte, wäre ihr das gewiss nicht entgangen. Da gab es nur diesen durchgeknallten Haarstylisten, der ihn gezwungen hatte, sich blonde Strähnchen zu färben, den seltsamen Computernerd und diesen heißen aber völlig lebensfernen Möchtegern-Rocker. Einen Konditor hatte sie nicht in Erinnerung und ihre Brauen zogen sich skeptisch zusammen. Chris Liebesleben war überschaubar und seine Beziehungen hielten nicht länger als die getönten Strähnchen, die nach ein paar Wochen restlos herausgewaschen waren. Aber was er mit irgendwelchen One-Night-Stands so trieb, wusste sie natürlich nicht.

Robin murrte nur leise.

»Na, ist ja auch egal.«, überging sie das Geräusch achtlos. »Solange die Torte kommt, kann sie von mir aus auch der Clown aus *Es* bringen.«

Robin schnaufte.

»Und wie lange halten sie dich da nun fest? Und wieso überhaupt?« Sie zog sich vom Fenster zurück. Irgendjemand draußen rief, dass es losgehen könne. Ihre Absätze klapperten über die frisch geschrubbten Fliesen der Küche zurück in den Flur, in den sie vorsichtig spähte. Bislang schien niemand bemerkt zu haben, dass sie fehlte. Gut, gut.

Robin schien das Telefon an die Brust zu drücken, denn er klang plötzlich nur noch gedämpft. Eine andere Stimme antwortete knapp. »Kann ich nicht sagen. Sie prüfen noch, wie lange. Und sie haben mich hier eingesperrt, weil Chris und ich angeblich die Öffentlichkeit erregt haben.«

»Du meinst, ihr habt den Ärger der Öffentlichkeit erregt«, verbesserte Lena, die ein Grinsen nicht unterdrücken konnte. »Wie das? Habt ihr es wild mitten in der Stadt vor dem Rathaus getan?«, wollte sie spöttisch wissen. Hatten die Jungs nun also doch was laufen? Dann wollte sie aber die schmutzigen Details!

Robin knurrte die Antwort ungnädig: »Nein, Fräulein, wir haben lediglich unsere Klamotten auf einem Feldweg gewechselt.«

Schweigen.

Lena zog die Brauen zusammen und versuchte zu entschlüsseln, was daran nun dazu gedacht war, jemanden einzubuchten, auch wenn ‚wir haben unsere Klamotten gewechselt' ja durchaus mehrfach und zweideutig zu verstehen war. »Wie jetzt? Habt ihr die Unterhosen getauscht oder wie?«

Irgendjemand im Hintergrund gab eine Art Grunzen von sich. Offenbar war der Lautsprecher eingestellt. »Nein«, pampte Robin erbost zurück, »wir haben uns umgezogen, weil wir voll waren mit Du-weißt-schon-was!«

Lena grinste vor sich hin und war fast geneigt, Robins Situation auszunutzen. »Verstehe. Und dabei wurdet ihr gesehen?« Sie entschied, Gnade walten zu lassen. Wenn sie von der verstreuten Asche erzählte oder von Chris kriminell katastrophalen Backversuchen, behielten sie Robin womöglich noch länger da. Und er schien schon gestraft genug zu sein.

»Ja.«

»Und das ist alles?«, hakte sie ungläubig nach. »Ihr habt keinen wilden, schmutzigen Sex irgendwo gehabt?«

»Nein.« Robin murrte und atmete hörbar bemüht ruhig.

»Wieso nicht?« Lena schrägte überrascht den Kopf. »Ich dachte, Chris fährt so auf dich ab? Hat er nicht einmal irgendwas bei dir versucht?«

Die eintretende Stille verriet noch vor Robin die Antwort. »Nein, hat er nicht. Und wer sagt, er fährt auf mich ab?« Es klang eindeutig eingeschnappt, wenn nicht gar verletzt. Abweisend sogar.

Lena bekam beinahe ein schlechtes Gewissen. »Na, Christine, mit der du doch mal was hattest, vor gefühlt tausend Jahren, meinte das. Chris war doch immer schon in dich verknallt. So wie er dich angeguckt hat, dachte ich, da läuft längst was.« Sie biss sich auf die Unterlippe. Tatsächlich wusste so ziemlich jeder, dass Chris schon immer auf Robin stand. Schon damals. Wieso sie sich gestritten hatten, wusste allerdings keiner und Chris sprach mit niemandem darüber. Dann zog Robin weg und das war das vorläufige Ende der Geschichte. Sie zog zweifelnd die Brauen zusammen. Christine hatte Robin ja nicht ohne Grund eingeladen. Und genauso wenig Chris. Vielleicht hatte sie gehofft, sie würden sich zumindest vertragen? Dass Chris seinen ehemals besten Freund noch immer anhimmelte, stand jedenfalls außer Frage und so wie Robin ihn angesehen hatte, flogen da doch eindeutig die Funken. Dass es nun doch nicht so war, schien absurd. Hatte sie sich so getäuscht? Oder waren nur beide zu verkrampft, um den ersten Schritt zu machen?

Robin sagte eine ganze Weile nichts, dann doch: »Dann frage ich mich, wieso er mich die ganze Zeit abblitzen lässt. Nur deswegen haben wir ja dieses ganze Tortenchaos überhaupt.« Ein resigniertes Seufzen erklang. »Und jetzt denkt er, ich hab' ihn sitzenlassen.«

»Hast du nicht?« Lena lauschte auf das Motorengeräusch draußen. Eindeutig fuhr der Wagen mit Vanessa gerade ab, ebenso wie die anderen, die die übrigen Gäste transportieren würden. Die Stille war nahezu greifbar und ihr wurde vor Erleichterung ganz flau. Nun musste nur noch die Torte rechtzeitig ankommen, und alles wäre super. Na ja, zumindest für das Brautpaar.

»Nein. Ich wollte nur kurz tanken fahren, während er noch gegessen hatte. Wir waren in diesem Schnellrestaurant, kurz hinter dem Ortsausgang«, fügte er erklärend an, »und da hat mich ein Polizist rausgewunken. Und hier bin ich jetzt. Und natürlich hat er sein Telefon nicht dabei.«

Lena verdrehte die Augen. »Typisch Chris. Na ja, der kommt schon klar. Ich komm' vorbei, sobald ich kann. Die können dich ja nicht ewig festhalten.«

Dabei war sie gar nicht so sicher, dass das stimmte. Immerhin wusste sie zufällig ziemlich genau, dass Chris und Robin Vanessas Grasvorrat gefunden hatten. Das Telefon schaltete sie aus und steckte es in das Täschchen, direkt neben das abgezweigte Tütchen, das sie von den beiden Dieben gemopst hatte. Das würde sie später mit Vincent genießen. Zumindest hatte sie das vor. Jetzt allerdings galt es, die Torte sicher in dieses Zimmer zu bringen, sobald sie geliefert wurde.

Hoffentlich würde Vanessa keine kalten Füße kriegen und doch noch von der eigenen Hochzeit flüchten.

Ein Blick ging zur Uhr.

Hoffentlich schaffte dieser komische Konditor-Ex es, die Torte in der nächsten Stunden zu liefern, denn sonst wurde es eng. Sie eilte auf hohen Hacken hinter der Braut her und nach draußen, in den strahlenden Sonnenschein, um den letzten Wagen zu erwischen.

6

Der Polizist vor ihm, der um die fünfzig zu sein schien, mit kurzen, silbergrauen Haaren und einer Menge Lachfältchen um die grünen Augen, sah beinahe mitfühlend aus, als Robin das Telefon ausschaltete. Der Rest der gefundenen Sachen warf zwar Fragen auf, aber nichts davon ließ auf einen kriminellen oder gefährlichen Hintergrund schließen, auch wenn die alte Emma das ganz anders dargelegt hatte. Er rieb sich mit einer Hand über das Kinn.

»Wilde Nacht gehabt?«, erkundigte er sich mit einem mitfühlenden Lächeln.

Robins verschlossene Miene zog sich noch etwas mehr zu, was er dem Burschen nicht verübeln konnte, der das Telefon in seine Tasche zurückschob und die Hände im Schoß faltete. »Eigentlich nicht. Jedenfalls nicht, was Sie denken.« Er seufzte leise. »Kann ich jetzt gehen? Ich habe nichts getan, und auch nichts Illegales vor.«

Der ältere Diensthabende zwinkerte schelmisch und hob seine Kaffeetasse. Die Uhr an der Wand gegenüber tickte leise und abgesehen davon war es still. Die Wache bestand aus einem winzigen Gebäude und die vorhandenen Zellen waren alle leer. Offenbar passierte in diesem Kaff nichts, was mehr Personal erfordert hätte. »Ich warte noch auf meinen Sohn, und dann kannst du gehen. Aber vorher«, erwiderte er mit einem freundlichen Lächeln, »erzählst du mir ein bisschen von deinem Freund, hm?«

Robin seufzte und fuhr sich mit den Händen durch die dunklen Haare. Es nervte tierisch, dass er hier festsaß, auch wenn der Typ echt nett zu sein schien. Er hatte keine große Sache daraus gemacht, dass im Handschuhfach noch ein kleines Tütchen Gras lag und eigentlich saß er ja nur hier, weil diese komische Alte auf der Wache angerufen hatte. Die hatte sich sogar das Kennzeichen des Wagens aufgeschrieben. Sie beide als perverse Fremde betitelt und gefordert, dass man sie der Stadt verwies. Wie in diesen alten Western, wo die Charaktere die Wahl hatten, sich zu verkrümeln oder sich zu duellieren. Er konnte gar nicht erwarten, ins Auto zu steigen und sich wieder zu verpissen. Er hätte gar nicht herkommen sollen. Ein Becher mit heißem Kaffee tauchte in seinem Blickfeld auf, und er griff überrascht danach. »Danke.« Etwas unschlüssig drehte er ihn in den Fingern, während er die dampfende Flüssigkeit anstarrte.

»Keine Ursache.« Der ältere Mann lehnte sich gegen den Tresen und trank seinen eigenen Kaffee in kleinen, gesetzten Schlucken. »So wie du aussiehst, nimmt dich das ganz schön mit, hm?«

Robin kostete von der bitteren, heißen Flüssigkeit und warf einen Blick über den Becherrand hoch, zu dem Mann, der ihm nicht einmal Handschellen angelegt hatte. Er wirkte gepflegt und gut in Form, auch wenn er schon älter war. Das Gesicht war markant und die Falten verrieten, dass er Humor besaß. Wärme stand in den grünen Augen und er konnte sich bildlich vorstellen, wie dieser Kleinstadt-Sheriff nachmittags für Kaffee und Kuchen bei den Leuten vorbeikam und sich deren Sorgen anhörte. Er strahlte Gelassenheit aus. Er gab sich einen Ruck und nickte. »Ja. Wissen Sie«, begann er stockend, wobei er einen zögernden Blick über die Uniform streifen ließ, »Chris ist mein bester Freund. Wir sind zusammen in den Kindergarten gegangen und dann später zur Schule.«

Er seufzte leise und ließ sich gegen die Rückenlehne des Stuhls sinken. »Wir haben uns zehn Jahre nicht gesehen. Aber wenn ich mit ihm zusammen bin, ist es wieder wie damals. Das ist verrückt, oder? Es ist so viel Zeit zwischen uns, und trotzdem ...« Er stockte und lächelte verlegen.

»Weißt du, Zeit heilt nicht alle Wunden, auch wenn man das so sagt«, erklärte der Ältere verständnisvoll. Er stellte seine Kaffeetasse auf dem Tresen ab. David würde das hassen und ihn anmotzen, wenn er das sah und der Gedanke brachte ihn zum Lächeln. »Es klingt, als hättet ihr euch viel zu erzählen.«

Robin zögerte und hob den Blick an, um den Mann besser ansehen zu können. »Ich weiß nicht. Haben wir das?«, forschte er nach. Sogar ihm klang die eigene Stimme zu bissig. »Entschuldigen Sie. Es ist nur so, dass ich damals weggezogen bin und wir hatten die Tage davor Streit miteinander. Wir hatten immer alles zusammen gemacht, aber dann landeten wir in verschiedenen Klassen und das änderte alles. Ich war damals mit einem Mädchen zusammen. Nur kurz, und nicht wirklich intensiv, aber ich denke, dass ihn das verletzt hat.«

Ein leises, verstehendes Geräusch mischte sich zu dem Ticken der Uhr. »Er war eifersüchtig?«

»Ich war einfach verwirrt. Jeder andere Typ in der Klasse redete praktisch von nichts anderem als von Mädchen und ich hatte das Gefühl, das auch wollen zu müssen. Stellte sich heraus, dass ich aber nicht war wie die anderen.« Robin stockte. Die Erinnerung daran, wie es war, herauszufinden, dass er sich von den meisten unterschied, war noch immer bitter, auch wenn die Erinnerung die Schärfe verloren hatte. Chris zu verlieren war schlimm gewesen und je weiter sie sich voneinander entfernten, desto schlimmer wurde es. Er war aus Protest und dem Gefühl, es ihm heimzahlen zu wollen überhaupt erst mit Christine zusammengekommen, aber schließlich hatte er feststellen müssen, dass man Gefühle nicht erzwingen konnte. Und sie war nicht blöd. Sie merkte, dass er sie nicht wirklich wollte. Er glaubte nur, es wollen zu sollen. Dass Chris nicht mehr mit ihm redete und ihm aus dem Weg ging, tat weh, aber schließlich machte er das Gleiche und von da an war es, als wäre da eine unsichtbare Mauer zwischen ihnen.

»Er kam etwa eine Woche vor meinem Umzug zu mir nach Hause.« Er wusste nicht, wieso er das überhaupt erzählte, aber es tat gut, es loszuwerden. »Er war so wütend auf mich«, gestand er mit einem wackeligen Lächeln. Der heiße Becher mit Kaffee in seiner Hand warf ihm sein verzerrtes Spiegelbild zurück, als er auf die Oberfläche starrte. »Und ich war so wütend auf ihn. Ich wollte ihn am liebsten verprügeln. Aber mehr noch als das«, flüsterte er erstickt, »wollte ich ihn küssen.«

Die Worte hingen in der Luft und schienen ewig dort zu schweben.

»Und was passierte stattdessen?«, hakte der ältere Polizist sanft nach. Dem Jungen war anzusehen, dass er noch immer darunter litt und es tat weh, ihn so zu sehen. Schien, als bereute er eine ganze Menge. Dabei war er noch so jung. Sicher jünger als sein eigener Sohn und er erkannte Liebeskummer, wenn er vor ihm saß.

»Er brüllte mich an, ich brüllte ihn an, und irgendwie ... ging etwas kaputt. Nichts Physisches, eher ... emotional. Verstehen Sie, was ich meine?« Robin hob zögernd den Blick von dem Kaffee, ehe er einen Schluck davon trank. »Ich schämte mich dafür, dass ich ihm einfach nicht sagen konnte, was mit mir los war und ich war gleichzeitig so sauer auf ihn, weil er gar nicht versuchte, zu verstehen, warum ich war, wie ich war.«

»Weil er vielleicht genau das Gleiche durchmachte?«, warf der Ältere sanft ein.

Robin hielt blinzelnd inne und für einen Moment starrten sie sich nur an. Er senkte den Blick auf den gefliesten Boden. »Ich dachte damals nicht einmal daran, dass es so sein könnte. Ich dachte, ich wäre alleine mit diesem *Problem*.«

»Es war nie ein Problem, Junge. Das nennt man Pubertät.« Der ältere Mann lachte leise, aber wohlwollend. »Du warst verliebt in ihn, stimmt's?« Er seufzte leise und schrägte fragend den Kopf.

Robin nickte langsam. »Ja.«

»Wann hast du es gemerkt?« Es war vermutlich indiskret, das zu fragen, aber er war neugierig und es war nichts los, was seine Aufmerksamkeit gefordert hätte.

Robin lächelte schief und überkreuzte die Unterschenkel im Sitzen unter dem Stuhl. »Ich war immer derjenige, der sich in die Abenteuer stürzte und versuchte, ihn zu beeindrucken. Er war immer ein bisschen ängstlich und vorsichtiger. Dabei habe ich mir selbst die meiste Zeit fast in die Hose gemacht. Zum Beispiel, als wir abends in dieses leer stehende Gebäude gegangen sind. Alle haben gesagt, dass es da spuken würde. Angeblich hatte sich da ein Serienmörder umgebracht«, meinte er abwinkend. »Es war Sommer und ein Gewitter zog auf. Ich ging voraus, durch dieses eine Fenster, das schon kaputt war. Drinnen war es stockdunkel. Das Haus stand schon ewig leer, der Garten war total verwildert. Natürlich hatte sich da niemand umgebracht. Eine ältere Dame hatte dort gelebt und war irgendwann ins Heim gekommen. Das Haus verfiel, weil sich niemand drum gekümmert hatte, aber Kinder und Jugendliche spinnen sich ja die wildesten Sachen zurecht«, erzählte er dann mit einem schiefen Lächeln.

Der Ältere nickte mit einem wissenden Lächeln und hörte zu. »Also keine spukenden Geister?«, erkundigte er sich schmunzelnd.

»Na ja, darauf hätte ich damals sicher nicht gewettet. Es war schon echt unheimlich«, gestand Robin mit einem schiefen Grinsen. »Drinnen lag alles Mögliche an Zeug herum. Alte Kochtöpfe und Geschirr, die Einrichtung war noch halbwegs intakt, aber die Wände waren beschmiert mit Farbe und blöden

Sprüchen. Es war dunkel und ich kannte mindestens zwanzig Geschichten von anderen, die da krasse Sachen gesehen haben wollten. Der ursprüngliche Plan war, in das Badezimmer des ersten Stocks zu gehen, in den kaputten Spiegel zu schauen und den angeblichen Namen des Toten dreimal zu sagen.« Er zuckte die Schultern. »Mutprobe halt.«

»Und was geschah?«

»Nichts. Wir haben es nicht gemacht.« Robin grinste schief. »Plötzlich rief Chris von draußen. Er hatte was gefunden, und ich sollte es mir ansehen. Es fing da schon an zu regnen und das Gewitter ging los, mit zuckenden Blitzen am Himmel und allem. Das Haus lag ein bisschen außerhalb und bis zu uns nach Hause wäre es ziemlich weit gewesen.« Er seufzte leise und lächelte wehmütig bei der Erinnerung an Chris. Er hatte damals lange Haare gehabt, und sich mit Händen und Füßen dagegen gewehrt, dass man sie ihm schnitt. Sie waren damals vierzehn Jahre alt gewesen. Er konnte sich an jede Sommersprosse auf Chris Nase erinnern und daran, dass er immer diese kreischend bunten T-Shirts getragen hatte. »Ich kletterte wieder nach draußen und da stand er, drei miauende Kätzchen im Arm, die schon ganz nass waren. Er hielt sie an seine Brust gedrückt und redete beruhigend auf sie ein. In der Zeit, die ich brauchte, um es drinnen unheimlich zu finden und in der er die Kätzchen aus ihrem Versteck holte, hatte er ihnen schon Namen gegeben.«

Robin schwieg kurz, ehe er anfügte: »Er war immer schon jemand gewesen, der sich mehr um andere kümmerte als um sich selbst. Wir blieben die ganze Nacht bei den Kleinen. Wir redeten mit ihnen und fütterten die Mutterkatze mit der Wurst von unserem Pausenbrot, als sie sich herantraute. Es regnete in Strömen und wir hatten beide Schiss, vom Blitz getroffen zu werden. Aber wir saßen einfach da, in dem kaputten Schuppen, der direkt am Haus angrenzte, neben den Katzen, und fühlten uns toll und gaben vor, total mutig und cool zu sein.« Er lachte leise und trank den Kaffee aus. »Wir kriegten beide eine ganze

Woche Hausarrest und eine Erkältung gab's noch obendrauf.«
Er strich mit dem Finger sacht über den Becherrand, als er sich
daran zurückerinnerte.

Glückliche Tage, in denen er einfach er selbst sein konnte,
mit Chris an seiner Seite. Erinnerungen an erstes Herzklopfen
und verrückte Ideen, dem Nachjagen von Impulsen, wie dieses
Geisterhaus zu besuchen, um ihn zu beeindrucken. »Ich sah ihn
an und wusste, dass er für mich etwas ganz Besonderes ist. Sein
Lächeln, als er die Kätzchen fand und mich mit diesen großen,
leuchtenden Augen anschaute. Das war der Moment, in dem
ich mich endgültig in ihn verliebt habe.«

Der ältere Mann rieb sich mit einem wehmütigen Lächeln das
Kinn. Er wollte gerade etwas dazu sagen, als er von draußen
das Motorengeräusch eines Wagens hörte und den Kopf gen
Eingang drehte. Eine Wagentür klappte vernehmlich und
Schritte auf dem Kies bewegten sich zu ihnen.

Robin war dem Blick gefolgt und ein nervöses Kribbeln
schoss durch seinen Magen, als die Tür aufgedrückt wurde.

»Bin zurück. Verrückte Geschichte, das kann man sich gar
nicht ausdenken.« Der junge Polizist stutzte, als er seinen Vater
beim Kaffeetrinken mit einem Fremden erwischte, als wären sie
alte Freunde. Eine Braue zuckte empor und ohne es zu wollen,
straffte er sich etwas mehr. Alte Angewohnheiten wurde man
eben nicht so schnell los. Er nickte knapp aber grüßend in die
Runde.

»Robin, darf ich dir meinen Sohn vorstellen? David und ich
sorgen für die Sicherheit in diesem beschaulichen Städtchen.«
Der Ältere lächelte und deutete mit einer Hand zwischen ihnen
einher.

Robin? David konnte sich ein schiefes Grinsen einfach nicht
verkneifen und legte den Kopf etwas in den Nacken, um gen
der Decke zu blicken. Er rieb sich das Kinn und betrachtete den
Kerl mit einem amüsierten Funkeln in den Augen. »Ah, von dir
habe ich schon gehört.«

Robin seinerseits stellte die Kaffeetasse neben sich ab und musterte den jüngeren Polizisten eingehend. Er hatte seltsamerweise gehofft, dass Chris durch diese Tür kommen würde. Und die Enttäuschung, dass er es nicht war, lag in seinem Magen wie ein Stein. Der Blick glitt von dem fitten, jungen Typen zu seinem schneidigen Dad, und machte die unbestreitbare Ähnlichkeit deutlich. »Gehört? Von mir?« Er zog die Brauen verwirrt zusammen. »Ich schätze, die alte Schachtel hat schon mit jedem Zaunpfahl in diesem Ort gequatscht.« Ein schweres Seufzen kam über seine Lippen und er verschränkte missmutig die Arme vor sich.

»Das auch, aber nicht von ihr.« David grinste noch immer und legte dann den Kopf schief. »Also? Hast du irgendeinen Grund, um ihn hier weiter festzuhalten, oder können wir ihn gefahrlos wieder in die Öffentlichkeit entlassen?«

Die Frage richtete sich definitiv nicht an Robin, sondern an den dienstälteren Beamten, der so tat, als müsste er eingehend überlegen. »Ich denke, die Sicherheit der Bürger in unserem schönen Ort ist nicht in Gefahr. Und außerdem habe ich gehört, dass es eine Hochzeit abzuhalten gibt.« Er klang bedächtig dabei, und Robin hielt es nicht mehr auf dem Stuhl. Er erhob sich nervös und leckte sich die trockenen Lippen.

»Also darf ich gehen?«, wollte er hoffnungsvoll wissen.

»Sicher. Aber, David?«, wandte sich der Ältere schmunzelnd an seinen Sohn, der fragend den Kopf hob.

»Ja?«

»Vergiss nicht, mir etwas von der Torte mitzubringen, wenn du Robin absetzt.« Er zwinkerte seinem Sohn schelmisch zu und begab sich hinter den Tresen. Ein eingehender Blick traf Robin dabei. »Und du und Chris solltet euch aussprechen«, riet er, wobei er das Kinn etwas absenkte und über den Rand einer imaginären Brille hinweg den jungen Mann betrachtete, der so offen mit ihm gesprochen hatte. Er hob den Hörer des Telefons ab. »Und ich rufe jetzt unsere aufgescheuchte Detektivin an, damit sie aufhört, unsere Senioren gegen die Jugend anzustacheln. Die verstaubte Schachtel ist ein bisschen zu sehr aus dem Häuschen.«, erklärte er mit einem tiefen Seufzen.

»Hey, so spricht man aber nicht über seine Mutter!« David feixte leise und schickte sich an, die Tür zu öffnen.

Robin blinzelte irritiert. »Was? Die alte Dame ist deine Oma?«

David seufzte und verdrehte etwas die Augen, ein schräges Lächeln auf den Lippen. »Schuldig im Sinne der Anklage.« Er deutete an Robin vorbei zu seinem Vater, der ein Bild von ihr emporhielt, das wohl auf dem Schreibtisch hinter dem Tresen stand. Darauf war sie zu sehen, in einem Sessel thronend, den Wollmops zu ihren Füßen, und auf dem Schoß eine Katze.

Robin starrte das Bild einen Moment an, ehe er sich langsam zu David umwandte. »Und deine Oma«, begann er dann mit einem diebischen Funkeln in den Augen, »isst die auch gerne Kuchen?«

7

Die verflixte Tür war schon zu. Mist!

Ich starrte auf die geschlossene Kirchenpforte, als könnte ich sie durch reine Willenskraft dazu bringen sich zu öffnen, so wie man das in Horrorfilmen sah. Aber natürlich passierte das nicht. Und es saßen auch keine schwarzen Raben auf den Grabsteinen des uralten Friedhofes, die mich auslachten und hinter mir rannte auch kein schwarzer Hund mit glühenden Augen her. Oder eine Armee aus Zombies.

Meine blühende Fantasie machte aus Kirchen und Friedhöfen Orte im Ausnahmezustand, wo aus jeder finsteren Ecke irgendetwas Unheimliches geschossen kommen konnte, auch wenn es nicht einmal wirklich finstere Ecken gab. Die Sonne schien nämlich aus vollen Rohren und brachte mich zum Schwitzen. Ein perfekter Tag zum Heiraten. Knallblauer Himmel, kaum Wind, kein Grund, wieso irgendwas schiefgehen sollte. Und trotzdem war so einiges schiefgegangen und ich stand vor verschlossener Tür in meinem Anzug und schwitzte mir den Arsch ab, ohne eine so gute Ausrede zu haben, wie:

Sorry, aber plötzlich war das unheimliche Kind aus *Das Omen* hinter mir her! Ich konnte nicht früher da sein!

Es war leider viel banaler und bezeichnender für mich als unheimliche Einflüsse aus dem Jenseits.

Ich war zu spät gekommen und aus dem Inneren des uralten Gemäuers, das laut einer Inschrift schon seit über dreihundert Jahren hier stand, wie ich im Vorbeirennen gelesen hatte, drang die monotone Stimme des Pfarrers. Er klang nicht besonders enthusiastisch, obwohl ich gehört hatte, dass die Kirche brechend voll war.

Die Dame im einzigen Bekleidungsgeschäft der Stadt, vor dem David mich abgesetzt hatte, wurde nicht müde davon zu reden, was für ein großes Ereignis das wäre. Die ganze Stadt quetschte sich offenbar in diese Kirche, da Jans Vater ein angesehener Mann war, den hier jeder kannte. Er hatte seinen offenbar immensen Reichtum immer sehr großzügig mit sozialen Projekten in der Stadt geteilt. Zum Beispiel gab es nur wegen ihm ein Tierheim in der Stadt, auch wenn es so klein war, dass zeitweise kaum zehn Katzen und fünf Hunde dort auf neue Herrchen und Frauchen warteten. Er hatte außerdem diese seltsame Seniorenvereinigung gegründet, die mit imaginären Fackeln und Mistgabeln herumzogen und Leute wie mich und Robin verurteilten, Geld für die Sanierung der alten Schule gespendet und außerdem gab es einen nach ihm benannten Pub.

Aber das alles interessierte mich nicht wirklich. Meine Gedanken hingen bei meinem besten Freund aus Kindertagen und die Angst, dass ich es diesmal so richtig versaut hatte, saß mir im Nacken wie eine eiskalte Hand.

Robin ... ich hatte die vage Hoffnung, dass er nicht einfach abgehauen war. Er war von uns immer derjenige, der die Dinge, die er anfing, auch bis zum Ende durchzog und ich hoffte innerlich einfach darauf, dass er hier keine Ausnahme machen würde.

Die Hochzeit, zu der er eingeladen war, vorzeitig zu verlassen, war etwas, das er nicht tun würde. Robin stand zu seinem Wort. Immer. Er hatte noch nie das Handtuch geworfen, wie ich zu meiner Schande gestehen musste. In gewisser Weise waren wir wohl völlig gegensätzlich und auch auf die Gefahr hin, dass ich mich absolut zum Affen machte, wollte ich es wenigstens versuchen und mit ihm reden. Ich hörte der fröhlich schnatternden Verkäuferin mit einem verkniffenen Lächeln zu, während ich mich in den letzten und einzigen schwarzen Anzug zwängte, den sie noch da hatte – ein schnittiges Modell aus der Kinderabteilung.

Aus.

Der.

Kinder.

Abteilung.

Dieser Tag konnte einfach nicht mehr noch grauenhafter werden. Dachte ich ja jedenfalls. Aber dann war ich zu spät gekommen. Nicht viel, nur ein paar Minuten, aber die verflixte Kirchentür war schon zu und ich wollte Vanessa nicht enttäuschen. Immerhin war sie ja der Grund, wieso ich meinen Arsch von der Couch hierher geschwungen hatte und auch der Grund, wieso Robin hergekommen war. Und es war einfach ihr Tag. Na ja, und Jans Tag, wobei bei Hochzeiten ja der Bräutigam irgendwie immer hinten runterfiel. Man redete nur bei der Braut von *dem schönsten Tag ihres Lebens*. Hatte ich schon immer komisch gefunden, weil es für mich so klang, als käme danach nur noch Grütze. Als wäre das schöne Leben da schon zu Ende. Als markierte die Hochzeit den Beginn einer Achterbahnfahrt, die nur noch bergab und nie wieder bergauf ging.

Ich zerrte am Kragen meines Hemds, um ihn etwas zu weiten, weil ich das Gefühl bekam, mich selbst zu strangulieren und die Hitze allmählich unerträglich war. Der Stoff der Kleidung, der aus irgendeiner künstlichen Mischung bestand und bei jeder Bewegung knisterte, klebte an mir wie ein wirklich aufdringlicher Verehrer und versuchte anscheinend, mit mir zu verschmelzen. Zudem hatte ich das unangenehme Gefühl, dass ich mich langsam aber sicher bei jedem Schritt statisch auflud. Ich konnte das Knistern hören, das meine Haare zu Berge stehenließ.

Wenn der freundliche Polizist mich jetzt sehen könnte, würde ich wohl vorerst tatsächlich in Gewahrsam wandern. Dass er mich überhaupt hatte laufen lassen, grenzte an ein Wunder. Ich hatte alles auf eine Karte mit dem Namen *Wahrheit* gesetzt und haarklein alles erzählt; von der Einladung zu dieser Hochzeit über das Thema Robin, das für mich einfach noch nicht abgeschlossen war, über das heiße Knistern zwischen uns und meine unausgesprochene Reue und dass ich fürchterlichen Mist gebaut hatte, was Vanessa anging. Und Robin. Und überhaupt. Ich schüttete ihm mein Herz aus, voller Panik, dass er mich statt ins Gefängnis wegen der Erregung öffentlichen Ärgernisses einfach direkt in die nächste Klapsmühle abliefern würde.

Aber das tat er nicht. Er hörte mir eine halbe Stunde lang schweigend zu, nachdem er auf irgendeinem Parkplatz angehalten hatte, der zu einem alten, geschlossenen Supermarkt gehörte und bei dem die Fenster mit Brettern vernagelt waren. Offenbar mochten die Leute die Waren daraus nicht besonders. Jugendliche hatten ein paar Obszönitäten auf die Plakate gesprüht, die verkündeten, dass hier bald ein neues Geschäft eröffnen würde. Ein Baumarkt oder so etwas in der Art. Mir schoss durch den Sinn, dass die Leute aus dieser Kleinstadt sicher so ziemlich alles eigenständig bewältigen konnten und sicherlich alles brauchten. Nur keinen Baumarkt. Der Senioren-Mob jedenfalls schien mir mobil genug bei Nichtgefallen ganze Dynastien an ungeliebten Herrschern einfach fröhlich einen Kopf kürzer zu machen. Künstlichen Hüftgelenken sei dank.

Trotzdem verschwieg ich, dass Heggis Überreste im Staubsaugerbeutel ruhten und Robin die ruinierte Torte entsorgt hatte. Irgendwie kam mir David, der Polizist, wie ein netter Kerl vor und jeder liebte doch Katzen und ich fürchtete, dass mein Ausrutscher meine ganze Geschichte für ihn umkrempeln würde und er mich doch noch im nächsten Irrenhaus abgeben würde. Einfach, weil ich so schrecklich mit der armen Mieze umgegangen war. Auch wenn ich fast sicher war, dass es so etwas hier gar nicht offiziell gab.

David sagte ganz lange gar nichts, als ich mit panisch klopfendem Herzen schwieg und versuchte, seine Emotionen durch den Rückspiegel zu analysieren, der mir jedoch nur seine Augen und ein bisschen seiner Stirn offenbarte. Das war eindeutig zu wenig, um herauszukriegen, was er wohl dachte. Vielleicht war das ja auch der einzige Grund, wieso es Rückspiegel gab. Um Leute wie mich auf der Rückbank zu verwirren und in Schach zu halten.

Als er sprach, klang er sehr bedächtig und abwägend. »Das ist mit Sicherheit das Abgefahrenste, was ich je gehört habe. Und wenn wir in diesem Kaff eine Lokalzeitung hätten, würde ich das Ganze auf der Stelle an die Jungs von der Redaktion schicken und auf die Titelseite drucken lassen. Schon, damit die Leute hier genug Stoff haben, um sich bis zum nächsten Sommer darüber zu unterhalten.« Er grinste, was ich nur an seinen Augen sehen konnte, die von kleinen Lachfältchen umspielt wurden. Jedes Mal wenn er lächelte fand ich ihn unglaublich süß, was mir ebenso jedes Mal wie ein Verrat an Robin vorkam. Aber im Gegensatz zu Davids war Robins Lächeln für mich noch mal etwas ganz besonderes. Mein Herz klopfte wie verrückt, wenn er mich anlächelte und ich begann Blödsinn zu quatschen. Noch mehr als sonst. Und ich verhaspelte mich in meinen eigenen Gedanken wie eine betrunkene Spinne in ihrem eigenen Spinnennetz.

»Es wäre ein Verbrechen, dir nicht diese zweite Chance zu geben.« Er drehte sich im Sitz um, sodass er mich ansehen konnte. Der Blick glitt über meine peinliche Erscheinung und ich konnte richtig sehen, wie sehr ihm missfiel, was er da erblickte. »Aber so gehst du auf keinen Fall wieder auf die

Straße. Sonst kriegt noch irgendeine alte Lady einen Herzkasper wegen deinem nackten Arsch.«

Ich klappte den Mund auf. Schloss ihn wieder. Öffnete ihn dann doch noch einmal, schon weil David mich so abwartend anstarrte. »Ich hab' ja gesagt, ich sollte die Hände besser nicht hochnehmen«, nuschelte ich mit roten Ohren.

Er lachte nur und ließ den Motor wieder an. »Das regeln wir schon. Ich setze dich vor dem besten Bekleidungsgeschäft in der Stadt ab«, verkündete er offenbar bester Laune. »Und keine Bange wegen dem Geld: das hole ich mir später von dir ab.«

Ich bekam fast Schnappatmung. »Später?«, quiekte ich, wobei ich mich am Türgriff festklammerte, weil er eine Kurve ziemlich scharf nahm. Ich hatte immer angenommen, dass nur Robin einen ziemlichen Affenzahn draufhatte, aber David stand ihm da in nichts nach.

»Klar. Wenn ich auf der Hochzeit sicherstelle, dass du deine Chance auch wirklich genutzt hast. Und außerdem steht mein Dad auf Kuchen und es geht nicht, dass eine Hochzeit stattfindet und er keinen abkriegt.«

War das eine Art ungeschriebenes Gesetz hier, dass man die örtliche Polizei mit Torte zu verköstigen hatte? Die Frage brannte auf meiner Zunge, aber noch mehr brannten meine Wangen. Vor Scham und vor Dankbarkeit nämlich, dass ein eigentlich Wildfremder mir hier so großzügig aushalf. Andererseits gab es hier wohl nicht so viel Aufregendes zu tun. Viele Jugendliche hatte ich nicht gesehen und ich schätzte, dass man kriminellen Rentnern hier recht schnell auf die Schliche kam. Oder sie regulierten sich selbst. Also keine schwer im Zaum zu haltende Bevölkerung, die David zu bändigen hatte.

»Danke, David. Ich weiß gar nicht, was ich sagen soll.« Am liebsten hätte ich geheult, aber das wagte ich nicht in einem Polizeiauto, gefahren von einem so attraktiven Polizisten, der noch dazu gerade versuchte, meinen Tag zu retten. Aber später würde ich zusammenbrechen. Ganz bestimmt.

Er schüttelte den Kopf und warf mir einen Schulterblick zu. »Wenn es so weit ist, dann sag' ihm einfach die Wahrheit und sieh' zu, dass du alles richtigstellst, was du richtigstellen musst. Und ab da«, fuhr er fort, »liegt es nicht mehr an dir, was passiert. Dann ist er am Drücker.«

Ich schluckte. Die Angst, dass Robin genug von mir haben könnte – nein, vermutlich schon hatte, machte meinen Magen flau und ich fühlte mich alles andere als bereit. Aber es musste sein.

David tat, was er versprochen hatte und setzte mich vor dem Laden mit der Aufschrift *Tammys Klamottenkiste* ab, was so charmant wie zutreffend war. Ich hatte genug Geld von ihm gekriegt, um mir neue Klamotten und ein Busticket in die nächstgrößere Stadt zu kaufen, um von da nach Hause zu kommen, aber abhauen war einfach keine Option. Auch wenn ich zugeben musste, dass ich eine Sekunde lang darüber nachdachte. Aber dann wäre alles umsonst gewesen und was hätte ich Vanessa sagen sollen? Oder den anderen? Ich hatte Chaos angerichtet und musste es beseitigen. Ich konnte nicht weglaufen. Nicht schon wieder. Nicht dieses Mal. Denn vielleicht würde es kein nächstes Mal geben und ich wollte mich nicht fragen; *Was, wenn ich ihm alles gebeichtet hätte? Wären wir dann glücklich miteinander geworden?* Ich konnte einfach nicht zulassen, dass meine Feigheit mir alles ruinierte.

Und da stand ich nun. In einem schwarzen Anzug aus der Kinderabteilung. Der sich anfühlte wie eine persönliche Minisauna und der mir die Haare zu Berge stehen ließ, weil die künstlichen Fasern darin mich bei jeder Bewegung statisch aufluden wie ein Langhaar-Meerschweinchen das mit einem Ballon kuschelte.

Die Kirchenfenster waren natürlich nicht geöffnet. Das hatte ich mir schon gedacht.

Ich hastete um das Gebäude herum, auf der Suche nach einer Möglichkeit, ungesehen oder zumindest halbwegs unauffällig hineinzugelangen. Drinnen hatte die Zeremonie schon begonnen und bang fragte ich mich, ob Timo die versprochene Torte wohl schon angeliefert hatte? Wenn nicht, wollte ich gar nicht daran denken, wie enttäuscht Vanessa sein würde.

Und wie unglaublich wütend.

Mein Magen flirrte unruhig, als ich über die mossbedeckten Steinplatten hechtete, die den Kirchplatz umgaben. Unkraut und Gräser sprossen dazwischen hoch und ich konnte mir bildlich den Gärtner vorstellen, der mit Sonnenhut und gebückt vom Alter hier seine Arbeit verrichtete, blind auf einem Auge, nur im Unterhemd und Latzhose und mit Sandalen an den Füßen, deren Nägel gelb und brüchig waren.

Himmel, meine Fantasie grub wirklich alle Horrorfilme aus, die ich je gesehen hatte!

Die grauen Kirchenmauern wirkten alt und uneinnehmbar, so von außen betrachtet, und flüchtig hielt ich an einem Schild inne, das an der Seite angebracht war. Es beschrieb die Historie des Gemäuers, das mehrfach wieder aufgebaut werden musste. Es hatte Kriege überstanden und ein Feuer im Dachstuhl, bei dem die alte Glocke verschwunden war. Einer lokalen Legende nach soll die Glocke von der Seele des ursprünglichen Erbauers besessen gewesen sein. Man findet im hinteren Teil der Kirche noch einen *seltsamen, dunklen Fleck*, wo angeblich der heilige Patron dieses Ortes mit der besessenen Seele rang, um sie gen Hölle zu schicken.

Fabelhaft.

Das fehlte mir ja gerade noch, dass sich auch noch Gespenster und wandernde Seelen in mein ganzes Chaos einmischten. Ich entdeckte die Seitentür der Kirche und griff nach der Klinke, um zu prüfen, ob hier eine Möglichkeit bestünde, ungesehen ins Innere zu gelangen.

Meine Finger hatten das dunkle Metall kaum berührt, als ich auch schon erschrocken und mit einem verwirrten Jaulen die Hand zurückzog und auf der Stelle tanzte. Der verflixte Anzug hatte mich derart statisch aufgeladen, dass ich eine gewischt gekriegt hatte. Ich bildete mir sogar ein, einen richtigen Lichtfunken gesehen zu haben. Vielleicht war das aber auch nur die wandernde Seele vom hiesigen Patron, der mich vor Unfug warnen wollte.

Ich fluchte leise und tänzelte näher an die Tür heran, um das Jackett aufzuknöpfen und meine Hand mit dem Stoff zu bedecken, damit ich gefahrlos und ohne elektrischen Schlag die Tür öffnen konnte. Dafür musste ich mich verdrehen und mich auf die Zehenspitzen stellen, aber zumindest das klappte.

Die Tür schwang auf und ich war unendlich erleichtert, kein klischeehaftes Knarren oder Quietschen zu hören, das mich verraten könnte. Die tragende, monotone Stimme des Pfarrers drang an mein Ohr, zusammen mit den Geräuschen, die so viele Menschen in einer übervollen Kirche so machen. Husten, schnauben, leises Geplapper, hier und da ein Räuspern. Ich hielt den Atem an und zog die Tür hinter mir leise zu. Es war überraschend dunkel in der Ecke, in der ich stand. Schräg gegenüber war der Altar aufgebaut, links und rechts davon opulenter Blumenschmuck mit weißen und rosa Rosen, Schwertlilien, fröhlichen gelben Tulpen und noch mehr Grünzeugs, das ich nicht identifizieren konnte. Es war eine wilde Mischung und eher pompös als geschmackvoll. Dafür hatte ich jedoch einen schönen Blick auf Jans Rückansicht und auf das strahlende Gesicht von Vanessa. Sie trug dieses wahnsinnige Kleid, das so weiß war, dass es mich regelrecht blendete, weil das Licht aus den Buntglasfenstern, die Szenen aus dem Leben verschiedener Heiliger und Jesus selbst darstellten, direkt darauf schien, als hätte der Himmel selbst beschlossen, einen Scheinwerfer auf sie zu richten. Jan bekam ein bisschen von diesem himmlischen Glanz ab, was aber nicht ganz so hilfreich war, denn es schien ihn zu blenden und aus dem Konzept zu bringen.

Vanessa hatte mal erwähnt, dass er ohne seine Brille quasi

blind wie ein Maulwurf war und jetzt kam ihm wohl das ganze Licht nicht unbedingt entgegen. Er stotterte und verhaspelte sich zunächst und brauchte einen Moment, um wohl auf die Fragen aller Fragen zu antworten:

»Ich will.« Er räusperte sich und seine Stimme klang belegt und zittrig. Man konnte richtig hören, wie aufgewühlt er war. »Vanessa. Du bist das Beste, was mir je passiert ist. Jeder Tag mit dir ist ein Tag voller Freude, Liebe und Glück. Dich an meiner Seite zu wissen ist mir mehr wert als alles andere auf der Welt. Du bist die klügste, schönste und starrköpfigste Frau, die ich je getroffen habe.« Sein Lachen klang ein bisschen unsicher, aber dafür antwortete das Publikum mit wohlwollendem Gelächter. Ich selbst spürte, wie warme Rührung in mir aufstieg und dennoch war da auch Wehmut. In meiner Fantasie hatte ich zu diesem Zeitpunkt nach Robins Fingern greifen wollen, um ihn stumm wissen zu lassen, dass ich an ihn dachte und was ich fühlte. In der Hoffnung, er würde es erwidern. Doch er war nicht da. »Du bist mutig und unerschrocken und du machst mein Leben jeden Tag lebenswert. Mit dir bin ich zu dem Mann geworden, der ich immer sein wollte und ich kann es nicht erwarten, den Rest meines Lebens mit dir zu verbringen. Ich liebe dich, mein Honigkuchen!«

Verdammt, ich hatte die ganze Rede des Pfarrers verpasst. Aber wenigstens konnte ich dabei sein, wenn Vanessa ihrem Zukünftigen das Ja-Wort gab! Ich löste den Blick von den beiden, hörte das kollektive Seufzen des Publikums, das sich auf den Bänken zusammenquetschte und das leise Weinen von Jans Mutter, die in der ersten Reihe saß. Sie schniefte und versuchte den Tränenfluss der Rührung mit einem Stofftaschentuch einzudämmen. Mein Blick streifte über die Anwesenden, doch Robin saß nicht in Sichtweite. Dafür entdeckte ich weiter hinten ein paar der Senioren, die uns verfolgt hatten, und hoffte inständig, mich würde niemand erkennen. Ich drückte mich noch etwas mehr in die Schatten der Kirchenmauer in meinem Rücken.

Plötzlich fühlte ich mich noch mehr allein als sonst. Vanessas glückliches Gesicht und Jan, der ihr gerade vor so vielen Menschen seine Liebe gestanden hatte, machten mir einmal mehr deutlich, dass ich alleine war. Die Beziehungen, die ich an einer Hand abzählen konnte, waren ebenso intensiv wie kurz gewesen, und immer war ich derjenige, der einen Rückzieher gemacht hatte. Wenn ich ehrlich zu mir selbst war, dann waren meine Ex-Freunde nur ein Ersatz für etwas gewesen, dass ich nie hatte haben können.

Ich hatte Robin verloren.

Die Erkenntnis legte sich wie ein Stein auf mein Herz. Es tat unerwartet weh und obwohl man sagte, Zeit heilte alle Wunden, kam er mir schärfer und stechender vor als damals, als ich allein auf meinem Bett zusammensank und weinte. Ich schluckte gegen das Gefühl der Einsamkeit und Hilflosigkeit an, doch trotzdem spürte ich, wie meine Sicht verschwamm.

Ich hatte es eindeutig vergeigt. Für mich würde es so etwas, wie Vanessa und Jan es hatten, nie geben.

Die Brautjungfern saßen am Rand und ich bemerkte Lena, die zu mir herüber starrte. Sie warf einen kurzen Blick zu Vanessa, die gerade vom Pfarrer die alles entscheidende Frage gestellt bekam und deutete mir gegenüber hastig an, mich hiernach einen Kopf kürzer zu machen. Ihr Zynismus tat irgendwie gut, und ich wischte mir hastig über die Augen, obwohl das gar nichts brachte. Mein Kopf war kaputt und meine Augen beschlossen, sämtliche Schleusen zu öffnen. Ich hatte nicht einmal ein Taschentuch, um mich dahinter zu verstecken.

»Ja, ich will.« Vanessa klang viel entschlossener als Jan, und auch viel euphorischer. Ich vermutete, hätte sie gewusst, was alles ohne ihr Wissen geschehen war, hätte sie nicht so gestrahlt. Es war irgendwie nur ein weiterer Stich in mein wundes Herz und obwohl ich es ihr versprochen hatte, konnte ich mir das alles nicht weiter ansehen.

Das helle Tageslicht ließ mich blinzelnd aus der Kirche taumeln, halb blind von meinen Tränen und der bitteren Einsicht, dass ich umsonst hatte kämpfen wollen. Robin war für mich schon verloren. Vermutlich schon damals, als ich mich einfach nicht getraut hatte, ihm meine Gefühle zu gestehen, weil ich in falschem Stolz und in falscher Scham hoffte, er würde den ersten Schritt machen. Aber ich hatte zu lange gewartet und nun war es zu spät.

Ich liebte ihn. Ich liebte ihn so sehr, dass es wehtat und mir den Atem nahm. So sehr, dass es körperlich schmerzte, nicht bei ihm sein zu können. Ich wollte bei ihm sein, seine Nähe spüren und ihn glücklich machen. Ich wollte sein Lächeln sehen und sein Lachen hören, das ich so sehr liebte. Er war die wichtigste Person in meinem Leben. Das war er immer gewesen. Schon damals, als wir noch Kinder waren. Ich fühlte mich sicher bei ihm und er gab mir das Gefühl, dass es okay war, nicht perfekt zu sein. Ich liebte ihn, so wie er war, mit seinen Fehler und Makeln. Ich liebte sogar sein blödsinniges Faible für Actionfiguren, die er noch immer sammelte. Seine Unfähigkeit, zwei gleiche Socken anzuziehen. Seine Vorliebe für Jeans und dafür, das immer gleiche Essen im Restaurant zu bestellen. Dafür, dass er oft einfach nachgab, weil er Frieden mehr schätzte, als recht zu haben.

Ich rannte den gleichen Weg zurück, den ich gekommen war. An den Grabsteinen vorbei, die windschief dort auf dem kleinen Friedhof standen, verwittert von der Zeit und den Elementen, vorbei an dem hüfthohen Gras und der niedrigen Mauer, die von Efeu bewachsen war. Ich hörte mein eigenes Schluchzen und irgendwie machte mich das Geräusch nur noch trauriger. Ich konnte nicht aufhören zu heulen. Es war, als hätte jemand einen Schalter umgelegt. Der Himmel war endlos blau, die Sonne schien aus allen Rohren und die Sommerluft duftete nach reifendem Weizen, dem grünen Laub der Bäume,

Blumenwiesen und frischem Gras. Die Welt drehte sich einfach ungerührt weiter, während ich in eine emotionale Krise stürzte. Und ich hatte nicht einmal mein verflixtes Telefon dabei, um *irgendjemanden* anrufen zu können, weil das Mistding ja noch bei meinen dreckigen Klamotten in Robins Auto lag.

Der Gedanke ließ mich innehalten. Ich taumelte und mein Herz tat einen seltsamen Hüpfer, als hätte es plötzlich Schluckauf. Er hatte mein Handy. Er *konnte* also nicht für immer weg sein. Er würde es mir zurückgeben müssen. Und meine Sachen. Oder hatte er den Krempel einfach bei Vanessa abgeladen? Zweifel drängten sich in mir zusammen und versuchten die aufkeimende Hoffnung zu ersticken. Meine Haare knisterten vor Elektrizität, als ich mir mit einer Hand verzweifelt durch die Locken fuhr.

Ich sah den weißen Kleinlaster nicht einmal, hörte nur das ohrenbetäubende Hupen, als ich schon mit einem Fuß auf der Straße stand. Ich fuhr zusammen, konfus und erschrocken über den Krach, als die Bremsen quietschten, das Motorengeräusch gewaltsam abgewürgt wurde und ich dumpf das Fluchen eines Mannes hörte.

»Pass doch auf, verdammt!« Eine Autotür wurde aufgerissen und ich trat zitternd einen Schritt zurück. Erst jetzt, verspätet, schoss Adrenalin durch meinen Kreislauf und mir wurde schlagartig übel. Vor der Kirche überfahren zu werden hätte nicht nur Vanessa den Tag versaut.

Ich zog schuldbewusst den Kopf ein und blinzelte, als ich die Stimme des Fahrers erkannte. Für einen Moment starrten Timo und ich und perplex an. Er war halb ausgestiegen und trug blütenweiße Konditorenbekleidung, die ich so an ihm noch nie gesehen hatte. Sie erinnerte mich auf merkwürdige Weise an eine Uniform.

»Scheiße, Chris!« Timos Schultern sanken erleichtert zusammen, ehe er die Brauen zusammenzog und mich anschnauzte: »Was treibst du denn hier?! Ich hätte dich fast übergekachelt, man! Und ... was hast du da eigentlich an?«, wollte er skeptisch wissen, als er meine diffuse Erscheinung etwas eingehender betrachtete. Seinem Blick konnte ich entnehmen, dass ich nicht ganz so schneidig aussehen musste, wie ich gehofft hatte.

»Es gab keine anderen Anzüge mehr. Der ist aus der Kinderabteilung. Vanessa heiratet da drin gerade!« Ich zeigte mit dem Daumen über die Schulter und wischte mir so beiläufig wie möglich über das verquollene Gesicht.

»Ja, und?« Timo schrägte den Kopf und starrte mich ungläubig an. »Hey, ist ... alles in Ordnung?«, wollte er wissen, als er begriff, dass irgendwie so gar nichts bei mir in Ordnung zu sein schien.

Ich schüttelte nur den Kopf, gerade, als ich versichern wollte, dass alles prima sei. Doch der Kummer in meiner Brust schien einfach zu explodieren und ehe ich noch versuchen konnte, es zu unterdrücken, schossen neue Tränen aus meinen Augen und auch der Versuch, sie mit den Händen einzudämmen, die ich mir vor das Gesicht drückte, schlug fehl.

»Oh, Fuck!« Timos Stimme klang tatsächlich überrumpelt und eine Spur weicher. Ich schluchzte haltlos und hätte mich am liebsten an Ort und Stelle zusammengerollt, so elend war mir. »Hey, komm mal her, ja? Es wird alles wieder gut.« Timos Umarmung fühlte sich zögerlich und unbeholfen an, aber seine Konditorenjacke roch nach Weichspüler und Zuckerguss, als ich mein Gesicht gegen den groben Stoff drückte. Ich konnte nichts sagen. Ich wollte ihn nicht wortwörtlich vollheulen, aber ich konnte es genauso wenig zurückhalten.

Irgendwo hinter uns brach dezenter Jubel aus, brandete von der Kirche in Wellen zu uns herüber und die Kirchenglocken begannen zu läuten.

»Steig ein. Ich bringe uns erst mal hier weg. Immerhin muss ich doch eine Torte für dich ausliefern, hm?« Timo grinste mir zu, als ich das Gesicht anhob. Durch meinen Tränenschleier konnte ich ihn kaum sehen, aber ich nickte. Dankbar dafür, dass er da war und noch mehr, dass ich doch nicht alles ruiniert hatte. Zumindest würde Vanessa ihre Torte kriegen. Und der Rest... den musste ich irgendwie auch wieder hinbiegen.

Timo war nervös. Das war er immer, wenn ich heulte. Damals schon fuhr er dann die gleiche Taktik wie auch jetzt: er plapperte unaufhörlich und versuchte mich abzulenken.

»Du wirst die Torte lieben! Roter Samtkuchen mit Vanille-Himbeercreme und handgefertigten Zuckerblüten! Das ist bestimmt eine der besten, die ich je gemacht habe! Und das auch noch in so kurzer Zeit!«, berichtete er stolz, während wir in seinen Kleinlaster stiegen. Aufkleber auf dem Armaturenbrett pflasterten das ganze Ding, sodass es mit dem Duftbaum und den grün-violett-gepunkteten Sitzen irgendwie an ein Hippie-Gefährt erinnerte. Wenn auch nur im Inneren. Timo warf mir einen Blick zu, als ich mich anschnallte. In diesem kleinen, ruhigen und beengten Raum zu sitzen, umgeben von dem Duft nach künstlichem *Winterzauber* und Tortenguss, fühlte ich mich sicher. Zumindest solange ich seinem fragenden Blick entgehen konnte. Darum starrte ich auch angestrengt aus dem Fenster und auf meine Schuhe.

»Möchtest du darüber reden?«, wollte er behutsam wissen. Er ließ den Motor wieder an und steuerte den Wagen vorsichtig wieder auf die gewundenen Straßen des wie ausgestorben wirkenden Ortes. Die Frau aus dem Bekleidungsgeschäft musste recht haben: wirklich jeder war in der Kirche. Diese Hochzeit war das Pendant zu einem Großkonzert oder einem Papstbesuch in einem abgelegenen Dorf. Ich erinnerte mich nicht mehr an die genaue Zahl der Gäste, die Vanessa und Jan eingeladen hatten, aber es mussten wirklich viele sein. Zusätzlich zu all denen, die einfach nur dabei sein wollten. Ein weiteres Zeichen für ihren Erfolg als Paar und die Krönung ihrer Liebe.

Der Gedanke brachte mich erneut zum Schluchzen. »Ich hab

das mit Robin total verbockt«, erklärte ich stammelnd. Ein zerknautschtes aber sauberes Papiertaschentuch tauchte in meinem verschwommenen Blickfeld auf, als Timo es mir anreichte. Es roch nach *Winterzauber* und fusselte so stark, dass ich annahm, dass es schon geraume Zeit hier irgendwo auf seinen Einsatz gewartet haben musste. Die Staubpartikel, die davon ausgingen, glitzerten im Sonnenschein.

»Tja. Was soll ich dazu sagen, Chris? Ich könnte gemein sein und sagen, dass es Karma ist«, erklärte Timo nüchtern, ehe er pausieren musste, weil ich mich geräuschvoll schnäuzte. »Aber das wäre nicht fair und nicht sportlich.«

Ich warf ihm einen giftigen Blick zu, ehe ich lieber nach vorn starrte, auf die Windschutzscheibe, die so schmierig war, dass ich mich fragte, wie er bei dem Sonnenschein überhaupt da hindurchblicken konnte. Das feuchte Taschentuch knüllte ich in meinen Händen. Ich wusste, was er meinte. Ich war damals auch nicht unbedingt fair gewesen. »Es tut mir leid. Damals mit uns. Ich hätte das nicht so beenden sollen.« Ich brachte die Worte nur gepresst über die Lippen, aber es war nun einmal die Wahrheit. Mein Verhalten von damals war wenig rühmlich.

Timo schmunzelte schräg. »Ich hatte es vielleicht irgendwie verdient«, gab er dann schulterzuckend und überraschend zu.

Ich starrte ihn von der Seite an und musterte sein Lippenpiercing. »Wie meinst du das?«

»Na ja. Ich war bis über beide Ohren verknallt in dich und hab' dich belagert. Außerdem habe ich viele Dinge überstürzt und ich schätze, das ging dir gegen den Strich. Und dann war da ja noch der andere Kerl.«

Ich atmete aus und blinzelte verwirrt. »Welcher andere Kerl?« Ich wusste nicht, wovon er da redete, aber ich fühlte mich unbehaglich. Kleingärten flogen an uns vorbei, saftig grüne Wiesen und Felder und kleine Häuschen mit sorgsam gestutzten Hecken. Ich erkannte die Straße wieder und konnte schon die Hügel sehen, die das Anwesen von Vanessas und

Jans Zuhause umgaben. Kleine Waldstücke verteilten sich ringsum und ich erinnerte mich, dass hier auch irgendwo ein Fluss durch das Gelände strömte. Es war total zum Kotzen, wie idyllisch hier alles war. Das Bild, das mir die Welt von draußen zurückwarf, passte nicht zu dem Chaos und den Scherben, die in meinem Inneren wohnten.

Timo lachte leise und klang ein bisschen traurig dabei. »Denkst du, dass ich nicht gemerkt habe, dass du nicht mit dem ganzen Herzen bei mir warst? Da war immer irgendein Abstand zwischen uns, über den ich einfach nicht drüber kam. Du warst wie eine mittelalterliche Burg mit Burgtor und Wassergraben und ich hatte keine Möglichkeit, diese Abwehr zu überwinden. Anfangs dachte ich noch, du wärst nur schüchtern, aber irgendwann kapierte ich, dass ich einfach nur derjenige war, der mehr Gefühle hatte.«

Ich schluckte und plötzlich tat es mir unsagbar leid. Ich brachte keinen Ton heraus.

»Hey. Schon okay. Es gibt einfach Dinge im Leben, die muss man selbst herausfinden. Dafür gibts keine Anleitungen oder weise Ratschläge. Es war nicht schön, aber so war es eben. Und ich schätze, die Vergangenheit ist vergangen.« Timo warf mir einen abwägenden Seitenblick zu, ehe er anfügte: »Aber wenn dieser Robin *derjenige* ist«, erklärte er betont ruhig, »dann solltest du dich endlich zusammenreißen und dein verdammtes Tor aufmachen.«

Ich musste widerwillig lächeln und betrachtete Timo, der selbstzufrieden grinste und in die Einfahrt einbog. »Ich danke dir. Für alles. Und es tut mir leid, dass du damals wegen mir so viel durchmachen musstest.«

Er parkte den Wagen gekonnt und eleganter als ich ihm je zugetraut hätte und wandte sich mir zu. Beinahe hatte ich die surreale Furcht, er könnte mich küssen, als er sich zu mir beugte.

»Was ich in der Konditorei gesagt habe, meinte ich übrigens

auch so«, überging er meine Worte dann salopp. »Entweder ergreifst du deine Chance bei dem Typen, oder ich krall ihn mir. Du hast die Wahl.«

Ich schnaubte und starrte direkt in seine Augen, was meinen Magen in ein unangenehmes Kribbeln versetzte. Diese direkte Herausforderung scheuchte all meine Ängste auf. »Danke. Macht mir ja gar keinen Druck«, pampte ich freundlich zurück.

Timo grinste und zwinkerte nur frech. »Unter Druck entstehen Diamanten, hm? Und jetzt hilf mir, diese Torte da rein zutragen.« Er wandte sich schon ab, um die Tür zu öffnen, und ich tat es ihm gleich, als er sich noch mal zu mir drehte. »Achso. Und wenn du das Ding fallenlässt, erwürge ich dich an Ort und Stelle.« Timo klang so nüchtern dabei, dass ich ihm das unbesehen abkaufte und einmal mehr wurde mir flau im Magen. Nach dem künstlichen Aroma des Duftbaumes im Wagen kam mir die Luft draußen unverschämt klar und sauber vor. Es war vor allem sehr still, abgesehen von Timos Schritten auf dem Kiesweg, dem Klappen der Wagentüren und dem Gesang der Vögel. In der Stadt in der ich lebte, hatte man kaum je das Glück, diese Art von Ruhe wahrzunehmen. Irgendjemand machte immer Krach. Und wenn es nur meine Nachbarn waren, die alle paar Tage irgendetwas hämmerten, bohrten, Möbel rückten oder sonst wie lärmten. Ich fragte mich manchmal, ob sie wettsportmäßig Bilder aufhängten und in direkter Konkurrenz standen.

Denn wer kommt wochentags um halb zwölf Uhr nachts auf die Idee, noch eben schnell ein Gemälde an die Wand zu hämmern? Oder samstags morgens um halb acht?

Eben.

Ich fühlte mich alles andere als bereit für den Rest des Tages, aber gleichzeitig musste ich ihn irgendwie rumkriegen. Und Timos Drohung, sich Robin zu krallen, trug nicht gerade dazu bei, dass ich mich besser fühlte. Im Gegenteil. Verglichen mit ihm war ich nur eine schnöde, halb vertrocknete Topfblume, wo er ein gigantischer Blumenstrauß aus exotischen Pflanzen war. Mit Feenstaub überzuckert und Schleifchen. Er sah einfach umwerfend aus und die Piercings standen ihm.

Ich hingegen ...

»Kannst du jetzt mal aufhören, mich anzuglotzen?« Timo gab ein amüsiertes Schnaufen von sich und ich fuhr zusammen. Ich hatte ihn angestarrt, ohne mir dessen bewusst zu sein und sofort spürte ich, wie das Blut in meine Wangen schoss.

Ich blickte zur Seite, auf die Ladefläche des Kleinlasters und für eine Sekunde blieb mir fast das Herz stehen.

»Heilige Scheiße!«

»Yepp.« Timo klang überaus zufrieden.

»Ist sie das? Im Ernst?« Ich japste die Worte nur. Meine Knie wurden weich. Flüchtig dachte ich, dass sich so eine Braut fühlen musste, die *das* Kleid gefunden hatte. Dieses eine, von dem man sagt, man weiß es, wenn man es sieht.

»Yepp. Und jetzt hör auf zu glotzen und pack mit an. Und wehe«, versetzte Timo mit erhobenem Zeigefinger, »du wackelst auch nur!«

»Sofort. Ich mache nur eben die Türen auf.« Ich stolperte fast über meine eigenen Füße, als ich zum Eingang rannte und die Tür aufstieß. Meine Füße trugen mich über den Flur und im Rennen haute ich den Lichtschalter, damit wir auch bloß sahen, wohin wir traten. Keine Fehler mehr. Ich atmete derweil eine seltsame Kombination aus schwerem Damenparfüm, Reinigungsmittel und Schuhpolitur. Ein flüchtiger Blick nach links zeigte mir die makellose Küche und mein Herz überschlug sich beinahe vor Erleichterung. Die Flügeltür zum Tortenzimmer, was eigentlich das Wohnzimmer war, kam in Sicht. Mein Atem ging flach und hastig und ich konnte nur noch beten, dass der Raum vorzeigbar war.

Ich öffnete die Türen so weit wie möglich.

Sonnenschein fiel durch die großen Frontfenster, die zum weitläufigen Garten hinausgingen und auf die Terrasse. Der

Teppich wirkte heller und es roch auch hier angenehm frisch. Kein einziges Staubkorn lag irgendwo.

Siedendheiß fiel mir jedoch etwas überaus Essenzielles ein: Die Urne.

Ich hatte sie auf dem Seitenschrank abgestellt. Und nach dem ganzen Desaster wusste ich nicht, was damit danach passiert war.

»Chris! Jetzt mach!« Timos Stimme riss mich aus meinen Überlegungen und ich beschloss, mich auf die Suche nach Heggis letzter Ruhestätte zu machen, sobald die Torte sicher auf ihrem Platz stand. Denn auf dem Seitenschrank war keine Spur davon zu sehen und auch der Deckel war nicht, wo ich meinte ihn abgelegt zu haben.

»Komme!« Ich eilte zurück, mit zitternden Knien. Die Erleichterung und die Scham war übermächtig und vor Dankbarkeit, dass zumindest Robin und Lena beide dafür gesorgt hatten, dass Vanessa hoffentlich nie erfahren müsste, dass ich beinahe ihren großen Tag ruiniert hatte, war mir ganz schwindelig. Die beiden hatten einen Orden dafür verdient und ich war mir absolut im Klaren darüber, dass ich ihnen so einiges schuldete. Lena, vor allem, aber vor allem Robin, der auch noch die ganze Schuld hatte auf sich nehmen wollen. Jetzt war das nicht mehr nötig. Alles konnte noch gutwerden.

Ich musste nur Heggis Urne finden.

8

Roter Samtkuchen mit Vanille-Himbeercreme gefüllt und mit handgefertigten Zuckerblüten und kunstvoller Dekoration aus Sahne geschmückt. Die Torte war ein echtes Schwergewicht, nicht nur, was die Kalorien betraf. Das Ding zu schleppen hatte mir beinahe einen Hexenschuss und einen verstauchten Knöchel eingebracht, aber schließlich hatten Timo und ich sie sicher auf den Tisch gewuchtet. Die vorherige Torte entstammte einer anderen Konditorei, sodass sie kein exaktes Replikat war – ich hoffte jedoch auf Jans schlechtes Sehvermögen und seine mangelnde Erinnerung, überlagert von den Glückshormonen des heutigen Tages, dass ihm der Tortentausch nicht auffallen würde. Und wer mochte denn schon keine Vanille oder Himbeeren? Ich konnte nur dankbar dafür sein, dass er so akkurat dafür gesorgt hatte, dass seine Angebetete die Torte zuvor nicht hatte sehen dürfen. Er hatte sie überraschen wollen. Und ganz ehrlich: Timos Meisterwerk war wesentlich eleganter und schöner als das Monstrum aus Sahne mit den beiden hässlichen Zuckerfiguren obendrauf.

Meine Hände zitterten, als ich den Teller wegstellte, auf dem ein farbenfrohes Stück samt Zuckerblüte lag. Ich hatte keinen Appetit mehr und vorgeben zu müssen, dass ich total normal und entspannt und fröhlich war, schlug mir auf den Magen.

Wir hatten die Torte kaum abgeladen, als schon die ersten Autos hupend auf den Parkplatz fuhren, allen voran das glückliche Brautpaar.

Ich hätte heulen mögen.

Vor Erleichterung, vor Schuld. Einfach wegen allem. Die Gäste waren hinter dem Brautpaar in das Anwesen geströmt und es schien, als wäre plötzlich das ganze Dorf in diesem Haus. Überall waren Menschen, die in schicken Kleidern oder Anzügen herumstanden und sich plaudernd und bestens gelaunt unterhielten, lachten und scherzten. Kinder rannten umher, herausgeputzt und mit gewundenen Blumenkränzen auf den Köpfen, die ganz schief vom Herumtoben saßen. Die Torte war feierlich angeschnitten worden und so, wie Jan grinste, als er Vanessa das erste Stück zum Kosten gab, merkte er nicht das Geringste. Sie sahen beide einfach nur irre glücklich aus.

Und mir war richtig übel.

Nicht von dem Kuchen, der war himmlisch, sondern von der Tatsache, dass Robin nicht hier war und niemand ihn gesehen hatte.

»Hey.« Lena trat neben mich und warf mir einen dieser Blicke zu, als wollte sie bis auf den Kern meiner Seele blicken. Die Art von Musterung, die auch Mütter draufhaben, wenn sie glauben, dass irgendwas im Busch ist. Wir hatten noch kein Wort miteinander gewechselt, seit sie mir in der Kirche diese eindeutige Geste gezeigt hatte.

»Hey.« Ich rang mich zu einem matten Lächeln durch, doch mehr war nicht drin. Aus dem Augenwinkel sah ich Timo, wie er sich locker zu den Trauzeugen gesellte, zwei Gläser mit Sekt in den Händen. Eines davon reichte er Vincent, der es überrascht anzunehmen schien. Ein paar andere Gäste schoben sich in mein Sichtfeld und verdeckten das Geschehen am anderen Ende des Raumes. Vanessa und Jan wurden von Verwandten und Freunden belagert, die sie beglückwünschten.

Lena legte den Kopf schief und ich spürte ihre Hand auf meiner Schulter. »Du hast das toll hingekriegt. Mit der Torte.« Sie lächelte mir aufmunternd zu, auch wenn ich das Mitgefühl heraushören konnte, und plötzlich schmeckte die Himbeercreme auf meiner Zunge bitter. Ich spülte mit einem Schluck Wasser nach. Vom Alkohol ließ ich die Finger. Ich hatte beschlossen, heute kein Chaos mehr zu stiften, und für ein einsames Besäufnis war vielleicht später noch genug Zeit, wenn ich allein irgendwo hockte und mir die Augen aus dem Kopf heulte. Vielleicht konnte ich mir eine Flasche Hochprozentigen mopsen und meine Erinnerungen an den heutigen Tag einfach aus meinem Kopf ätzen.

»Bedank dich lieber bei Timo«, krächzte ich mit einem wackeligen Lächeln. Ich fühlte mich hohl und unendlich zerbrechlich dabei. Als würde meine Selbstachtung nur noch durch Spinnenfäden zusammengehalten. Als wäre ich eine Vase, mit viel zu vielen Rissen.

Lena presste kurz die perfekt geschminkten Lippen zusammen, ehe sie meinte: »Vielleicht sitzt er noch bei den Bullen im Knast.«

Ich starrte sie verwirrt an. »Wer?«, wollte ich wissen. Mein Blick geisterte über den vollen Raum, der eher einem kleinen Saal glich und der als Wohnzimmer deklariert wurde. Die Möbel waren an die Seiten gerückt worden und so stand nur der Tisch mit der Torte vor der Glasfront, das Brautpaar daneben. Ein paar ältere Gäste bewegten sich langsam über das, was als Tanzfläche durchging. In der anderen Ecke des Raumes knutschte ein Pärchen verknallt miteinander. Ich erkannte eine der Brautjungfern, wusste aber nicht, welche sich da einen Verehrer angelacht hatte. Mein Blick suchte nach jemandem, der fehlte, aber Lenas Worte ergaben keinen echten Sinn und es waren zu viele Gesichter, die ich nicht einmal kannte dabei. »Aber Timo ist doch hier irgendwo«, protestierte ich verständnislos. Dass er sich vermutlich gerade an Vincent,

Lenas Schwarm, heranmachte, unterschlug ich.

»Nicht Timo, Robin. Du ziehst doch wegen ihm so eine Fresse, oder?«, gab Lena etwas pampig zurück. Ihr Blick erdolchte mich, während ich da stand wie ein begossener Pudel.

In meinem Hirn rastete die Information nicht an der richtigen Stelle ein. Wie eines dieser bunten Teile von Babyspielzeug, wo man die Kugel durch den Kreis stecken muss, aber verzweifelt versucht, ihn durch das Quadrat zu stopfen. Was natürlich nicht klappt. »Was?!«, entfuhr er mir daher völlig entgeistert.

Lena seufzte schwer und nippte von ihrem Sekt. »Ich dachte, du wusstest, dass er festgenommen wurde. Die anderen sprechen ja über nichts anderes mehr.« Lena erwähnte natürlich nicht, dass sie diese kleine aber feine Information selbst ausgeplaudert hatte, kaum dass sie im letzten Auto bei den Trauzeugen und Brautjungfern saß.

Ich starrte sie an. »Nein, wusste ich nicht. Und weswegen wurde er festgenommen?! Wo? Wann?«, wollte ich wissen. Meine Gedanken rasten und mein Herz begann, urplötzlich schneller zu klopfen. Wenn er festgenommen wurde, bedeutete das, dass er noch hier war. Irgendwo, jedenfalls. Da sein Auto nicht auf dem Parkplatz gestanden hatte, war ich davon ausgegangen, dass er abgereist war und durch das ganze Chaos hatte ich noch keine Zeit gehabt, Vanessa oder Lena danach zu fragen oder auch nur einen Blick in das Zimmer zu werfen, in dem wir geschlafen hatten. Und Christine, die uns beide ja überhaupt erst eingeladen hatte, auf diese Hochzeit zu kommen, war unauffindbar. Vermutlich hatte sie irgendeinen Typen abgeschleppt. Und mehr Leute kannte ich hier im Grunde nicht persönlich, die mir hätten weiterhelfen können.

Lena grinste ein bisschen. »Tja, wegen dir, schätze ich. Ihr habt euch irgendwo ausgezogen und damit den Ärger der Öffentlichkeit erregt«, flötete sie, wobei sie anzüglich mit den Augenbrauen wackelte. »Konntet ihr es nicht abwarten, hm?«, setzte sie schamlos nach.

Mein Gesicht begann zu glühen. »So war das gar nicht!«, wehrte ich ab. Mein Hals war so trocken wie die verunglückten Muffins, die ich gebacken hatte. Ich trank hastig mein Glas Wasser aus, um Zeit zu schinden, während Lena durchblicken ließ, dass sie mir kein Wort glaubte. Ich musste an die alte Schachtel und ihren Wollmops denken. Anscheinend war sie diejenige, die sich ärgerlich erregt gefühlt hatte. Verflixte Rentner. Dabei hatte sie ja nicht einmal etwas Anstößiges gesehen! Und nicht einmal, wenn ich für Robin gestrippt hätte, wäre da etwas gelaufen.

Oder?

Mein Magen flirrte, als ich an Robins nackte Haut dachte. An seine Lippen. An die Versuche, die er unternommen hatte, um mich zu küssen. An meine hektische Flucht und die Konsequenz daraus. Ich rieb mir das Gesicht, als könnte ich so die verwirrenden und beängstigenden Gedanken vertreiben. Ich wollte meinen besten Freund nicht verlieren. Aber ich fühlte mich unglaublich allein und hilflos. Meine Courage steckte in irgendeinem emotionalen Loch fest.

»Chris«, seufzte sie kopfschüttelnd, »wenn du ihn liebst, und es abzustreiten ist nebenbei bemerkt sinnlos«, erstickte sie meinen Protest im Keim, »dann musst du es ihm sagen. Er reist spätestens morgen sowieso ab. Und dann ist er wieder weg und du wieder zuhause und es wäre einfach... tragisch. Verstehst du?« Lena sprach leise und eindringlich, und schien wirklich helfen zu wollen. Ihr Rat war natürlich wahr und richtig, aber im Moment fühlte ich mich einfach überfordert.

»Aber du sagst, er sitzt im Knast.« Ich runzelte die Stirn. »Haben die hier so was überhaupt?«, wollte ich skeptisch wissen. »Wie soll ich dann überhaupt an ihn rankommen?«

Lena schmunzelte. »Na ja, wir fahren hin, sobald-« Ihre Augen weiteten sich und das Lachen und Kreischen von Kindern erstickte ihre Worte, als sie gegen mich knallte und der

Inhalt ihres Glases aus diesem schwappte. Der Alkohol spritzte gegen meinen Hals und durchweichte das Jackett und das Hemd. Der Sekt roch säuerlich und stach unangenehm in meiner Nase, während ich Lena festhielt, die empört nach Luft schnappte.

»Ihr kleinen Kröten! Hier drin wird nicht gerannt!«, giftete sie erbost und schrill. Ihr eigenes Kleid war voll mit Sekt und sie fluchte. Aus der hellblauen Seide war es vermutlich nur schwer wieder herauszubekommen. Aber das war jetzt meine geringste Sorge.

Die beiden Mädchen rannten lachend davon und eine der beiden Gören schwenkte eine Art Blumenkörbchen – und darin steckte etwas, das mich erstarren ließ. Mein Herz machte einen Sprung und mein Magen rutschte mir fast in die Kniekehlen, zumindest fühlte es sich so an.

Heggis Urne.

Die kleine Göre trug doch tatsächlich Heggis Urne in ihrem Blumenkörbchen spazieren! Mein Blick flog zu Vanessa, die über irgendetwas lachte, dass Jan gesagt hatte, und küsste ihn dafür auf den Mund. Sie hatte noch nichts gemerkt, war noch immer der Mittelpunkt einer Traube aus Leuten, die ihre Glückwünsche aussprachen.

»Heilige Scheiße.« Ich schob Lena von mir, die überrascht nach hinten taumelte und sich gerade noch an einem anderen Gast abfing und sprintete los.

»Hey! CHRIS!« Ihr angefressenes Brüllen jagte mir einen kühlen Schauer über den Rücken, aber da war ich schon zwischen den tanzenden Pärchen auf der Tanzfläche verschwunden und hinter den beiden Gören her, die diese makabre Fracht mit sich schleppten und damit spielten. Wenn Vanessa das sah, war ich geliefert. Vor allem, wenn sie einen Blick hineinwarf.

Heiliger Bimbam.

Mir brach der Schweiß aus jeder Pore und ich hetzte mit

pochendem Herzen hinter den beiden Mädchen her, die sicher kaum älter als fünf sein konnten. Die eine in einem rosa Kleidchen, die andere in einem blauen. Trotzdem waren sie unheimlich flink und einmal mehr verfluchte ich meinen schlaffen Lebensstil und meine Unsportlichkeit. Ich war weder ein Sprinter noch ein ausdauernder Läufer. Im Grunde war ich eine Kartoffel. Ungeschält und roh, die schon ganz schrumpelig und wabbelig vom Rumliegen auf der Couch war.

»Ich muss dringend gesünder leben und mehr Sport machen«, keuchte ich leise zu mir selbst und wusste gleichzeitig, dass dieser Vorsatz wie alle guten Vorsätze auf den ‚Ich-sollte-mal-Stapel' kommen würde, der, wie jeder weiß, ein ‚Tue-ich-sowieso-nie-Stapel' ist.

Ich konnte ihr Lachen hören und ortete sie irgendwo draußen. Im schmalen Flur krachte ich fast mit einem der Kellner zusammen, die mit Getränketabletts herumliefen, und wich noch haarscharf aus. Die leeren Gläser auf dem Tablett klirrten gefährlich und der Typ warf mir irgendeine unfeine Beleidigung hinterher, als er sich von seinem Schreck erholt hatte. Einmal mehr war ich froh, nüchtern zu sein. Ich murmelte eine verspätete Entschuldigung und hechtete durch die Tür ins Freie.

Diese Urne zurückzubekommen hatte jetzt absolute Priorität. Vom Geplauder der Gäste wusste ich, dass die meisten Aktivitäten später nach draußen verlegt werden würden. Im Moment bauten einige freiwillige Helfer Tische und Sitzgelegenheiten auf. Die Bühne von gestern war verschwunden und in dem parkähnlichen Garten entstand nun der Eindruck eines Freiluftrestaurants. Es gab eine Bar und abends würde hier eine Bedienung mit Speisen und Getränken stattfinden. Angeblich würde es sogar einen Sänger geben, aber das hielt ich noch für ein Gerücht. Ich hetzte zwischen den arbeitenden Leuten durch und lauschte auf jedes Geräusch, das mir einen Hinweis geben würde.

161

Neben den Stimmen der Leute, die sich draußen aufhielten, plauderten und sich die Beine vertraten, nahm ich vor allem den Vogelgesang wahr. Die vielen verschiedenen Stimmen der gefiederten Sänger ergaben gemeinsam ein Konzert, dem ich nur zu gern eine Weile gelauscht hätte. Ich verstand, wieso Vanessa so gern hier feiern wollte statt irgendwo anders. Es war einfach schön hier. Idyllisch. Und leider unglaublich romantisch. Ich nahm all das dennoch nur am Rande auf, ebenso wie das leise Rauschen des Windes in den Baumkronen, die mit noch mehr Lichterketten geschmückt waren, und ich bemerkte zum ersten Mal, dass die Wege, die durch den weitläufigen Garten führten, mit kleinen Lampen gesäumt waren, die abends sanftes Licht verströmten. Vanessa hatte offenbar an alles gedacht und diese ganze Hochzeit und alles drumherum war zum Sterben kitschig und wirklich mehr als hoffnungslos romantisch. Es gab sogar hier und da kleinere Blumengestecke und Schleifen in den Hecken. Schönheit und das Zelebrieren von Liebe wohin man auch schaute. Man konnte der Thematik gar nicht entkommen, zumindest fühlte es sich für mich gerade so an. Die Formulierung ‚hoffnungslos' ließ mich in meinem Lauf innehalten, gerade als ich um die Hausecke bog, am anderen Ende des Gebäudes. Hier war ich noch nie gewesen. Rosen standen blühend in perfekt sauberen Beeten und ich hörte ein unmelodisches Quietschen.

Hoffnungslos romantisch zu sein, schien zu bedeuten, dass man die Hoffnung auf Romantik irgendwann aufgeben musste. Als wäre so etwas wie eine romantische Beziehung tatsächlich nur eine Illusion, ein blöder Traum, den man irgendwann loslassen musste. Der Gedanke war so deprimierend, dass ich die Tränen spürte, die sich brennend den Weg in meine Augen bahnten. Was, wenn es eine so allumfassende, unerschütterliche Liebe dann am Ende gar nicht gab? Wenn das alles, wie in der Theorie von meinem damaligen Uniprofessor, nur eine Erfindung der Medien war? Nur blühende Blumengebinde in

Hecken mit Schleifchen drum, die man wegwarf, wenn man sie nicht mehr brauchte? Ein Teil von mir wehrte sich dagegen, aber da war die kleine Stimme der Vernunft, die mich dazu überreden wollte, genau das zu glauben; dass es so etwas wie *Und sie lebten glücklich bis in alle Ewigkeit* einfach nicht gab. Nicht geben konnte. Vor allem nicht, wenn man schwul war. Ich meine: Ich kenne ein paar ältere Ehepaare, die seit einigen Jahrzehnten verheiratet sind. Meine Großeltern zum Beispiel. Aber ich kenne kein einziges schwules Paar, das mehr als zwei Jahrzehnte geschafft hätte, wenn überhaupt. Bei meinem Großvater verstand ich es. Er war völlig aufgeschmissen gewesen ohne meine Großmutter. Er konnte nicht kochen, tat sich mit Formularen aller Art schwer, fiel ständig auf Dauerwerbesendungen im Fernsehen rein und kannte sich absolut nicht mit Mode aus. Er trug stur seine kreischbunten Karohemden und kombinierte sie mit unsäglichen Flipflops und schrecklich kurzen Hosen in knalligen Farben. Und meine Großmutter kriegte ohne ihn die Marmeladengläser und die Einmachgläser nicht auf und war zu klein, um die Teller aus dem Schrank zu holen. Es war also eine Frage des Überlebens für beide gewesen.

Aber heutzutage, wo man sich einfach eine Leiter im Internet bestellen konnte und wo es Geräte gab, die einem zu fest sitzende Marmeladendeckel öffneten, wo war da noch der Nutzen einer solchen Beziehung? Man brauchte sie ja im Grunde nicht. Und statt *Liebe bis in alle Ewigkeit* müsste das Motto heutzutage ja eher lauten: *Oder solange bis mir nichts Besseres vor die Füße fällt.*

»Ich bin schneller!« Die helle Kinderstimme gehörte einem Mädchen, das ausgelassen jauchzte. Das rhythmische Quietschen kam von weiter vorn, wo mir bislang Bäume und Rosensträucher die Sicht verstellt hatten. Ich schob meine depressiven Gedanken von mir und eilte über den schmalen Weg, der um die Ecke bog, um die Rosensträucher und die sauberen Beete, direkt hinter einen großen Eichenbaum. Die Krone war so ausladend, dass sie angenehmen Schatten spendete. Die Zweige hingen tief und schienen ein natürliches Dach für den kleinen Platz zu bilden, den ich jetzt sehen konnte. Ein Kinderspielplatz, umgeben von dichten Hecken, ein paar Obststräuchern in Kübeln und einem kleinen Beet mit Erdbeerpflanzen. Zumindest, soweit ich das erkennen konnte. Es gab eine alte Schaukel, die knallblau angestrichen war und die das unmelodische Quietschen auslöste und einen Sandkasten, in dem allerhand Spielzeug lag. Schaufeln, Eimer, Förmchen und eine Puppe mit filzigem Haar, die mit dem Gesicht im Dreck lag.

Mein Herz setzte einen Schlag aus und der Schreck jagte durch jede einzelne Faser meines Körpers. Während das Mädchen in dem pinken Kleidchen schaukelte, war die andere Kleine gerade mit konzentrierter Miene damit beschäftigt, mit einem gelben Schäufelchen Sand in Heggis Urne zu füllen. »Ich backe uns einen Kuchen!«, verkündete sie stolz.

Die beiden sahen aus wie Schwestern und ich hatte keine Ahnung, zu wem sie gehörten, aber ich musste sofort handeln, ehe Heggis Urne noch kaputtging. Oder die Kleine begann, Schlammkuchenrezepte auszuprobieren.

»Hey Schätzchen!«, säuselte ich mit bebender Stimme, rotgesichtig und total außer Atem, als ich langsam auf den Spielplatz trat. Ich versuchte, harmlos zu wirken. Aber ich kam mir trotzdem wie ein Krimineller vor. Kinder machten mir einfach Angst. Vor allem, weil sie beim kleinsten Grund losbrüllten oder anfingen zu heulen und dann einfach jeder mich anstarrte, als wäre ich der Bösewicht aus einem Märchen. Die Leute schlugen sich sofort auf die Seite der Kinder, dabei gab ich mir echt Mühe! Als Jugendlicher musste ich ab und zu auf die Drillinge einer Nachbarin aufpassen und ich glaube, daher rührt auch mein Trauma. Die Jungs haben zusammen allerhand Unsinn angestellt. Zum Beispiel haben sie ihre

Plastikmalbecher auf die heiße Herdplatte gestellt, nachdem sie die ganze Küche mit Fingerfarben eingesaut hatten und zugeguckt, wie die Becher schmolzen. Einfach, weil sie wissen wollten, was passieren würde.

Was passierte, war, dass die Feuerwehr anrücken musste, weil ich den Qualm bemerkte und Panik kriegte und alle drei am Schlafittchen aus dem Haus schleifte, nachdem ich oben noch dabei gewesen war, ihre Klamotten von der Malaktion in die Waschmaschine zu werfen. Die hatten nämlich auch mit Vorliebe Schlammkuchen gebacken. Und gegessen. Aber Dreck reinigte ja angeblich den Magen und obwohl sie das eine Mal versuchten, ein Lagerfeuer im Garten zu bauen, waren es im Grunde goldige kleine Racker. Clever und wissbegierig. Nur kriegte ich den Ärger, weil ich nicht gut genug aufpasste. Dabei konnte ich ja sogar verhindern, dass sie das Haus anzündeten. Zum zweiten Mal. Aber natürlich machten sie diese unschuldigen kleinen Gesichter und ich, der unvernünftige Jugendliche mit der Emofrisur und dem schlechten Musikgeschmack war natürlich schuld und ein schlechter Umgang.

»Womit spielst du denn da? Darf ich mal sehen?«, wollte ich wissen, als ich mit einem schiefen Lächeln nähertrat. Das Mädchen auf der Schaukel starrte mich an wie eine pinkkarierte Hyäne mit Schluckauf und die kleine Sandkastenprinzessin schaufelte verwirrt weiter Sand in Heggis Urne, ohne hinzusehen. Dafür glotzte sie mich an. Skeptisch. Misstrauisch.

»Nein. Das ist meins.«

Mist. So ein Kind war das also. So eins, das nichts teilte und garantiert anfing, zu kreischen und zu beißen, wenn man ihm nicht seinen Willen gab und versuchte, sich durchzusetzen.

»Wirklich? Das ist ja toll.« Ich versuchte, ruhig zu bleiben. Das Mädchen auf der Schaukel war stoisch damit beschäftigt, mich anzustarren und dabei wie in Trance weiter zu schaukeln. Supergruselig. Vor allem dieser starre Blick. »Wo hast du das denn gefunden?«, wollte ich freundlich wissen. Ich blieb stehen, einiger Abstand zwischen mir und den Kindern. Ein bisschen so, wie man das auch bei frei laufenden Hunden machen würde, die einem nicht gehören und bei denen man nicht weiß, wie die reagieren. Also in meinem Fall in der Theorie, denn ich habe Angst vor jedem Hund, der größer ist als eine Katze. Darum meide ich sie inklusive ihrer Halter, die sowieso nur sagen können: »*Der tut nix. Der will nur spielen.*« Auch dann noch, wenn deren Wadenbeißer der Art Wischmopp auf vier Beinen sich knurrend in der Spitze meines Turnschuhs verbeißen und wild den Kopf hin und her werfen, um mir die Zehen zu brechen. So geschehen in einem Sommer, als ich bei einer Nachbarin den Rasen mähte und dieses Ding aus der Tür geschossen kam. Ein braun-weißer Blitz mit Glupschaugen unter Fransen und wirklich üblem Atem. Ich hatte wohl Glück, dass die kurzen Zähne nicht durch das Leder des Schuhs gingen. Aber seitdem vermeide ich, Hunden, egal wie süß, auch nur aus Versehen zu nahe zu kommen.

»Geht dich gar nichts an!« Die Kleine im Sandkasten blies die Backen auf und hörte auf, Sand in Heggis Urne zu schaufeln.

»Geht dich nichts an!«, echote das Mädchen auf der Schaukel krähend. »Wir spielen Bäckerei!«, verriet sie dann jedoch atemlos und mit einem breiten Lächeln. »Mala macht die Kuchen.«

Mala, verraten von der eigenen Schwester, starrte sie sauer an. »Pia! Komm da runter und hilf mir. Sonst hat Willy keine Kuchen, später!«

Ich wusste nicht, wer Willy war, aber ich sah meine Chance gekommen. »Oh, Sandkuchen? Ich liebe Sandkuchen!«, erklärte ich enthusiastisch, noch während Pia stur weiter schaukelte und den Befehl ignorierte und Mala langsam Tränen der Wut in die Augen schossen. »Ich bin Chris«, warf ich schnell nach, um Malas Aufmerksamkeit wieder auf mich zu lenken. Eilig hockte ich mich neben sie auf den Sandkastenrand. »Und ich bin ein richtig guter Sandkuchenbäcker. Wenn du willst, helfe ich dir.«

Nun starrten mich beide skeptisch und überlegend an. Pia hüpfte von der Schaukel und kaute unschlüssig auf der Unterlippe. Ihre Zöpfe waren ganz durcheinander vom Wind. Mala hatte die Brauen so stark zusammengezogen, dass sie beinahe einen durchgängigen Strich ergaben. Von beiden hatte sie eindeutig die maskulineren Brauen mit der stärkeren Aussagekraft.

»Du bist erwachsen«, erklärte sie dumpf, als wäre allein das schon Grund, mich aus dem Sandkasten-Kuchenbäcker-Club auszuschließen.

»Ja, schon. Aber Erwachsene spielen auch manchmal gern, weißt du? Und jeder liebt Kuchen. Sogar die Großen. Ihr habt doch vorhin auch etwas von dem großen Hochzeitskuchen gegessen, oder?« Ich hoffte, die beiden würden nicht näher auf Erwachsenenspiele eingehen, denn ihnen zu erklären, was ein Fetisch-Club war, hätte mich gar nicht gut vor deren Eltern dastehen lassen.

Mala rümpfte die Nase. »Das war eine Torte«, erklärte sie mir, als wäre ich ein Idiot, der nicht zwischen Birnen und Kokosnüssen unterscheiden könnte.

Pia trat näher und starrte mich aus nun geringerer Distanz an. »Musst du nicht tanzen gehen? Tante Vanessa hat gesagt, alle Erwachsenen müssen nachher tanzen und wir Kinder können spielen.«

»Aber nicht so weit weg«, warf Mala erklärend ein. »Sie hat gesagt, wir sollen im Garten bleiben.«

Ich schrumpfte innerlich ein bisschen zusammen. Diese Kinder waren wirklich spitzfindig. »Na ja, ich bin kein guter Tänzer. Und ich habe außerdem niemanden, der mit mir tanzt«, entgegnete ich und musste dabei nicht einmal so tun, als wäre ich traurig darüber.

Die beiden Mädchen machten gleichzeitig ein Geräusch, was man auch machen würde, wenn man einen tapsigen, verlorenen Hundewelpen sieht und eigentlich wollte ich solche Gespräche gar nicht mit den Knirpsen führen.

»Na gut. Dann darfst du mit uns Sandkuchen backen. Und dann schenkst du deinen einfach irgendjemandem, der auch keine Freunde hat.« Mala erklärte das großzügig und verbannte mich von der Idioten-Spalte offensichtlich in die Idioten-ohne-Freunde-Spalte und obwohl sie erst fünf Jahre alt war, schmerzte es mehr, als ich mir zugestehen wollte. Ich klappte den Mund auf, um zu protestieren, aber leider hatte sie irgendwie ja recht.

Ich *war* ein einsamer Idiot ohne nennenswerte Freunde. Zwar zählte ich Vanessa und Lena dazu, auch Christine und noch ein paar andere und Robin im Besonderen, aber eine richtig enge Beziehung hatte ich trotzdem nicht zu ihnen. Oder eher: nicht mehr. Nach der Schule war jeder seiner Wege gegangen, Robin war weggezogen, Vanessa ebenso, und Lena feierte die Nächte durch, überzeugt, irgendwo die große Liebe zu treffen. Christine hatte ein Studium begonnen und verbrachte ihre Zeit lieber zuhause, um zu kochen und Bilder von ihren Gerichten online zu posten.

Und ich lieferte Pizza aus.

Aber wenn ich ehrlich war, dann hatte ich auch nicht viel Zeit in die Pflege dieser Freundschaften investiert. Ich war eher der Typ, der darauf wartete, dass jemand anders den ersten Schritt tat, einfach, um dem fiesen Gefühl zu entgehen, wenn man dann doch abgewiesen wurde. Darum hatte ich auch meine kaum nennenswerten Beziehungen immer zuerst beendet, bevor meine Expartner es aus irgendwelchen Gründen tun konnten.

»Nicht traurigsein. Wir backen ganz tolle Sandkuchen und wenn du willst, darfst du Willy damit füttern!« Pia streichelte ungelenk mein Haar und versuchte erfolglos, die Locken zu bändigen. Am liebsten wäre ich in Tränen ausgebrochen, aber so lächelte ich tapfer und hoffte, es wäre keine allzu angsteinflößende Grimasse. »Wer ist denn Willy?«, wollte ich wissen, aber da fuhr Mala schon dazwischen.

»Wenn wir uns nicht beeilen, werden wir nicht fertig!«, fauchte sie, wobei sie energisch mit der Schaufel fuchtelte und mir nun echte Tränen in die Augen schossen, als einige Sandkörner genau dorthin trafen. Feldwebel Mala mit der gemeingefährlichen Schaufel hatte hier das Kommando und Pia hörte auf, meine Haare zu befummeln und hockte sich neben sie. Dabei warf sie mir einen Blick zu, der besagte: *Mach dir nichts draus. Die ist immer so.*

Widerwillig musste ich lächeln und begann, nach der strengen Anweisung von Mala ein Loch auszuheben, auf der Suche nach förmchentauglichem Sand mit einer gewissen Feuchtigkeit. Die Kleine wusste zumindest, wie der Hase lief, und ich konnte dabei die Urne im Auge behalten. Dass ich mit meinem Anzug in der Sandkiste kniete und mit bloßen Händen nach dem guten Zeug schaufelte, war einfach nur die Krönung dieses verrückten Tages. Zumindest dachte ich das.

»Schneller! Tiefer!« Mala hatte inzwischen eine erhöhte Position eingenommen und während ich mit hochrotem Gesicht und schwitzend Löcher gefühlt bis nach China buddelte, tanzte Pia neben mir auf der Stelle und krähte vor Vergnügen. Die Worte ihrer ein paar Minuten älterer Zwillingsschwester waren eigentlich meine. Nur in gänzlich anderen Situationen. Sand war inzwischen überall auf mir, kribbelte in meinem Nacken, meinem Haar, hatte sich in meine Schuhe gerieselt und beschwerte die aufgeschlagenen Ärmel, die ich mir bis zu den Ellbogen aufgerollt hatte. Mein Jackett lag irgendwo im Schmutz und bedeckte die arme Puppe wie ein Zelt. Gut, dass die Kleine das nicht Mitansehen musste. Sogar Puppen hatten ihre Schmerzgrenzen.

Ich schwitzte wie ein Tier und obwohl wir seit sicher einer Stunde schon dabei waren, Sandkuchen zu backen, war Fräulein Mala kein einziger gut genug gewesen. Wer immer dieser Willy war – sie wollte bei ihm Eindruck schinden. Und wie jede gute Heranwachsende fand sie jetzt schon grundlegende Taktiken des Erwachsenenlebens heraus: sie ließ andere die Arbeit machen, die sie eigentlich selbst tun sollte. Fressen oder Gefressenwerden im Tierreich konnte man mit Ackern – oder ackernlassen in der Menschenwelt übertragen. Und ich war gerade der Depp, der ackerte, während die beiden kleinen Rotzlöffel mich antrieben. Mittlerweile hatte ich ein passables Loch in den Sandkasten geschaufelt und langsam näherten wir uns der Stelle, an der ich schon Grundwasser oder versteckte Leichen zu finden befürchtete. Sand gab es hier gar nicht mehr, nur noch dunklere Erde, danach etwas, das Lehm ähneln konnte – und mittlerweile stand ich bis zur Hüfte drin. Ohne auch nur einmal die Griffel nach der Urne ausgestreckt haben zu können, die Mala hielt, wie einen makaberen Pokal.

»Schätzchen«, ächzte ich auf ihre antreibenden Worte hin, wobei mir salziger Schweiß in die Augen rann und ich mit hochrotem Kopf zu ihr aufstarrte, »wenn ich noch tiefer und schneller grabe, werde ich auf der anderen Seite der Welt herauskommen. Und schneller und tiefer ist nicht immer besser«, konnte ich mir zu sagen nicht verkneifen.

Sie musterte mich kritisch. Musterte dann den Sandhaufen, den ich ausgehoben hatte. Zuckte die Schultern. »Okay. Du darfst aufhören«, verkündete sie gnädig, begleitet von Pias fröhlichem Lachen. »Wir backen jetzt die Kuchen und du musst dich waschengehen, du bist schmutzig!«, befand sie mit einem Fingerzeig auf mich. Am liebsten hätte ich ihr die gelbe Schaufel näher vorgestellt – aber ich warf sie schlussendlich nur mit Blasen an der Hand aus dem Loch, ehe ich diesem entstieg wie ein übergewichtiger Maulwurf. Nur, dass ich weder übergewichtig noch ein Maulwurf war und ich mich bang fragte, ob ich das Loch lieber wieder zuschütten sollte, ehe noch jemand reinfiel. Andererseits: Näh.

»Hey.« Ich schnaufte schwer und meine Arme zitterten vor Anstrengung. Das Hemd klebte mir dreckig am Körper und ich hatte den Verdacht, dass ich genau so schlimm aussah, wie ich mich fühlte. Die beiden Mädchen hoben synchron die Köpfe, als ich sie ansprach, schon damit zugange, besonders schöne Sandkuchen aus dem feuchten Zeug zu backen, den ich so mühselig ausgehoben hatte, »Ich finde, ich habe eine kleine Belohnung verdient. Und ich finde, dafür sollte ich einen Pokal kriegen«, setzte ich sofort nach, wobei ich fordernd die Hand nach der Urne ausstreckte. Ich schwitzte so sehr wie lange nicht und nicht einmal der Schatten des Baumes, der all das mitangesehen haben musste, konnte mir Kühlung verschaffen. Die Sonne schien noch immer aus vollen Rohren, obwohl es langsam gen Nachmittag oder sogar Abend gehen musste. Ich hatte kein Zeitgefühl mehr, nachdem mich Mala nach China hatte graben lassen wollen und meine Hände taten weh.

Mala klappte den Mund auf, um zu widersprechen, aber dann nahm Pia ihr die Urne ab und grinste mir fröhlich und zahnlückig zu. Sie drückte mir das schmutzige Teil in die schwielige Hand. »Klar. Guck! Ich fand sie hübsch, aber sie ist schwer, also kannst du sie haben.«

Mala schnappte nach Luft, total empört. »Du kannst ihm nicht einfach meinen Glückstopf schenken!«, schrie sie, wobei sie eine kleine, lilane Muschelform einfach wegwarf. Sie landete in den Büschen am Rand. Ja, später würde sie sicher eine richtige Schulhofdiktatorin werden. Ich sah sie schon vor mir.

»Wir können ihn ja sowieso nicht behalten. Wir müssen die Sandkuchen tragen!« Pia war offenbar so geradlinig wie pragmatisch veranlagt und ihr egalisierendes Schulterzucken fand ich in dem Moment wahnsinnig cool. Mir war vor Erleichterung ebenso schwindelig wie von der körperlichen Tortur. Jetzt wusste ich wieder, wieso ich als Kind nie gern auf Spielplätzen gewesen war. Das hatte nicht nur damit zu tun, dass ich im Winter einmal mit Robin unterwegs war, um einen Abenteuerspielplatz zu besuchen auf dessen glatteisüberzogener Treppe ich ausrutschte und mir beide Handgelenke brach. Nein, es war eine Aversion gegen diese Orte im Allgemeinen. Oder vielleicht auch einfach, weil Robin immer eine gute Figur dabei machte, wenn er irgendwo herumtobte und ich sein unglückseliger Schatten aus kraftlosen Muskeln, der schon Seitenstechen kriegte, wenn wir nur schaukelten. Spielplätze waren Orte des Grauens. Man konnte ausrutschen, hinstürzen, umgeschubst werden, sich die Knie aufschürfen, den Sitz einer Schaukel ins Gesicht kriegen, wenn man nicht aufpasste, sich auf den heißen Metallrutschen im Sommer verbrennen – oder so statisch aufladen, dass man davon eine Igelfrisur bekam.

Es gab tückische Stolperfallen im Sandkasten und garantiert holte man sich immer irgendwo einen Splitter, wenn man auf ein Klettergerüst ging und dieses aus Holz bestand. Und im Sandkasten fand man meistens Katzenscheiße, die die Biester da verbuddelt hatten. Für mich persönlich waren Spielplätze immer richtige Schlachtfelder. Man kam blutend, oft heulend und auf jeden Fall immer schmutzig davon zurück.

Mala zog eine Schnute, willigte dann jedoch mit einem tiefen Seufzen und einem gepressten »Na gut!«, ein. Sie reichte mir widerstrebend die Urne.

Meine Hände zitterten und ich konnte die Blasen fühlen, die ich mir an der knallgelben Kinderschaufel geholt hatte. Die Urne fühlte sich unerwartet schwer an und allein der Gedanke, dass der arme Heggi vollgekotzt und mit Sandkastensand vermengt da drin war, trieb mir die Tränen in die Augen. Es tat mir unendlich leid.

»Also echt! Du musst ja nicht gleich heulen!«, motzte Mala mit hochgezogenen Brauen und Pia knibbelte betreten mit den Fingern an ihrem Kleidchen. Sie sah aus, als würde sie auch jeden Moment zu heulen beginnen. Schon aus Sympathie. Das war so niedlich, dass ich gleich noch etwas mehr blinzelte und angestrengt versuchte, die Kiefer zusammenzupressen.

»Chris!«

Der fassungslose Ruf meines Namens ließ mich zusammenfahren und mein Blick schoss an den Rand des kleinen Spielplatzes zu Vanessa, die mich entsetzt anstarrte. Jan stand neben ihr und schob sich nervös die Brille auf die Nase zurück, die ihm immer wieder hinabrutschte. Ihre Eltern standen schräg hinter ihr und ich sah Christine und ein paar von den anderen Gästen, deren Namen ich nicht kannte. Mir wurde abwechselnd heiß und kalt. »I-ich kann das erklären!« Die Worte verließen meinen Mund, ohne dass ich sie zurückhalten konnte und doch klangen sie weniger beschwichtigend als nach einem Tatgeständnis.

»Was treibst du da mit Heggi?!« Vanessa raffte ihre Röcke höher, um mit klappernden Absätzen näher zu treten. Ihr Gesicht war so weiß wie ihr Kleid und ich fühlte mich sofort auf mehrere Arten schmutzig. Lena tauchte hinter Jan auf, die Augen riesig in ihrem Gesicht. Ich konnte sehen, wie sie ein *Oh, Scheiße* mit den Lippen formte.

Die beiden Mädchen rückten sofort von mir ab und drängten sich ebenso ratlos wie neugierig zu den anderen Gästen. Plötzlich war ich für sie nicht mehr der hilfreiche Sandkuchengräber sondern eine Gestalt, der man nicht trauen konnte. Ich fühlte mich ebenso verraten wie verlassen und stand ganz allein im Sandkasten, Heggis Urne in meinen Händen, während mir vor Scham flau wurde. Am liebsten wäre ich einfach in das Loch gesprungen, das ich mir ja im wahrsten Sinne selbst geschaufelt hatte. Vanessa anzusehen brachte ich nicht fertig. Stattdessen fixierte ich eine blaue Muschel, die umgedreht im Sand lag. »Das war so alles nicht geplant«, stotterte ich tonlos. Mein Hirn war ein einziger Knoten aus rasenden Gedanken, Möglichkeiten und Schreckensszenarien. Sie würde mich umbringen. Nein – umbringen lassen! Bestimmt hatte Jan genug Geld für einen Auftragsmörder! Ich war nie wieder irgendwo sicher. Und außerdem flog ich garantiert sofort raus und musste zu Fuß nach Hause laufen. Vielleicht sollte ich lieber gleich auswandern. Ich zog den Kopf ein. Die Gäste im Hintergrund murmelten verwirrt durcheinander und ich bemühte mich, nicht hinzuhören. »Ich hab Mist gebaut«, brachte ich es auf den Punkt. »Ich habe die Torte ruiniert, weil ich im Suff Robin die Urne zugeworfen habe. Ich dachte, sie würde einen guten Football abgeben. Ich wusste nicht, dass sie aufgehen würde. Und, na ja«, fuhr ich eilig fort, als ich das fassungslose Ächzen der Gäste registrierte und Vanessas Schnappen nach Luft, das sich anhörte wie ein Asthmaanfall, »dann war Heggi überall und wir haben ihn aufgesaugt. Mit dem Staubsauger.« Ich wurde immer leiser und spürte, wie mir das Blut in den Kopf schoss. Ich brachte nicht über mich, ihr zu gestehen, dass ich auch noch auf ihren Lieblingskater gekotzt hatte.

»Und was wolltest du jetzt? Ihn im Sandkasten beerdigen, in einem Loch? Während die Mädchen zugucken?!« Vanessa brüllte, völlig außer sich und nur Jan war es zu verdanken, dass sie nicht auf mich losging. Er trat neben sie und legte einen Arm um sie. Tröstend, aber auch irgendwie um sie nötigenfalls festhalten zu können.

Die beiden Mädchen starrten mich vorwurfsvoll an und ich klappte den Mund auf und zu, weil ich nicht wusste, was ich sagen sollte. Ich wollte sagen, dass es nicht so war. Dass ich die Urne hatte zurückbringen wollen, in der Hoffnung, sie hätte nichts gemerkt. Aber das kam mir falsch vor, auch wenn es die Wahrheit war.

»Chris, verdammt noch mal! Was stimmt eigentlich nicht mit dir?!« Vanessa schrie und ihr Gesicht war so rot wie meines, nur aus völlig anderen Emotionen heraus. Am liebsten wäre ich einfach im Boden versunken.

»Es tut mir leid…« Meine Worte gingen im empörten Stimmgewirr der anderen unter und sogar Christine starrte mich an wie ein Monster. Ich fühlte mich elend und wusste nicht, was ich tun sollte. »Ich wollte alles wieder gutmachen!«, beteuerte ich erstickt. Diesmal konnte ich die Tränen nicht zurückhalten. Ich hob die Urne mit zitternden Fingern Vanessa entgegen, die bebend am Rand der Sandkiste stand und mich anstarrte, als überlegte sie, auf welche Art sie mich umlegen sollte.

Jan schob sich die Brille höher auf die Nase und räusperte sich. »Also«, begann er gedämpft und überraschend ruhig, »eigentlich ist das gar nicht Heggi da drin.«

Synchron flogen alle Blicke zu Jan, der sich sichtlich unwohl bei dieser Verkündung fühlte, und Vanessa und ich starrten ihn gleichermaßen perplex an. Mich jedoch ignorierte er und suchte stattdessen nervös den Blick seiner frisch angetrauten Ehefrau, wie ein Welpe, der weiß, dass er nicht hätte auf den Teppich pinkeln sollen aber nicht anders konnte.

»Was?!« Die Frage entkam uns gleichzeitig und obwohl Vanessa mir einen tödlichen Blick zuwarf, konnte ich nicht anders und musterte Jan, als würde ich ihn das erste Mal sehen.

Er wirkte zerknirscht. Fahrig. Und extrem nervös. Das konnte ich an den hektischen roten Flecken ablesen, die sein Gesicht zu bedecken begannen. Das war eine der ersten Dinge, die Vanessa mir damals von ihm erzählt hatte – und eines der ersten Dinge, weswegen sie sich in ihn verliebt hatte.

Offenbar war ihm die Situation gerade allerdings sehr unangenehm und er wirkte so fluchtbereit, wie ich selbst. Kurz spielte mein querer Kopf eine Szenerie durch, in der ich aus dem Sandkasten und dem elendigen Loch sprang, seine Hand schnappte und mit ihm zusammen vor Vanessas Zorn floh. Nur leider würde auch diese Möglichkeit ziemlich schnell dank meiner mangelnden Ausdauer enden und außerdem war Jan leider nicht schwul. Er zitterte jetzt und leckte sich fahrig die Lippen, wobei er Vanessa fixierte. Er hatte definitiv Angst, das war nicht zu übersehen. Dennoch nahm er Vanessas Hände in seine und zum ersten Mal sah ich die Ringe.

Scheiße. Die beiden kamen noch ins Guinnessbuch der Rekorde für die kürzeste Ehe aller Zeiten.

Nicht einmal Mala muckste sich und auch Pia wirkte gebannt von dem, was nun folgen würde.

»Du weißt ja, mein Schatz«, begann er dann gedämpft und mit einem leisen Zittern in der Stimme, »dass ich damals Heggi gefunden habe. Er war wochenlang verschwunden gewesen und es war dann schließlich im Hochsommer, als ...-«

Vanessa schluckte und bemühte sich sichtlich, Geduld mit ihrem Ehemann aufzubringen, der auf einmal recht kleinlaut war. »Ja, ich weiß. Und?«, verlangte sie, zu wissen.

Jan schob sich nervös die Brille erneut auf die Nase. Sogar die Sehhilfe wollte abhauen, denn mittlerweile war Vanessa sehr ruhig. Immer ein schlechtes Zeichen.

»Na ja, die Sache ist die, ich habe dir damals Heggi nicht zeigen wollen, der im Karton mit meinen alten Klamotten lag, weil ich sagte, ich will dich vor dem Anblick schützen, nachdem ich ihn vom Dachboden geholt hatte ...« Jan klang eindeutig weinerlich und trat unruhig auf der Stelle, als müsse er dringend aufs Klo. Ich hielt den Atem an, noch immer die Urne umklammert und bis zur Hüfte im Loch im Sandkasten.

Mittlerweile starrten die anderen Gäste ebenso unruhig zu der Szenerie auf dem Spielplatz und kurz zog ich in Erwägung, mich unauffällig zu verpissen. Aber Pia hatte mich im Blick und winkte seltsam fröhlich und so blieb mir nichts, als ihr mit verkniffenem Lächeln zurückzuwinken. Mist.

Vanessa wirkte wie versteinert. Sie schwieg, doch ihre Blicke durchbohrten Jan regelrecht, der sich verhaspelte.

»Ja, na ja, also jedenfalls hatte ich meine Brille an dem Morgen nicht auf, weil sich mein Bruder nach dem Frühstück draufgesetzt hatte. Du weißt ja, sie waren zu Besuch und Mama hatte diesen Karottenkuchen gebacken, den ich so mag, und-«

»KOMM ZUM PUNKT!« Vanessa zerquetschte Jan fast die Finger und ihre Stimme überschlug sich. Ich selbst erschrak so sehr, dass ich fast die Urne fallen ließ und konnte mit Jan mitfühlen, der immer kleiner zu werden schien.

»Ich packte den Karton ins Auto und fuhr zum nächsten Tierbestatter, damit du nicht unter dem Anblick leiden musst. Ich hatte auf dem Weg fast einen Unfall, weil ich die Dame mit dem Pudel an der Leine übersehen habe«, versuchte Jan offenbar Vanessas weichen Punkt für ihn zu treffen. Es klang flehentlich. »Jedenfalls musste ich dann zum Optiker und mir eine neue Brille holen.«

Vanessa schnaufte und ein Muskel unter ihrem Auge zuckte.

»Es war ein Marder!«, platzte es aus Jan heraus, der aussah, als wollte er zu mir ins Loch springen und sich bis nach China durchbuddeln, um ihrer Rache zu entgehen.

Mein Atem stockte und ich hörte gleichsam das kollektive nach Luft schnappen der Gäste, die mindestens so verdattert waren, wie ich. In meinem Kopf versuchte ich, dieses abstruse Szenario abzuspielen. Hochsommer. Jan, der ohne Brille versuchte herauszufinden, wo der Gestank herkam. Der auf dem Dachboden herumkroch und schließlich den vermeintlichen Heggi fand. Jan, der Vanessa vor dem Schock zu bewahren versuchte und der – nahezu blind wie ein sprichwörtlicher Maulwurf – versuchte dem verblichenen Lieblingskater ein würdiges Begräbnis zu ermöglichen. Und der dann herausfinden musste, dass er einen Marder einäschern hatte lassen.

Nein, in seiner Haut wollte ich definitiv nicht stecken.

Die Stille war so intensiv, dass ich das Gefühl hatte, sogar die feinen Sandkörnchen hören zu können, die vom Rand des Loches in dieses rieselten. Irgendwo sang eine Amsel ein unpassend fröhliches Lied.

Vanessa starrte ihren Ehemann an, der sich auch der Blicke der anderen gewiss sein konnte.

»Was ist ein Marder?«, wollte Mala gedämpft an Pia gerichtet wissen. Sie schien skeptisch dem ganzen Gesprächsverlauf zu folgen.

»Keine Ahnung«, gab Pia zurück. »Aber Vanessa sieht nicht aus, als würde sie Marder gut finden.«

Mala nickte zustimmend. »Ich glaube, sie ist jetzt sauer auf Jan«, stellte sie einwandfrei sherlockholmesmäßig fest.

Das Kind würde es im Leben weit bringen.

»Ich habe also«, setzte Vanessa mit tödlicher Ruhe an, »die ganze Zeit um irgendeinen verrotteten Marder getrauert und für ihn jeden Abend eine Kerze angezündet?«, wollte sie von Jan wissen, der trocken schluckte.

»Ja, also, ich würde eher sagen, du hast einem sehr armen Tier eine, äh, sehr gnadenvolle Geste zuteilwerden lassen, Schatz!«

Zustimmendes Gemurmel von Vanessas Vater, was einen scharfen Blick samt einem gezischten Kommentar von Vanessas Mutter provozierte. Offenkundig war sie nicht Jans Meinung und so, wie sie ihn danach vernichtend anstarrte, war er auf ihrer Beliebtheitsskala wohl in den Keller eingezogen.

»Ich habe für einen Marder eine sauteure Urne ausgesucht und dir deine blöden Kommentare abgekauft?!«, wollte sie erheblich lauter werdend wissen. »Du wusstest die ganze Zeit, dass Heggi gar nicht tot ist, und hast zugesehen, wie ich mir die Augen aus dem Kopf geheult habe?! Wir haben gemeinsam die *Vermisst!* – *Plakate* aufgehängt, verdammt noch mal! Du hast mir erzählt, wie gut er es im Himmel jetzt hat und dass er bestimmt mit deinem toten Meerschweinchenkumpel aus Kindertagen Fangen spielt!!«

Jan hob abwehrend eine Hand. »Aber er war ja weg! Wer weiß schon, wo der abgeblieben ist, er war ja *quasi* tot!«, verteidigte er sich kraftlos. »Ich habe das doch nur aus Liebe getan!«, setzte er mit feuchten Augen nach. »Und auf Mecki rumzureiten ist wirklich nicht fair, ich wollte doch nur, dass du dich besser fühlst und nicht mehr traurig bist!«

Vanessa knurrte etwas, das ich nicht verstand, aber hätte sie noch ihren Brautstrauß in der Hand gehabt, hätte sie ihn damit bestimmt verprügelt bis die Blüten flogen. Ich begriff langsam, woher der Name *Rosenkrieg* stammte.

»Was ist denn hier los?«

Eine nur allzu vertraute Stimme erklang mit ebenso vertrauter Irritation darin und meine Knie wurden auf einen Schlag weich, als ich den Blick suchend über die Anwesenden schickte. Mein Magen machte einen kleinen, flirrenden Satz und ich spürte meine Hände feucht werden. Robin schob sich zwischen Vanessas Eltern hindurch, die leise zu streiten begonnen hatten. Es ging wohl um das männliche und weibliche Handeln in einer solchen Situation und um irgendwelche Planeten und dass Vanessas Mutter der Meinung war, ihr Ehemann käme aus einer völlig anderen Galaxie. Und nebenher echauffierte sie sich wohl über den Namen des verblichenen Meerschweinchens.

Robin starrte zuerst das Brautpaar fragend an, ehe er mich ausmachte. Er trug noch die gleichen Sachen wie vorhin und stach in seinen Jeans und dem T-Shirt eindeutig hervor zwischen all den schicken Anzügen und den farbenfrohen Kleidern. Mein Herz flog ihm regelrecht zu, so schnell begann es zu schlagen und ich wünschte mir in diesem Moment, ich würde nicht in einem selbstgebuddelten Loch in einem Sandkasten stecken, umgeben von quietschbunten Förmchen und Schaufeln und mit einer Urne in den Händen. Und vor allem nicht in einem dreckigen Anzug aus der Kinderabteilung.

»Mein *Ehemann* hat mich monatelang angelogen und Du und *Du*«, fauchte Vanessa giftig, wobei sie abwechselnd auf Jan, mich und Robin zeigte, »ihr habt meine Hochzeit ruiniert! Was für eine Scheiße läuft hier eigentlich, hm?!«, schrie sie, als sie sich von Jan losriss und zwei Schritte zur Seite stolperte. Ich fürchtete, sie würde fallen und sich in den vielen Lagen ihres Kleides verfangen, doch sie hielt sich bewundernswerterweise aufrecht, gerettet durch einen Ausfallschritt. »Nein!«, fauchte sie biestig, als Jan ihr eine Hand reichen wollte. »Du hast mich angelogen wegen Heggi! Das verzeihe ich dir niemals!«, verkündete sie inbrünstig. Eindeutig war sie stocksauer und tatsächlich pflichteten ihr ein paar Gäste bei, die abschätzig mit den Zungen schnalzten oder Jan böse Blicke zuwarfen.

Robin schürzte die Lippen und verschränkte die Arme vor der breiten Brust und einmal mehr konnte ich nichts als Bewunderung für ihn empfinden.

Und Zuneigung.

Robin schüttelte den Kopf und erklärte ruhig: »Ich war nicht ganz unschuldig daran, dass die ganze Sache so eskaliert ist. Ich und Chris haben Mist gebaut, das stimmt. Aber er und ich haben auch eine Menge getan, um das wieder gutzumachen.« Er ließ nicht zu, dass Vanessa ihm ins Wort fiel, denn er drehte sich wortlos um, um jemandem etwas aus der Hand zu nehmen, den ich nicht sehen konnte. Er wechselte leise Worte und ich streckte mich unwillkürlich, um zu sehen können, was vor sich ging. Jedoch erfolglos.

Vanessa wurde bleich und Jan blinzelte hektisch, als er erkannte, was Robin in den Händen hielt, der sich langsam wieder umdrehte. Jan schob sich fahrig die Brille wieder auf der Nase zurecht, um besser sehen zu können. Aus dem vergitterten Weidenkorb in Robins Händen erklang ein überaus ungnädiges, heiseres Miauen.

»Heggi!« Vanessas Ausruf war durchtränkt von verschiedensten Emotionen; Unglauben. Staunen. Erleichterung. Furcht. Ich fühlte mir ihr und konnte mir kaum vorstellen, wie das für sie sein musste, ihren totgeglaubten Liebling wiederzusehen. Noch wichtiger aber war die Frage, wo Robin den Kater plötzlich her hatte.

Für Vanessa aber erst mal wohl unwichtig, die ihr Kleid raffte, um auf Robin zuzustürzen, während ich wie erstarrt in dem Loch ausharrte. Mein Blick flog zu der Urne in meinen Händen und obwohl ich wusste, dass ihr Inhalt nun vermutlich bedeutungslos war, konnte ich sie nicht einfach wegstellen. Ich hatte so hart um sie gekämpft und außerdem gab sie mir irgendwie Halt, so dämlich sich das auch anhörte. Ich stand einfach da wie bestellt und nicht abgeholt, unschlüssig, was ich nun tun sollte.

Robin reichte Vanessa den Weidenkorb und grinste sie offen an. »Nachdem ich verhaftet wurde, habe ich ein paar sehr nette Polizisten getroffen und die Oma von David hat vor einigen Monaten einen Kater bei sich aufgenommen. Ein Foto von dem Kerlchen hängt in der Polizeiwache«, erklärte er dann, wobei besagte Dame an seine Seite trat. Eine alte Dame mit weißen Locken und in einem schicken, pinken Kleid mit Blumenmuster. Und an der Leine, die sie hielt, war der Wollmops gerade damit zugange, seinen Arsch über den Rasen zu schrubben. Offensichtlich hatte er einen höchst hartnäckigen Juckreiz.

Mir klappte die Kinnlade herunter und ich ächzte fassungslos. Die alte Dame kam mir mehr als bekannt vor. Sie war es, die Robin an der Ampel übersehen hatte. Vermutlich an der gleichen, an der auch Jan beinahe über sie drüber gekachelt wäre. Und die ebenso gleiche, die uns verpfiffen und ihren Rentner-Club auf uns gehetzt hatte. Die gleiche alte Dame mit dem Wollmops, die überhaupt erst dafür gesorgt hatte, dass Robin im Knast landete – oder zumindest beinahe – hatte also Heggi die ganze Zeit durchgefüttert? Und fast noch schlimmer: Sie war auch noch die Großmutter eines hiesigen Polizisten?

»So ist es. Der Kater saß eines Tages einfach in meinem Wäschekorb im Wohnzimmer und ließ sich von Willy die Ohren lecken.«

Pia und Mala warfen sich eindeutige Blicke zu, die dann zu dem Wollmops wechselten. Er war also der ominöse Willy. Ich hoffte, sie würden nicht wirklich versuchen, ihn mit den Sandkuchen zu füttern.

»Ich finde Katzen eigentlich ziemlich scheußlich, aber was will man machen? Manchmal bestimmt das Schicksal eben, wen man trifft und mein lieber Willy ist ganz vernarrt in den hinterlistigen Bastard.« Kurz warf sie einen naserümpfenden Blick zu Robin, ehe sie missmutig die Schultern zuckte. »Hat alle Singvögel in meinem Garten abgemurkst und den Postboten traumatisiert. Wer rechnet auch schon damit, dass er dem guten Mann an die Wäsche geht und auf seine Weichteile zielt? So was tut mein Willy jedenfalls nicht.« Sie beugte sich mit einem strahlenden Lächeln zu dem Hund, der definitiv ein Problem zu haben schien, denn er hechelte verzweifelt, während er über den Rasen rutschte. »Nicht? Du bist ein guter Junge, ja das bist du!«

Vanessa schluchzte und holte den Kater aus seinem Käfig, der wild mit dem buschigen Schweif um sich schlug. Er schien nicht super glücklich darüber, wieder zuhause zu sein, aber sie war es dafür definitiv. Vanessa säuselte kleine Zärtlichkeiten in die pelzigen Ohren, während sie das Fellbündel auf ihren Armen wiegte wie ein Baby. Irgendjemand zückte sein

Smartphone, um Bilder zu machen, während vorrangig die weiblichen Gäste, die das beobachteten, feuchte Augen kriegten.

Es war eindeutig Heggi. Ich erkannte sein zauseliges Katergesicht mit den buschigen Augenbrauen, den vielen Haaren, die ihm büschelweise aus den Ohren wuchsen und dieser Sturmfrisur, die jedem verrückten Professor alle Ehre gemacht hätte. Er sah immer aus, als hätte man ihn mitten in der Nacht aus dem Bett geworfen.

»Oh, Jan! Sieh nur!« Vanessa strahlte, während ihre Tränen helle Spuren durch das Make-Up auf ihren Wangen zogen und das Brautkleid befleckten. »Heggi ist wieder da!« Ihr Gedächtnis war wie ausgelöscht und dass sie eben noch am liebsten alle Anwesenden umgebracht hätte, schien wie weggefegt. Stattdessen warf sie Jan intensive Blicke zu, so glücklich, als hielte sie ihr Erstgeborenes in den Armen.

Jan lächelte sehr schräg. Um nicht zu sagen: Er zog eine Grimasse und wandt sich echt komisch an ihrer Seite, als er den Arm um sie legte und seine Lippen einen Kuss auf ihre Schläfe drückten. »W-wunderbar, mein Liebling! Siehst du? Ich wusste ja, dass dein Katerchen irgendwo wohlbehalten – also wenn du nichts dagegen hast«, ächzte er gepresst, »würde ich kurz mal-«, weiter kam er gar nicht. Halb war er krumm nach vorn gebeugt und gleichzeitig schräg zur Seite, als hätte er Spinnen in der Unterhose, die ihn kitzeln würden. Es sah ein bisschen so aus, als wären sich Ober-und Unterkörper nicht ganz einig, wohin mit sich. Zuerst dachte ich, dass der Hund knurren würde, als ich das Grollen hörte, der mittlerweile an den Rosen schnüffelte, die am Rand gepflanzt waren und dann sein Bein hob, aber es schien von Jan zu kommen. Dieser tätschelte der verwirrten Vanessa nur eilig die Schulter, ehe er etwas von einer Toilette murmelte und davon sprintete, wobei er nicht auf Wege oder andere Gäste achtete. Er nahm einfach den kürzesten Weg, durch die Rosenbeete, durch die er regelrecht hindurch schoss. Sein makelloser schwarzer Anzug blieb an den Dornen hier und da hängen und der Stoff machte scharfe, reißende Geräusche, die mich das Gesicht verziehen ließen. Seine Braut starrte ihm verständnislos hinterher, die Katze auf dem Arm, die nicht so recht dortbleiben wollte und missgelaunt zu schreien begann.

Robin und ich hatten Timo keine weiteren Details für die Torte genannt. Ich hatte so neben mir gestanden, dass ich einfach jede Torte genommen hätte, die er mir anbot, und ich dachte nur daran, dass sie mehrere Stockwerke haben und nach Hochzeitstorte aussehen musste. Also mit irgendwelchen Schnörkeln, Blumen und Sahnegirlanden bestückt oder mit einem Pärchen auf der obersten Schicht, das dem Brautpaar höchstens minimal ähnlich sah.

Ich war vor allem auf die Äußerlichkeiten bedacht – wie in so vielen Bereichen meines Lebens und eine latente Gänsehaut kroch mir vorahnungsmäßig über den Nacken.

In mir keimte ein schlimmer Verdacht.

Vanessa musste wohl das Gleiche denken, und sie sprach es aus, während ich versuchte, das nervöse Flirren in meinem eigenen Magen zu ignorieren.

»Als du eine neue Torte besorgt hast«, begann sie, wobei ihre Stimme einen seltsamen Beiklang hatte, der Robin die Brauen zusammenziehen ließ, »hast du da dieses kleine Details namens Laktoseintoleranz bedacht?«

Meine Mundwinkel huschten zu einem verlegenen Grinsen hoch und ich biss mir sofort auf die Lippen dafür. Das war jetzt nicht der richtige Zeitpunkt, aber irgendwie passte das alles zu diesem verrückten Tag.

Robin starrte mich strafend an, gefolgt von Vanessas leicht süffisantem Blick und meine Wangen nahmen eine dunkelrote Farbe an. Die Hitze stieg in meinen ganzen Kopf.

Man hörte irgendwo aus dem Haus einen erstickten Schrei, der Erleichterung verkündete, und ich presste die Lippen zusammen und zog den Kopf etwas ein, bemüht, so beschämt auszusehen, wie ich mich fühlen sollte.

»Ähm«, begann ich mit einem zittrigen Lächeln, »alles Gute zum Hochzeitstag?«

Der Wollmops bellte leise. Es klang wie eine verspätete Zustimmung.

»Hat jemand Vincent gesehen?« Lena schien mittlerweile verzweifelt zu sein, während sie sich durch die tanzenden Hochzeitsgäste arbeitete. Eine Haarsträhne hatte sich aus ihrer eleganten Hochsteckfrisur gelöst und eine zarte Röte lag auf ihren Wangen, die nicht nur von der Aufregung und dem Rouge kommen konnte, das sie aufgetragen hatte.

Eindeutig hatte sie schon den einen oder anderen Cocktail intus.

Robin warf mir einen schiefen Blick zu, den ich mit ähnlich roten Wangen erwiderte. Wir hockten auf der Mauer, die das Grundstück einfasste und die niedrig genug war, um darauf zu klettern. Auch wenn Jans Vater das gar nicht gern gesehen hatte, aber der war beschäftigt genug damit, Vanessas Eltern zu beschäftigen. Gerade führte er seine Tanzmoves aus den Siebzigern auf dem Parkett vor. Eine Mischung aus coolem Roboter, einem gealterten Travolta und einem Gichtanfall. Zumindest Vanessas Mutter schien beeindruckt davon zu sein.

Ich leckte mir die Lippen und überlegte, wie ich ihr beibringen sollte, dass Vincent vor Stunden abgeschleppt worden war – von Timo. Der hatte nun wirklich nichts anbrennen lassen und seine Hochzeitstorte war bei allen Gästen super angekommen, was sein Ego natürlich gepusht hatte.

Natürlich ausgenommen Jan, der vermutlich noch eine Weile die Folgen der reichlichen Sahnecreme zu spüren hatte, auch wenn Vanessa ihm seine Tabletten durch den Türspalt der Toilette geschoben hatte. Ihm hatte die Torte besonders geschmeckt und das verhängnisvolle zweite Stück hatte offenbar eine durchschlagende Wirkung.

»Ich habe ihn seit Stunden nicht mehr gesehen«, erklärte ich schonend und warf ihr ein entschuldigendes Lächeln zu. Das Glas in meinen Händen war halb leer und mein Teller mit Kuchen, den Robin mir geholt hatte, ebenso. Ich hatte nicht viel Appetit, obwohl ich den ganzen Tag nichts Nennenswertes gegessen hatte.

Robin zuckte die Schultern, deutete dann jedoch auf eine Person hinter Lena, die in der Abenddämmerung näher kam. Mittlerweile hatte der Himmel einen aquarellmäßigen Farbverlauf hingelegt; von Orange zu Pink und Violett, wo die Nacht sich bereit machte, den Platz des Tages einzunehmen. Ich sagte nichts, sondern beobachtete nur schweigend David, der näher trat. Er trug seine Uniform und meine Mundwinkel zuckten hoch, als er sich räusperte. So, wie er die Hände in die Hüften stemmte und den strengen Blick aufsetzte, wirkte er noch um Längen cooler.

»Ich fürchte, Sie müssen mit mir kommen, Lady. Es ist gegen das Gesetz, auf einer Hochzeit Trübsal zu blasen und nicht zu tanzen.«

Robin neben mir grinste und ich bemerkte den kurzen Blicktausch, den er mit David hatte und wie dieser ihm zuzwinkerte. Bislang waren wir noch nicht dazu gekommen, zu reden, und allein diese kleine Geste der Vertrautheit versetzte mir einen blödsinnigen, eifersüchtigen Stich.

Lena furchte die Stirn und drehte sich zu David um, ein wenig taumelnd dabei, was nur einmal mehr verriet, dass sie nicht mehr nüchtern war. Ich konnte es ihr nicht verübeln, nach allem, was sie heute durchgemacht hatte. Einige Meter entfernt tanzten die Hochzeitsgäste ausgelassen unter einem entstehenden Sternenhimmel im Garten. Gelächter und das Stimmgewirr der vielen Menschen wehte zu uns herüber, getragen von der Musik, die offensichtlich Vanessa ausgesucht hatte. Ich wusste, dass sie irgendwo dort mit Jan sein musste, der sich diesen Moment nicht nehmen lassen wollte. Die vielen Lichterketten in den Bäumen, die Windlichter auf den Tischen und die ganzen Solarfackeln, die die Wege beleuchteten zauberten die Illusion eines eigenen Sternenhimmels als Spiegelbild in den weitläufigen Garten und für einen Augenblick verspürte ich den Anflug von Neid, auch wenn ich mich sofort dafür schämte.

Lena starrte den uniformierten David einen Moment perplex an, ehe sie sich mit einem erfreuten Gurren gegen ihn sinken ließ, die Finger an seiner Brust. »Uh, ich wusste gar nicht, dass Vanessa einen Stripper bestellt hat!«, flötete sie irregeleitet und Robin und ich klappten die Münder auf, um klarzustellen, dass David tatsächlich ein echter Polizist war.

Der jedoch grinste nur schräg und zwinkerte uns zu. »Genaugenommen hat sie mich nicht einmal eingeladen«, verriet David der betrunkenen Lena raunend, die ihn jedoch schlicht an den Händen griff, noch ehe er mehr sagen konnte, und begann, ihn in Richtung Tanzfläche zu zerren. Er schickte uns einen etwas überforderten Blick und schien nicht damit gerechnet zu haben, dass Lena nun den Spieß umdrehen würde. Eigentlich hatte *er* ja *sie* abschleppen wollen. Das wusste ich von Robin.

Dieser grinste nur und hob eine Hand, um zu winken. »Viel Spaß!«, wünschte er David und Lena gleichermaßen. Ersterer stolperte hinter der angetrunkenen aber wild entschlossenen Brautjungfer her.

»Auf geht's, Mister heißer Stripper-Polizist! Ich will tanzen!« Ihr Lachen klang sorglos und ohne es zu wollen, musste ich selbst lachen.

»Bewundernswert, wie schnell sie über Vincent hinweg ist«, kommentierte ich trocken.

Robin gab ein zustimmendes Geräusch von sich. Wir saßen eng nebeneinander auf der niedrigen Mauer. So dicht, dass ich die Wärme seines Körpers spüren konnte und sein Bein meines berührte. Er hatte mir aus dem Sandkasten geholfen. Er hatte Heggi zurück zu Vanessa gebracht. Eigentlich war er der Held des Tages und ich fand kaum den Mut, um ihm die Worte zu sagen, die wie Steine auf meinem Herzen lagen. Ich suchte verzweifelt einen Anfang, der nicht abgedroschen oder lächerlich war, und wälzte in meinem Kopf die Möglichkeiten und versuchte abzuschätzen, wie er auf jede einzelne davon reagieren würde.

»Lass uns ein bisschen spazieren gehen.« Robins Wärme entglitt mir, als er von der Mauer sprang und ich kippte hastig den Rest meines Wodka-Orangen-Drinks herunter, ehe ich das Glas neben den Teller auf der Mauer stellte. Schlagartig war mir schwindelig und mir war bewusst, dass es jetzt ernst wurde. Meine Hände wurden feucht.

Robin schrägte den Kopf, als er zu mir aufblickte. Es war nur ein kleiner Sprung, nichts Wildes – und dennoch streckte er die Arme nach mir aus, einen zögernden Ausdruck auf den Zügen. Er war unsicher.

So wie ich.

Die Erkenntnis schickte einen kleinen Impuls durch meine Brust und ließ mich die Hände nach ihm ausstrecken. Seine waren warm und rau von der Arbeit, dabei so kräftig und zuverlässig, als sie sich an meine Hüften legten. Mir wurde abwechselnd heiß und kalt und auf einen Schlag war mein Mund staubtrocken, als hätte ich den ganzen Tag noch keinen Tropfen getrunken. Meine Knie wurden weich wie Wackelpudding und ich spürte den festen Muskeln an seinen Schultern nach, als ich die Hände auf sie legte. Er trug noch immer nur Jeans und T-Shirt und ich den bescheuerten Anzug aus der Kinderabteilung. Für einen kleinen Moment schwebte ich in seinen Armen, losgelöst von der Mauer, ohne festen Boden unter den Füßen, und wir sahen uns einfach nur an.

Der Moment ging vorbei, als meine Schuhsohlen wieder den sorgfältig gestutzten und gedüngten Rasen berührten und ich die Hände nach vorn über Robins Brust gleiten ließ. Er hatte eine kleine Macke am rechten Auge, die ich noch nie vorher gesehen hatte. Und er hatte seine Hände noch an meinen Hüften. Sie fühlten sich gut an. So, als würden sie dort hingehören und ich schob meine Finger zögernd über seine Brust, ehe ich mir die Lippen leckte und wagte, ihn anzusehen.

»Mir tut das ganze Chaos leid.«

Ich hatte eigentlich etwas anderes sagen wollen, aber die Worte kamen über meine Lippen, ohne dass ich sie ändern konnte. Robin betrachtete mich nur schweigend und ich leckte mir die zitternden Lippen. »Nicht nur heute. Nicht nur dieser ganze verrückte Tag«, erklärte ich hastig, ehe ich fürchtete, der Mut würde mich verlassen und ich schon wieder nicht sagen, was ich sagen musste. In meiner Brust schlug mein Herz wie aus außer Kontrolle geratener Schmiedehammer. »Einfach alles. Damals, vor allem. Ich habe dir nie gesagt, wie furchtbar leid mir das tat. Nicht nur unser Streit und mein bescheuertes Verhalten.« Meine Stimme begann zu zittern, ohne dass ich es kontrollieren konnte, und meine Wangen wurden heiß, als mir Tränen in die Augen schossen. Ich senkte den Blick auf Robins Brust, als würde ich direkt mit diesem für mich so kostbaren Teil seines Seins reden. »Ich habe mich wie ein Vollidiot benommen und unsere Freundschaft einfach weggeworfen, als ob sie mir nichts bedeutet hätte«, presste ich hervor, ohne wirklich noch etwas zu sehen. Robin stand einfach nur da und hörte schweigend zu, rührte sich nicht, was es gleichzeitig schlimmer und besser machte. Ich leckte mir die trockenen Lippen und sprach schnell weiter, aus Angst, er könnte etwas sagen, das mich bremsen würde, ehe die Worte heraus waren, die er wissen musste. Oder dass ich mich selbst anhalten könnte. »Dabei hat sie mir einfach alles bedeutet. *Du* hast mir einfach alles bedeutet«, flüsterte ich erstickt. »Ich war so eifersüchtig auf die anderen aus deiner Klasse, als ich zurückblieb und ohne dich auskommen musste, weil sie Zeit mit dir verbringen und dich lachen sehen konnten. Und ich nicht.«

Die Scham über meine Gefühle brannte heiß in meiner Brust, und dennoch war es die Wahrheit. Ihn glücklich zu sehen, mit anderen, hatte mich verrückt gemacht. Auch wenn ich wusste, dass sie ihn nicht so gut kannten wie ich. Es war, als hätte man mir etwas sehr Wichtiges weggenommen und es tat einfach irre weh.

»Ich fühlte mich allein. Als wäre ich plötzlich nicht mehr gut genug für dich, und dann warst du auf einmal mit einem Mädchen zusammen.« Meine Tränen ließen sich nicht aufhalten. Sie rannen über meine Wangen wie unaufhaltbare kleine Bäche aus Schmerz und tropften über mein Kinn in Richtung des Rasens. »Ich habe«, erklärte ich stockend und mich belegter Stimme, »dich so sehr vermisst! Und du hast einfach weitergemacht, als hätte es unsere Freundschaft gar nicht gegeben.«

Ich wollte nicht, dass es wie eine Anklage klang, aber genau das tat es und es tat mir gleich noch mehr leid, dass ich so ein unfähiger Vollidiot war und heulte noch etwas mehr. Meine Unterlippe zitterte und ich biss darauf, um sie unter Kontrolle zu bringen. »Es tut mir einfach alles so leid, Robin. Ich habe mich nie dafür entschuldigt, all die Jahre nicht, obwohl ich es hätte schon lange tun müssen.« Meine Brust tat weh und ich zog geräuschvoll die Nase hoch, als ich eine Hand von Robins Brust löste, um mir damit durch das Gesicht zu wischen. Ich hatte gleichzeitig Angst, ihn ganz loszulassen. So als könnte unser Körperkontakt ihn davon abhalten, in sein Auto zu springen und wegzufahren. »Als ich dich hier wiedergesehen habe, war das alles wieder da.« Ich ließ den Kopf hängen und versuchte, irgendwo unter dem Anzug aus billigem Stoff meine Restwürde zu finden. Aber sie war entweder nicht da, oder hatte sich gut versteckt. »Die sagen immer, die Zeit heilt alle Wunden«, schloss ich meinen Monolog zitternd, unsicher, wie Robin das alles auffassen würde, »aber das ist gelogen.«

Eine ganze Weile war nur das Stimmgewirr und das Lachen zu hören, das von der Tanzfläche herüberschallte und von der Musik getragen wurde wie Treibgut von den Wellen auf dem offenen Meer. Es kam mir surreal vor, hier am Rande des Geschehens zu stehen und mein Herz auszuschütten, während keine zwanzig Meter von uns Trinkspiele gespielt wurden und ein paar betrunkene Gäste *Twister* mit Kleidungsstücken spielten.

Robin sah mich an, als ich prüfend den Blick hob und ich spürte, wie mein Herz einen kleinen Hüpfer tat, als wäre es davon überrascht. Er wirkte ernst, aber nicht wütend und ich senkte den Blick ertappt und starrte zur Seite. Vielleicht war es ein Fehler gewesen, ihm das zu sagen. Aber ich war noch nicht fertig und fürchtete mich vor dem ganzen Rest, der noch rausmusste.

»Du bist nicht der Einzige, der Dinge bereut, die er getan oder nicht getan hat«, entgegnete Robin nach endlos wirkenden Momenten der Stille. Seine Hände lösten sich von meinen Hüften und der nachlassende Druck ließ mich beinahe taumeln. Es war ein spürbarer, ein körperlicher Entzug, der mich schlimmer traf als das Tief nach einem Rausch. Ich wollte mich in seine Wärme und Nähe flüchten wie in eine sichere Höhle. Als wäre ich ein verwirrtes Tier und er mein Sanktum.

Doch noch ehe ich mich davon erholen konnte, griff er meine Hand und warf mir einen Schulterblick zu, als er sich in Bewegung setzte. Seine Finger waren warm und rau, sein Griff fest aber sanft und ich verschränkte meine eigenen, klammen und kühlen Finger mit seinen. Ich hatte das noch nie getan;

Händchenhalten. Noch mit keinem. Diese simple Geste schien mir dafür intimer als alles, was ich je zuvor getan hatte und Robins Blick traf mich mitten ins Herz, als er mir zulächelte.

In meinem Kopf herrschte aufgewühltes Chaos, als ich ihm stolpernd in die beginnende Dunkelheit des Gartens folgte. Vorbei an den Feiernden, an der Tanzfläche, auf der gerade ein schnulziges Liebeslied gespielt wurde und auf der Jan und Vanessa sich eng umschlungen wiegten. Vorbei an den eifrigen Kellnern und den knutschenden Pärchen. Aus dem Augenwinkel sah ich David und Lena tanzen und registrierte, wie sie sich ansahen. So als existierte der ganze Rest um sie herum gar nicht. Ich wusste nicht, wann ich Lena oder Vanessa so glücklich gesehen hatte, aber ich wünschte mir inbrünstig, dass dieser Moment von Dauer sein würde. Sie hatten es verdient.

Die Blätter der Büsche raschelten leise, als Robin mich abseits der beleuchteten Wege dichter in den Garten führte, der eher ein Park war und eigentlich eher ein Wald, denn es gab hier haufenweise Bäume, deren dichte Kronen den Blick auf den Himmel verbargen. Ich war noch nie ein Fan von Nachtwanderungen gewesen, seid wir in der ersten oder zweiten Klasse eine solche Tortur als Teil eines Schulausflugs hatten mitmachen müssen. Bewaffnet mit Taschenlampen, die einen Scheiß beleuchteten und sicher um die zehn Kilometer an Strecke durch unwegsames Gelände mitten in einem Wald. Ich hatte davon heute noch Blasen an den Füßen und ein Trauma, weil einer der Erwachsenen, die als Begleitpersonen dabei waren, sich lustig fand und mit einem Bettlaken verkleidet aus den Büschen sprang, um lauthals *BUUUUUH!!* zu rufen und das Schreckgespenst vom dortigen Wald zu mimen. Ich weiß noch, dass ich mich brüllend an Robin klammerte und alle Kinder anfingen zu heulen und die Lehrerin dem Kerl eine Predigt hielt. Ich heulte am lautesten und Robin hörte zwei Tage auf dem linken Ohr nicht mehr richtig.

Ich blieb an dornigen Ästen hängen und obwohl mir Robin die meisten Zweige aus dem Gesicht hielt, erwischten mich ein paar der zurückfedernden Teile doch und klatschten mit gegen die Stirn und den Hals. Ich sah so gut wie gar nichts und auch ohne weiche Knie wäre das für mich ein Kraftakt gewesen. Einmal mehr verfluchte ich den blöden Anzug, der meine Bewegungen einschränkte. Löcher im Boden und freiliegende Wurzeln bildeten gefährliche Stolperfallen und ich trampelte keuchend und geräuschvoll durch das Unterholz wie ein besoffenes Nashorn, während Robin sich mit der Anmut einer Gazelle zu bewegen schien.

Eine Mücke summte gefährlich dicht an meinem Ohr und ich hatte das Gefühl, dass ich mindestens schon zwölf ihrer Kollegen versehentlich durch den Mund eingeatmet oder geschnupft hatte. Eigentlich eine prima Ergänzung zu meinem kargen Essen heute, aber ich könnte mühelos darauf verzichten.

Und plötzlich waren wir angekommen.

Es war, als hätte sich der Park einfach geöffnet wie ein Vorhang, als hätte jemand die ganzen Bäume zur Seite geschoben und den spiegelnden Teich herangezogen wie einen Teller, gedeckt mit blühenden Teichrosen und sanft wehendem Schilf im milden Abendwind. Das Gras war hier nicht gestutzt bis auf akkurate zwei Zentimeter, sondern wuchs wild und frei, wie es wollte. Der Geruch von Sommerblüten durchdrang die Luft und nur unterschwellig roch ich den Teich, auf dem Mond und Sterne glitzerten und dessen Wasser in sanften, kleinen Wellen an das Ufer schwappte.

Ich hatte keine Ahnung, woher er wusste, dass es hier diesen abgelegenen Teich gab. Oder dass niemand außer uns hier war. Es war ganz still, abgesehen von den leisen Geräuschen des Wassers und dem Rauschen des Windes in den Baumkronen. Und natürlich dem wilden Klopfen meines Herzens in meiner Brust.

Robin drehte sich mir zu und nahm meine Hände und ich

bemerkte, dass seine ebenso zitterten wie meine. Diese Feststellung ließ mich schief zu ihm auflächeln und er erwiderte es etwas wackelig. Ich trat näher zu ihm, unsicher, was ich jetzt zu erwarten hatte und bemühte mich, ruhig zu atmen, damit genug Sauerstoff in mein Hirn gelangte. Ohnmächtig zu werden, weil ich vergessen hatte, zu atmen, konnte ich nicht riskieren.

»Du hast vorhin gesagt«, setzte Robin nach einem kurzen, prüfenden Blick auf mich an, bei dem ich weiche Knie kriegte, »dass du viele Dinge bereust. Aber das tue ich auch.« Er atmete leise einmal durch und ich hörte die feinen Nuancen in seiner Stimme heraus, die Unsicherheit und Nervosität verrieten. Ich drückte seine Finger sanft, um ihn spüren zu lassen, dass ich hier war. Ich wusste nicht, was er schon zu bereuen hatte, aber eigentlich war es mir auch beinahe egal. Er war hier. Mit mir. Und die Zeichen sprachen dafür, dass er zumindest nicht vor hatte, mich in diesem Teich zu ertränken. Hoffte ich.

»Ich bereue«, fuhr er leise fort, wobei er meinen Blick suchte, »dass ich damals so ein Arschloch zu dir war und dich im Unklaren gelassen habe.« Das zu sagen fiel ihm sichtlich nicht leicht, auch wenn ich nicht begriff, was er meinte.

»Wovon sprichst du?«, hakte ich leise nach. Plötzlich war meine Kehle eng und Robin vor mir, beschienen vom weichen Mondlicht, so real, dass es beinahe wehtat. Es war eine seltsame Stimmung und der hoffnungslose Romantiker in mir saß mit feuchten Augen in einer Ecke meines Bewusstseins, während der Zyniker auf dem Balkon meines Verstandes stand und eine Zigarette nach der anderen qualmte und dabei ätzende Sachen sagte. So was wie: *Gleich wird er sagen, dass er kein Interesse an dir hat. Dass er schon vergeben ist, oder jemandem im Auge hat. Dass du ihm zu langweilig bist, zu schwächlich und gewöhnlich.*

Robin lächelte schief und schüttelte den Kopf kurz, ehe er die Stirn gegen meine sinken ließ. »Du warst immer da. Die ganze Zeit. Und ich habe erst spät begriffen, warum ich mich in deiner

Gegenwart so fühle, wie ich mich fühle, Chris. Ich hatte den Beweis erst, als du nicht mehr die ganze Zeit bei mir warst und als ich verstand, was los war, versuchte ich alles, um nicht mehr so zu fühlen.« Robins Stimme war nur ein leises Raunen, doch die Worte genügten, um ein nervöses Flirren durch meinen Magen zu schicken und meine Finger zittern zu lassen. »Aber Gefühle kann man nicht abstellen. Und man kann sie nicht ersetzen.«

Ich begriff nicht völlig, was er damit meinte, weshalb ich ihn fragend anstarrte. Aus dieser geringen Distanz und sogar im spärlichen Licht waren seine Augen unglaublich schön.

»Ich liebe dich.«

Die Worte purzelten einfach so aus meinem Mund und ich hielt ebenso erschrocken inne wie Robin, der mich verblüfft anstarrte. Hitze schoss in meine Wangen und ich hätte in diesem Moment wirklich alles gegeben, um gnadenvollerweise ohnmächtig zu werden. Aber das passierte natürlich nicht. Diese ganze Sache hier schien so verrückt-romantisch zu sein, dass es meinen Verstand aussetzen ließ.

Und dafür schaltete sich mein Herz ein. Einfach so. Als ob es nicht mehr länger warten könnte.

Ein leises Schnauben entkam Robins Lippen, ehe er den Kopf in den Nacken legte und zu den Sternen aufsah, die sich über uns ausgebreitet hatten wie ein funkelnder Teppich. Er schloss die Augen und leckte sich flüchtig die Lippen und ich fragte mich beklommen, ob er mich gehört hatte oder ich mir nur eingebildet hatte, dass ich ihm gerade meine Liebe gestand.

»Du bist so ein Knallkopf.« Es klang amüsiert und zärtlich und ich wusste nicht, ob ich lachen oder in Tränen ausbrechen sollte. Ich fühlte mich schrecklich in diesen Momenten der Ungewissheit und so schwach und verletzlich - und er stand nur da und redete Blödsinn.

»Selber Knallkopf«, nuschelte ich beschämt. Ich wusste nicht, wohin ich gucken sollte, also starrte ich auf seine Brust in

Herzhöhe. Die Furcht, doch noch abgewiesen zu werden, stieg mit jedem Herzschlag und schließlich machte ich Anstalten, mich lösen zu wollen. »Ich sollte gehen...«

»Ich liebe dich auch, Chris. Schon die ganze Zeit.« Robin griff hastig nach mir und hielt mich auf, die Hände an meinen Schultern. Sein Gesicht wirkte aufgewühlt vor Emotionen und ein unruhiges Flackern stand in seinem Blick, als er mich näher an sich zog. Vorsichtig, als fürchtete er, ich könnte mich doch noch anders entscheiden und durch den Wald flüchten.

Aber ich flüchtete nicht. Ich hätte den Weg vermutlich gar nicht zurückgefunden. Meine Hände legten sich auf Robins Brust, direkt über den chaotischen Herzschlag, den ich dort spüren konnte und der meinem eigenen so sehr glich. Mir war schwindelig und in diesem Augenblick war ich zu überfordert damit, um zu antworten. Meine Finger schoben sich höher, während ich versuchte, zu fassen, was gerade geschah. Doch es schien fast, als hätten wir alles gesagt, was nötig war.

Meine Nasenspitze streifte die von Robin, als ich mich streckte und er den Kopf neigte, um mir entgegen zu kommen. Es war eine natürliche Bewegung, so natürlich wie atmen oder blinzeln, doch ich konnte gerade nichts von beidem.

Seine Lippen waren so weich und warm und sie streiften meine in einem leisen Zittern, ehe sie sich an meine eigenen schmiegten. Es war mein erster Kuss. Nicht ganz generell, aber der erste Kuss, bei dem es nicht nur um Neugierde ging oder um das Bedürfnis nach körperlicher Nähe. Oder um einem unnützen Wortschwall ein Ende zu bereiten.

Es war mein erster Kuss, bei dem mein Herz voll dabei war und bei dem ich das Gefühl hatte, eine Milliarde Schmetterlinge würde sich in meinem Magen und meiner Brust austoben. Robins Atem schmeckte nach Orangen und Vanille und er selbst duftete nach dem schwachen Hauch von Parfüm und dieser unterschwelligen Note aus Sauberkeit und einfach ihm – Robin. In meinem Kopf drehte sich alles und der Kuss machte meine Knie weich und ließ meinen Herzschlag in meinen Ohren dröhnen wie Dschungeltrommeln. Ich schlang die Arme um seinen Nacken und spürte diese kräftigen, warmen Hände in meinem Rücken, als er mich endlich an sich zog und ich das Gefühl auskosten konnte, ihn zu küssen. Von ihm gehalten zu werden.

Ich weiß nicht, wie lange wir dastanden oder wie lange wir uns küssten. Dieses irre Gefühl seines Mundes an meinem, das Spiel unserer Zungen, als ich meine Lippen für ihn öffnete, und das zärtliche Streicheln unserer Hände raubte mir jedes Zeitgefühl. Irgendwann jedoch lösten wir unseren Kuss und ich lehnte mich an ihn, umfangen von seinen starken Armen und schwindelig vor Glück. Ich hatte das Gefühl, davon überzuquellen und davon zu vibrieren. Warum sonst sollten meine Hände und Knie noch immer so sehr zittern?

Robin drückte mir einen weichen Kuss auf den Schopf und streichelte meinen Rücken und meine Schultern. Seine Stimme streifte in einem warmen Hauchen mein Ohr und ich bekam prompt Gänsehaut davon. »Heute Nacht schläfst du aber nicht auf der Matratze am Boden, oder? Du schuldest mir noch was.«

Es klang neckend und wahnsinnig sexy, auch wenn ich allein bei dem Gedanken daran dunkelrot anlief. »Du willst dieses blöde Tattoo echt unbedingt sehen, oder?«, nuschelte ich schamerfüllt. Allein der Gedanke an Robin und mich im gleichen Bett ließ mir flau werden. Davon hatte ich so viele Jahre geträumt und die Aussicht, das endlich haben zu können, versetzte mich augenblicklich in Panik. Was, wenn ich ihn enttäuschte? Was, wenn es schrecklich war? Oder noch schlimmer: langweilig?

Noch schrecklicher als der Gedanke an furchtbar schlechten Sex war allerdings meine Sorge vor Morgen und dem damit zusammenhängenden Abschied und diese Gedanken holten mich recht schnell auf den Boden der Tatsachen zurück. Meine Finger glitten von Robins Nacken und ich versuchte, meine

Angst zu verdrängen, als ich das Gesicht an seiner Brust drückte.

»Was ist?« Robins warme Finger glitten sanft über den Rand meines Ohres und streichelten meinen Hals entlang, bis er sie unter mein Kinn schieben konnte. Er brauchte nicht mehr als nur das, damit ich ihn ansehen musste.

»Ich dachte nur gerade, wie es jetzt weitergehen soll? Was tun wir denn nur, Robin? Du wohnst so weit weg und ich-«

»Du bist kein Baum, oder?«, wollte Robin recht trocken klingend wissen. Ein weicher Glanz stand in seinen Augen und die verwirrende Frage entlockte mir ein ebenso verwirrtes »Nein?«

»Dann ist ja gut. Weil das bedeutet, dass du gehen kannst, wohin immer du willst. So wie ich.« Er schenkte mir ein weiches Lächeln und ich schmiegte meine Wange in seine streichelnde Hand, flau vor Erleichterung und sich plötzlich eröffnenden Möglichkeiten.

»Heißt das, du willst mit mir zusammensein?«, wollte ich mich vergewissern. Ich musste es einfach hören. Auch wenn ich mich vor der Antwort ebenso fürchtete wie ich sie begehrte.

»Ja, das will ich. Und wenn du das schriftlich brauchst, setze ich dir sofort einen Brief auf und lasse ihn morgen von einem Notar amtlich siegeln«, neckte Robin mich mit einem leisen Lachen. »Und eigentlich dachte ich, dass ich dir Zeichen gegeben hatte, die deutlich genug waren.« Letzteres klang ein wenig forschend und ich leckte mir nervös die Lippen.

»Was meinst du?« Ich wusste, dass er wusste, dass ich mich dumm stellte, und zeichnete daher durch sein Shirt die fühlbaren Muskeln seiner Brust nach.

»Die gefühlten drei Milliarden Versuche, dich zu küssen, zum Beispiel.« Robin antwortete mit einem leisen Brummen. »Oder dass ich arrangiert habe, dass wir das gleiche Zimmer kriegen. Meine Unterstützung, dein angerichtetes Chaos zu beseitigen. Meine Eifersucht auf deinen Ex«, zählte er dann mit geschürzten Lippen auf.

»Aber Lena hat doch das Zimmer ausgesucht...«, widersprach ich kraftlos. Robin hob nur eine Braue und lächelte süffisant. Ich atmete tonlos aus. Also hatten er und Christine das alles von Anfang an so geplant? Und Lena? Wusste sie davon?

Die Erwähnung seiner Eifersucht versetzte mich innerlich in einen kleinen, gehässigen Jubel, den ich verbarg, als ich mich an ihn schmiegte, um seinen Hals zu küssen. »Wirklich? Du warst eifers-«

»Das weißt du genau!«, schnaubte Robin leise brummend, der den Hals etwas streckte, sodass ich mehr davon küssen konnte. Ich lauschte konzentriert auf seinen Atem, während ich an seinem Ohrläppchen knabberte und fühlte mich dabei seltsam verrucht, als es ihm ein Ächzen entlockte. Deutlich angetan. »Lass uns zurückgehen.« Robin schob mich sanft etwas von sich, doch konnte ich seiner Stimme entnehmen, dass er es nur ungern tat.

Seine Hand ergriff meine und ich verschränkte die Finger mit seinen, als hätten wir das immer schon so getan. Ich wusste nicht, was die Zukunft bringen würde.

Weder, wo ich arbeiten würde, noch, wo ich leben würde. Ich wusste nicht, was mich erwartete. Aber ich wusste, dass ich all das herausfinden würde.

Mit Robin an meiner Seite. In mir wuchs eine Zuversicht, die ich bislang noch nie gespürt hatte und sie überwand die Angst, die mir diese neue Situation machte. Robin liebte mich.

Mich.

Es war erstaunlich. Überwältigend. Surreal. Doch ich beschloss, es zu genießen, anstatt Gründe und Fakten zu suchen, die dagegensprechen könnten. Er kannte mich besser als jeder andere und ich konnte es gar nicht erwarten, ihn wieder neu kennenzulernen.

Mein Herz jubelte in meiner Brust.

Epilog

»Sieh mal, Schatz!« Jan grinste breit, als er mit den Briefen und Werbeblättern bewaffnet in das Wohnzimmer trat. Heggi warf ihm einen vernichtenden Blick zu, ehe er sich schmatzend wieder auf dem Sofa zusammenrollte. Eigentlich *seinem* Platz, aber mit dem Kater legte er sich garantiert nicht mehr an. Er streckte dem pelzigen Sofabesetzer die Zunge heraus, als er meinte, dass Vanessa nicht hinschaute.

Seine Frau hob den Blick von ihrer Lektüre, die sie umgedreht über ihren gewaltigen Bauch legte. Sie liebte diese marktschreierischen Klatschblätter über Promis und deren Fehltritte und Skandale, Modetipps und nutzlose Diäten gefolgt von den neuesten Tortentrends abgöttisch – etwas, das er nicht begriff, ihr jedoch gönnte. Einmal mehr hielt er inne, um sie zu betrachten, wie sie dort in der Nachmittagssonne saß und strahlte. Schöner als jede andere Frau auf dieser Welt. Auch wenn sie seine Ansichten im Moment nicht teilte und behauptete, die Schwangerschaft mache sie zu einem fetten Walross.

»Was hast du denn da? War etwas Interessantes in der Post?« Vanessa hob neugierig den Kopf und faltete das Klatschblatt, ehe sie es neben sich auf den Tisch legte. Neben den Teller, auf dem ein Stück Torte zur Hälfte gegessen noch darauf wartete, verzehrt zu werden. Der Zuckerguss darauf war quietschpink.

»Wir haben eine Postkarte von Robin und Chris bekommen«, verriet er seiner Frau schmunzelnd, als er näher trat und ihr einen Kuss auf die Stirn drückte. Der Sessel war ihr neuer Lieblingsplatz und wann immer sie konnte, ruhte sie dich dort aus. Bald waren sie zu dritt und er konnte es kaum erwarten. Allein der Gedanke daran, bald Vater zu werden, trieb ihm die Tränen in die Augen. Auch wenn Vanessa ihn dann immer ein bisschen auslachte.

Vanessas Gesicht hellte sich auf und sie streckte die Hand nach der Karte aus, die eine Quietscheente als Motiv hatte, die Zigarre rauchte. Ein wenig verwirrt zog sie die Brauen zusammen. »Die hat Chris ausgesucht«, beschied sie mit einem Seufzen, was Jan nur umso breiter grinsen ließ.

»Vermutlich, ja. Robin ist etwas stilsicherer im Auswählen von hübschen Karten. Die, die wir zu Weihnachten bekommen haben, war von ihm.«

Vanessa nickte und drehte die Karte um, nachdem sie ihrem Ehemann ein Lächeln geschenkt hatte. »Hoffentlich denken sie an den Valentinstag.«

»Das werden sie ganz sicher.« Jan konnte nicht aufhören, so dämlich zu grinsen, also begann Vanessa die Karte zu lesen:

Liebe Grüße an das glückliche Ehepaar und die zukünftigen Eltern!

Wir sind gerade von unserem Kurzurlaub zurück und haben die Zusage für die neue Wohnung bekommen. Nächste Woche ziehen wir um und laden euch beide herzlich ein, zur Einweihungsfeier zu kommen. (Wenn Vanessa noch transportfähig ist!) Außerdem haben wir eine kleine Überraschung für den Familienzuwachs! Liebe Grüße Robin und Chris

Vanessa schnaubte leise. »Was soll das heißen, wenn ich noch transportfähig bin?! Ich bin noch topfit und die beiden ziehen das erste Mal in eine eigene, gemeinsame Wohnung! Nichts wird mich davon abhalten, das zu sehen! Nicht einmal eine geplatzte Fruchtblase.«

Jan grinste und nickte zustimmend. »Ja, das dachte ich mir. Übrigens haben Lena und David auch schon zugesagt und Christine kommt ebenfalls, ich habe sie schon angerufen und nachgefragt.« Jan reckte sich etwas, stolz auf sich, dass er die Freundinnen seiner Frau bereits informiert hatte.

Vanessa hob die Brauen, sprachlos vor Staunen. Eine Hand legte sie auf ihren Bauch. »Achso? Das ist doch wunderbar! Ich freue mich schon so, alle wiederzusehen. Aber das verrät mir noch nicht, was du so grinst, mein Herz!« Argwöhnisch verengte sie die Augen etwas mehr, doch konnte sie sich das Lächeln kaum verkneifen. Warum auch? Alles war perfekt und aus dem ganzen Hochzeitschaos waren viele gute und schöne Dinge entstanden.

Und eines davon trug bald den Namen Elly. Ihre Hand streichelte liebevoll über die Wölbung ihres Bauches.

Jan räusperte sich mit einem sachten Kopfschütteln. Sie würde ganz bestimmt Augen machen, wenn sie sah, was Chris neuerdings für Ideen hatte. Er war vielleicht kein geschickter Handwerker, so wie Robin, aber was die beiden zusammen so auf die Beine stellten, konnte sich sehenlassen.

Das abgebrochene Kunststudium hatte Chris inzwischen wieder aufgenommen und angefangen, Möbel zu designen, die er gemeinsam mit Robin über einen winzigen Shop vertrieb. Im Februar war die offizielle Eröffnung. Er hatte schon die ersten Bilder gesehen und wusste einfach, dass Vanessa es lieben würde.

Ihr Baby würde in der Wiege schlafen, die Chris und Robin für sie gemacht hatten. Mit handgeschnitzten Rosen und kleinen Entchen, Kätzchen und kleinen Hunden, die verdächtig aussahen wie Heggi und Willy – nur viel niedlicher. Der Kater schickte ihm vom Sofa her einen überaus selbstgefälligen Blick, nachdem er ausgiebig gegähnt hatte, und streckte sich schnurrend über das Sofa aus. Es war fast, als wüsste der Kater, was vor sich ging. Manches Mal verschaffte das Jan eine unangenehme Gänsehaut, aber seine Frau liebte das zottelige Tierchen, das jetzt regelmäßige Spielverabredungen mit Willy, dem Hund hatte. Die beiden ganz zu trennen brachte niemand über sich und so hatte er Davids Großmutter ein paar Mal die Woche zu Besuch, die Vanessa gute Ratschläge zur Kindererziehung gab und die sich bereits jetzt darauf konzentrierte, kleine Mützchen, Söckchen und Mäntelchen zu stricken.

»Ich denke, um Chris und Robin brauchen wir uns jedenfalls keine Sorgen mehr machen«, verkündete er schmunzelnd, ehe er seiner Frau eine neue Klatschzeitung und die bunten Werbeblätter in die Hände legte. Er ging in die Küche, ein breites Grinsen im Gesicht und wartete auf den Freudenschrei, wenn sie die Einladung fand, die die beiden mitgeschickt hatten.

Eine zweite Karte, in schlichtem Weiß mit goldenen Ringen darauf, sichtlich Robins Handschrift, auf der stand:

P.S.:
Wir laden euch drei herzlich zu unserer Hochzeit im
kommenden Sommer ein. (Diesmal mit laktosefreier Torte!)
Wir hoffen, ihr kommt!

R & C

Danksagung

Ein großer Dank gilt wie immer meiner bezaubernden Designerin Bianca für das traumhafte Buchcover, die mir mit Rat und Tat stets zur Seite steht und die immer die perfekte Lösung hat! Ich liebe und bewundere deine Kreativität und hoffe, dass wir gemeinsam noch viele Geschichten einkleiden können.

Dass du dir so kurz vor deiner eigenen Hochzeit noch die Zeit genommen hast, um mir das Cover für dieses Buch zu zaubern, bedeutet mir sehr viel und ich kann dir nur alles Glück der Welt wünschen.

Großer Dank gilt natürlich wie immer auch meiner Familie, die mir die Zeit und Ruhe gibt, die ich brauche und die immer da ist, wenn es mal schwierig wird.

Der größte Dank gilt an dieser Stelle jedoch Ihnen – meinen Lesern. Ohne Ihre Unterstützung blieben meine Geschichten unerzählt und ich freue mich herzlich über jeden Leserbrief, jede Rezension und jede kleine Nachricht, die mich erreicht.

Ich hoffe, wir lesen uns auch in kommenden Büchern wieder!

Alles Gute

Elisa

Romantische Komödien mit Herz und Humor von Elisa M. Baker

Wer sagt, das Finden der Liebe wäre einfach?
Ella macht sich auf eine spannende und teilweise kuriose Suche nach ihrem Traummann. Dabei warten nicht nur seltsame Blinddates auf sie, sondern auch einige Überraschungen ...

Ella ist zweiundzwanzig, ein Bücherwurm und das, was man als mollig bezeichnen würde. Sie rechnet sich schlechte Chancen aus, jemals einen Mann zu finden, der sie mit ihren Pfunden liebt. Doch stehen wirklich alle Männer nur auf schlanke Frauen? Und wie lernt man einen geeigneten Kandidaten kennen, wenn man so schüchtern ist wie Ella? Und dann sind da auch noch Eva und Ellas Mutter, die ganz eigene Pläne für sie haben...
Eine romantische Komödie über Beziehungen, die erste Liebe und den chaotischen Weg zum Glück.

Taschenbuch: 296 Seiten
ISBN-13: 978-3739238784   Auch als E-Book.

Jessys Leben gerät gehörig aus den Fugen, als das Karma zuschlägt. Dabei hat sie die Liebe schon abgehakt. Aber das Schicksal kann hartnäckig sein … Findet sie doch das Glück?

Jessy hat die Nase voll von Männern.
Nach einer schmerzhaften Trennung will sie von Liebe nichts mehr wissen – doch dann ereilt ihre Familie ein Schicksalsschlag und plötzlich findet sie sich auf der Stachelbeerplantage ihres Onkels wieder, auf der sie drei Wochen aushelfen soll.
Ganz alleine, denkt sie.
Aber da hat sie die Rechnung ohne das Karma gemacht …

Eine Geschichte über unerwartete Wendungen, Schicksal und Stachelbeerlikör. Und natürlich die Suche nach Liebe, die bei sich selbst beginnt.

Taschenbuch: 272 Seiten
ISBN-13: 978-3743142374

Auch als E-Book erhältlich!

Boys Love und Gay Romance

„Die Liebe ist wie ein Dieb; sie schlägt unerwartet und schnell zu und stiehlt dir nicht nur dein Herz, sondern auch noch den Verstand."

Genau so ergeht es dem siebzehnjährigen Leon, als ein neuer Schüler im letzten Schuljahr in seine Klasse versetzt wird. Der gleichaltrige Raphael ist das vollkommene Gegenteil vom schüchternen und zurückhaltenden Leon, doch beide können bald nicht mehr verleugnen, dass mehr als nur Sympathie zwischen ihnen ist.

In dem aufkommenden Gefühlschaos stellt sich bald heraus, dass längst nicht alle diese aufkeimende Liebe befürworten und plötzlich spitzt sich die Lage bedrohlich zu …

Taschenbuch, 304 Seiten. ISBN: 9783743161764 auch als E-Book erhältlich!

Dante Lavall ist ein erfolgreicher Geschäftsmann, Besitzer eines angesagten Clubs und ein berüchtigter Schürzenjäger. Geld spielt für ihn keine Rolle, denn er hat mehr als genug davon. Er kann alles haben, was er will. Und er ist gewohnt, es auch zu bekommen.

Als der junge Liam in sein Leben stolpert, ist er zunächst wenig begeistert von dem widerspenstigen Burschen mit dem silberblonden Haar und den grünen Augen, der kaum emotionale Regungen zu haben scheint.
Doch schon bald muss Dante feststellen, dass seine Faszination für den mysteriösen jungen Mann immer größer wird.
Dabei ahnt er nicht, dass Liam ein dunkles Geheimnis birgt
Und Dantes zunehmendes Interesse bringt beide in höchste Gefahr ...

Taschenbuch, 336 Seiten. ISBN: 9783743187924 auch als E-Book erhältlich!

Erotisch, sinnlich, fesselnd!

Die Nächte sind eintönig und trist für Matt. Ein ewiger Kreislauf aus Zwang, Gewalt und Furcht in den Straßen, in denen eigene Gesetze herrschen. Er will ausbrechen aus diesem Leben, das nicht ihm gehört. Weg vom Strich, von seinem brutalen Zuhälter Ben, von den Freiern.

Als er sich um einen Job bei Alexander Londrake, einem erfolgreichen Geschäftsmann mit mehreren Firmen und gutem Namen bewirbt, lässt dieser ihn eiskalt abblitzen. Das heftige Knistern zwischen ihnen und die intensiv grünen Augen des arroganten Anzugträgers gehen Matt nicht mehr aus dem Kopf, doch er scheint seine Karten verspielt zu haben. Die einzige Hoffnung scheint der »King's Garden« zu sein, doch dann bekommt er ein Angebot, das alles verändern könnte. Ein eigenes Leben scheint zum Greifen nah, während er zusehends dem Charisma seines neuesten Jobs verfällt ...

Aber alles hat seinen Preis und plötzlich scheint die ganze Situation außer Kontrolle zu geraten.

Taschenbuch, 336 Seiten. ISBN: 978-3752852622
auch als E-Book erhältlich.

Der zweite Band der Reihe um den King's Garden!

Ein Jahr ist seit den Ereignissen vergangen, die Rick und Matt aus ihrem alten Leben gerissen haben. Matt ist inzwischen verlobt und Rick arbeitet tagsüber als Leiter eines Modegeschäftes. Doch alte Gewohnheiten legt man nicht so schnell ab und Rick muss feststellen, dass er seiner Vergangenheit nicht entkommen kann.
Als das bekannte Model Vaun Carter in Ricks Laden auftaucht, ahnt er noch nicht, dass dieser ganz eigene Pläne für ihn hat. Doch es ist nicht der gutaussehende Schönling, der Ricks Interesse weckt, sondern dessen Halbbruder Luca, der nach langer Abwesenheit zurückgekehrt ist.
Ein mörderisches Spiel beginnt, als alte Bekannte danach trachten, offene Rechnungen zu begleichen ...

Taschenbuch, 344 Seiten. ISBN: 978-3748194200
auch als E-Book erhältlich